目录

序言 匠人的虔诚与喜悦 5

序言 情动于中，方得物作于手 7

前言 11

01 童话开始的地方 19

    城堡毛坯 22

    城堡上色 27

    城堡装修 28

    城堡结局 31

02 汽车人，变形出发 34

    擎天柱的头身设计 42

    擎天柱的上色 50

    擎天柱的细节 50

03 万里长城永不倒 56

04 May the force be with you 68

    头盔的制作 74

    盔甲的穿戴 80

    大结局 82

尾声 82

05　一个乐盲家长的救赎 85

06　为害虫们平反 99

07　剑拔弩张 113

08　两面三刀 127

　　一把刀：贯穿时空的偃月刀 132

　　二把刀：斩不断理还乱的茶刀 135

　　三把刀：划破星空的小刀 137

09　I will be back 142

10　再见了，上海 153

11　吴工的一平米 169

12　养伤记 185

13　第一次寒假作业 205

　　数学作业：超级口算机器人 205

　　语文作业：我最喜欢的汉字 210

　　科学课作业：废塑料瓶的创作 213

　　写在后面的话 219

14　一把麻烦的木梳 221

15　老吴的手艺 233

| 16 | 我在家里修文物 | 243 |

  在家修文物可能需要的工具： ... 251

| 17 | 一叶一菩提，一瓦一浮生 | 253 |

| 18 | 有志青年 | 261 |

  小林 ... 265

  《奥数》 ... 266

| 19 | 六一儿童节特别试题 | 269 |

| 20 | 葫芦里卖的是什么药 | 290 |

  彩绘葫芦 ... 292

  烫画葫芦 ... 293

  压花葫芦 ... 295

  雕刻葫芦 ... 296

| 21 | 三班英雄传 | 298 |

  谢老师 ... 298

  赵老师 ... 301

  朱超 ... 304

  张乐 ... 309

  杜车 ... 311

  高龙 ... 313

后记 316

附录 319

序言 匠人的虔诚与喜悦

——王骏，博士、设计师

乍暖还寒的时节里，吴工新作是个大惊喜。牙座上的桃太郎、纸糊的盔甲、电器元件独角兽、拐杖钩子（感觉吴工就是一个反向的阿喀琉斯，穿着性感的披风，浑身上下就数后脚跟最结实——全钛合金的）、蛋壳老师、塑料瓶火箭等，无一不是充满情趣。在他的手里，最为常见的纸箱子可以变成长城、汽车人、城堡甚至是暴风盔甲——每每看到那张俯瞰小小暴风武士的照片，我就忍不住想笑，忍不住同情一下迪士尼公园里那个有些发懵的黑武士：这是打上门来了吗？

我很喜欢书中记录的那些精心的探索、大开的脑洞、随处可见的小幽默和不避繁难的加工过程。吴工的作品能得到这么多人的喜爱，正是体现了人们对匠人和工艺的深厚感情。说实话，我们身处数字时代，忙碌、迅捷、茫然，几乎快要失去亲身体验和亲手制作的快乐了，这也是为什么中国文化部过去十几年反复呼吁和强调，要"重新发现手的价值"（2009年2月16日《东方早报》宗和，非物质遗产的保护：重新发现手的价值）。二十一世纪里，我们不仅需要，且更应珍视"匠人精神"。

中国人向来格外推崇手艺和手艺人，实际上，这是我们伟大文明的一部分。当哀叹物欲横流和精神苍白的时候，当看到太多的脑残追星和唯名牌论的时候，我们不妨回望一下我们曾拥有的丰富多样的非物质文化遗产——看看精美绝伦的金缮、云锦、东阳透雕、花丝镶嵌，听听震撼魂魄的蒙古呼麦、长调和侗族大歌——这些传统工艺和中华瑰宝，就是实实在在的文化自信，就是我们面对现实困顿时最好的解药之一。

我更在意制作背后的故事。最最便宜的纸板箱，加上对孩子无限的爱和心底保存的童趣，便幻化成了迷人的城堡，那会是铭刻孩子一生的童年梦境。这些制作无一不映射出作者丰富醇密的内心世界、对身边同事朋友的关心、对同学老师的深厚感情、对孩子和父母的爱……那个深夜坐在角落里（吴工的一平米）的人，内心一定是像北极夜空里的繁星一样，熠熠发光。

不只中国人如此。在西欧中世纪暗沉的岁月，那些修建大教堂的工匠们，会偷偷地把自己的头像刻在教堂角落里。他们在虔心奉献和艰苦劳作之余，有着自己的狡黠和狂喜——我曾站在科隆大教堂令人眩晕的穹顶下，看着灰尘下被岁月熏黑的那座小小的微笑头像，被感动得泪流满面。正因如此，也就更懂得工艺美术运动的精神导师拉斯金（John Ruskin，1819-1900年）所大声赞颂的"上帝能看见匠人的虔诚与喜悦"。

虽然跟吴工有很多交心的微信聊天，也看过很多吴工的作品，但很惭愧的是，实际上我们至今缘悭一面。我只能设想，在南京某个住家的角落里，在打磨机的旁边，总有一个漏夜伏案劳作的匠人。那暗夜的灯光，映亮彼此内心里的精神家园。那窸窣的声响，唤醒我们最本真的情感。

让我们在细微之处看见美，在平凡之中见证伟大。

愿我们的生活充满趣和爱。

2023年3月12日，于上海响棚

序言 情动于中，方得物作于手

——大吕，画家

吴工的儿子是我的学生，每周来我的画室学书画。有一天，小家伙不无自豪地向我透露，他爸爸正在写一本很厉害的书，关于做手工的，还专门强调了一下，这是正式的书，要出版的。

前几天吴工突然跟我说，他的书要出了，邀我写个前言。吴工发在公众号里的文章我看过不少，而且平时也经常交流。但我觉得不认真读完书就动笔，似乎有点没好好审题就草率答卷的感觉，而且也对不住这么重要的任务。于是等来一个轻松无事的下午，躺倒在沙发上，调整到一个长久舒服的姿势后，打开手机里的电子书稿，心想他这是做手工的书，毕竟不是小说，那些具体制作过程的部分我可以跳着看，应该很快翻完。谁知道，不读不知道，一读跑不掉，竟然比看小说还投入，深陷其中，不能自拔，昏天黑地，茶饭不思，其间因为眼睛吃不消，还把手机换成了Pad，就这样一字不落地看到了最后。此时的窗外早已华灯初上。

我揉着酸痛的脖子，首先想到的不是吴工这本书怎么样，而是欣喜自己竟然半天里认真读完了一本三百多页的大部头，这效率这劲头，深受鼓舞的我不禁把目光转向那日益蒙尘的书架，层层叠叠的书籍此起彼伏，搞不清那里究竟埋藏着多少看了半半拉拉的，想看没看的，计划要看的，买来就没看过的，甚至塑封膜都没拆的书，这时候它们冲我招起手来，霎那间有点恍惚。突然一个清醒的念头升起，对知识的贪婪差点让我忘记了一个事实，不是我的阅读效率高，而是吴工的这本书太好看了。继而又生出一种遗憾，既然一本做手工的书都能写得这么引人入胜。那如果我们的教科书，尤其是当年令我头疼的数理化，都像吴工这本书一样，那我肯定也上了北大清华哈佛牛津，早就实现了儿时的理想，当上科学家了。

但再一想，吴工这本书真是一本做手工的书吗，我印象中做手工的书不应该是像产品说明书那样的吗，不带这样玩的吧，这明明是不讲武德嘛，明明是打着手工的幌子在"夹带私货"。

套用一句网络语言，哥做的不是手工，是感情。

吴工所有的手工作品都有一个缘起，或者叫作心路历程。先因情动于中，方得物作于手。童年的温暖记忆勾起他给儿子造一座城堡的想法；费尽周折制作一把木梳，是为了给妈妈一件独特的生日礼物；用收集来的种子，为皈依佛门的老友磨成一串念珠。吴工的每个手工物件里都封存着故事，也是一种对生活极有意味的记录，是他生活中的一朵朵浪花，浪花飞溅下暗流涌动着真挚的情感。有对父母师长的感恩之情，有对同学朋友的友谊之情，有对孩子的舐犊之情，有对童年时光的追忆之情，也有对生活变迁的祝愿之情。

当然这一切最大的缘起还是因为喜欢，吴工在这些物事的创作过程中获得一种快乐，他延续着童年时收集贴纸，玩变形金刚的劲头，乐此不疲。还是那一颗童心，但却拥有了专业工程师的能量，这就像爱玩的孩子拥有了神奇的魔法，可以让一块几亿年前的琥珀重现光芒，可以在一颗鸡蛋上刻出图画，也可以让废弃的电子元件化身为龙。你说能不好玩吗！能不快乐吗！

我觉得吴工的手工行为无意间符合了一种艺术精神。他的创作要么出于自娱，要么为了送人，虽然熬夜加班，费时耗力，但一切出于内心自愿，而非外力强迫或名利裹挟。自遣自乐，没什么功利色彩，因此也免受约束之苦，由此让我对他的公众号ID"徒劳吴工"更加理解。

这种行为又让我产生联想：在原始社会的某个角落，某个小伙熬上几天几夜把一根骨头磨成发簪，为了送给心上人；封建社会里的某个文士，亲手制作一张精美的诗笺，描上花鸟鱼虫，书写上美丽的句子，寄赠远方的知己。这样寄托情感的物事，叫做信物。吴工就制作和送出了很多独特的信物，虽然不一定贵重，却件件"礼轻情意重"，寄托他的"平生一片心"。在今天的社会风气中，他的这种颇具古风的"非主流"行为，引发我重新思考礼物的含义。

我想起《诗经》中的一篇关于互赠礼物，永结友好的诗。

《木瓜》

投我以木瓜，报之以琼琚。匪报也，永以为好也！

投我以木桃，报之以琼瑶。匪报也，永以为好也！

投我以木李，报之以琼玖。匪报也，永以为好也！

匪报也，永以为好也！多么美好的情感啊！

中国人从来都不乏细腻的情感，他们爱人，爱生活，爱自然，爱一切美好的事物。但不知从什么时候，中国人的情感变粗了，生活也随之变得粗糙不堪，一切以实用为上，以效率为先，人们变成了生存的机器，生活的奴隶，在无趣的人生中疲于奔命，内心难得安宁。当然生存的压力是每个人真实存在的，无法不去面对。但是除此之外，我们是不是被过多的欲望所绑架了呢？

有一个问题，我一直很好奇，我知道吴工的工作是很忙的，他哪来那么多的时间和精力，来摆弄他那些千奇百怪的慢工细活，写这篇文章时我似乎有了答案。

吴工自嘲为一个怂人，20年没换过工作，兢兢业业。从不奢望大富大贵，所以也不去冒险投机。为了方便照看父母，不惜舍弃奋斗十八年的上海，为了孩子进公办小学不靠托关系，可以主动放弃孩子的上海户口。他的有所不为，甘愿舍弃，源于他内心的清净，也让他获得一份笃定和从容。不管是对待工作，还是业余爱好，都能做到认真投入，身心一致，远离内耗。在今天"内卷"横行、"压力山大"的时代，这是一种稀有的智慧。

近几年流行的一句名言，"生活不止眼前的苟且，还有诗和远方"，激起很多人对诗和远方的渴望。我觉得吴工的生活态度似乎更加平实朴素，无论生活里是苟且，还是诗和远方，都不去刻意回避与追求，只是平平淡淡，认认真真地对待一切。也许对于能够随遇而安，不断发现乐趣的人来说，诗和远方就在点滴日常之中。

前言

吴工不是作者的本名,只因做了近二十年的工程师,总被人喊作"吴工,吴工",虽然这是个容易让人产生消极联想的称呼,但是奈何众口铄金,也只能半推半就地接受了。直到有一天偶然听到张雨生"大海"里面的一句歌词:"看那潮来潮去/徒劳无功/想把每朵浪花记清",忽然感到了一阵莫名的亲切,顿悟到"吴工"这个名字,几乎上升到了哲学高度,竟然从此爱上了这个称谓。从电气工程师的角度说,电网同时产生了有功功率和无功功率,有功功率直接为家用电器提供能量,而无功功率虽然不能直接提供能量,看似无用,但它建立的磁场为有功功率的传播提供了途径。正如老子所说:"有无相生,难易相成",人生又何尝不是这样?很多事情无关利来利往,看似徒劳无功,却又能给生活以希望、内心以平静,这不也算是有功吗?

说起做徒劳无功的事,吴工小时候就很擅长。

生于20世纪70年代末南京老城区的吴工,作为一个没有兄弟姐妹的双职工家庭的小朋友,唯一能突破家门和大院围墙封锁的方法就是展开想象的翅膀了。靠一套橡皮泥,让干电池、刨笔刀、铅笔,等等,变身成为宇宙飞船或战斗机器人,便是吴工小时候消磨时光的主要方式。20世纪90年代初,变形金刚的到来让吴工大开眼界,那时候吴工的理想就是成为一名发明机器人的科学家。

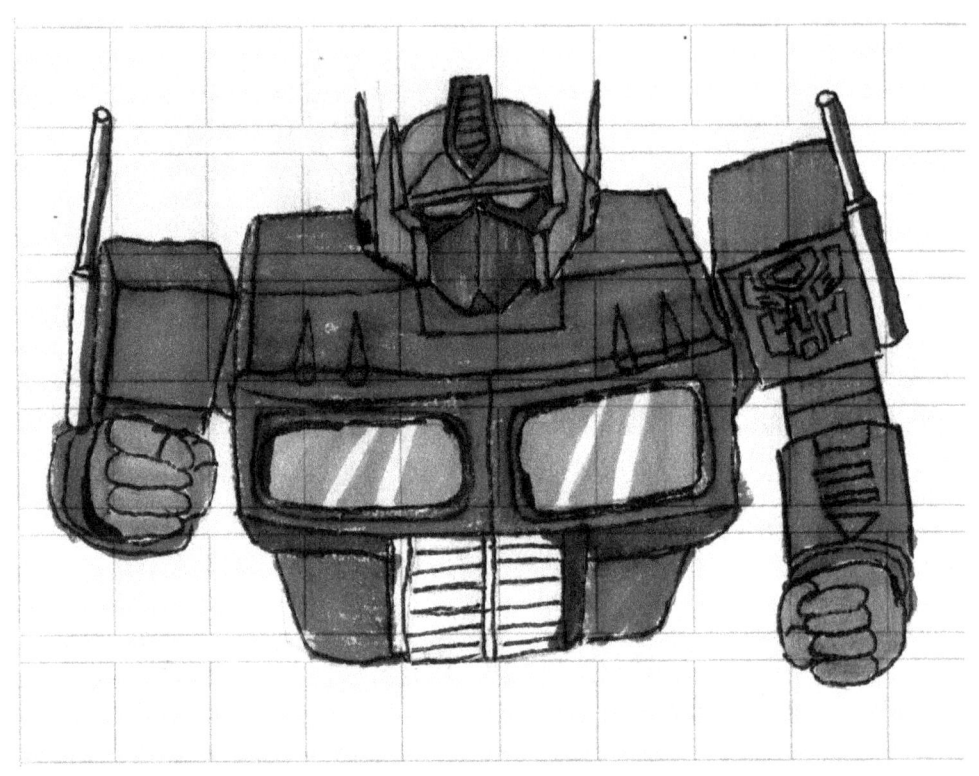

擎天柱 吴工10岁画

但是很遗憾，随着学业的进阶，吴工发现自己并不是个数理化天才。吴工上课经常思想不集中，时不时就沉浸在自己的幻想世界中。更加糟糕的是，幼年的吴工一直是个老实的小孩，虽然这在平时生活中是美德，但是解起数学题就转不过弯了。譬如下面这道儿子一年级的"错"题，吴工看到第一眼就理解了孩子的思路，深深感到了基因的力量。

学校有47个篮球，一年级借走了18个，二年级借走了24个，现在比原来少几个。

儿子的答案：18+24=42（个）

47—42=5（个）

47—5=42（个）

在吴工上中学的那几年，正好是日本漫画涌入国门的年代，圣斗士七龙珠看得吴工热血沸腾，想到自己差劲的理科成绩，于是把理想从科学家下调几个量级，变成了漫画家。

圣斗士 吴工 15岁画

不过那是一个宣扬"学会数理化，走遍天下都不怕"的年代，在重点中学上学却去考美术生，几乎是离经叛道的事情，也对不起做过的那些堆成山的数理化考试卷。于是老实的吴工服从社会意志和家长的期望成为一个理科生。但是到底读什么专业呢？吴工的语文老师指点了迷津，他说电气工程这个专业不错，分数也不高，出来还能找份工作。就这样，吴工稀里糊涂成了电气工程专业的学生。

吴工上大学那年正好赶上教育改革，大学开始收学费了。吴工深深感到父母省吃俭用辛苦挣钱的不易，希望自己能学有所成。学过中学物理的朋友可能还记得W=pt这个公式：功等于功率乘以时间。既然吴工功率太低，就只能去拼时间了。从本科到研究生，吴工每个晚上都是在自习室度过，这样自闭的结果：唱歌跳舞打牌下棋一个也没有学会，带点技巧性的体育运动也不擅长，连电脑游戏也玩不好。

吴工就这样死记硬背了一堆书本知识，带着一颗迷茫的心踏入了社会。吴工从小没有受到过父母的什么表扬，也的确没什么值得夸奖的，所以一直是个胆小、不自信的人。本来这算是个缺点，但是吴工却发现不自信也有好处，在设计产品的时候，会多想几步，遇到每个问题都不敢轻视。就这样，在其他同事的帮助下，吴工在2005年设计出了自己的第一个产品。乔布斯在2006年推出了第一款MacBooK笔记本，这台笔记本首次使用了磁铁结构的充电器。这款充电器就是吴工设计的第一款产品。从那以后，吴工为苹果设计了十六年的电源。iMac、Apple TV、HomePod，这些产品的电源都有吴工的心血和青春在里面。

按部就班当个工程师应该是吴工这类没有什么爱好又不擅长交际的人最好的归宿了。不过做工程师也并不是件让人开心的事情。这和学校搞科研不一样，在学校里有了新发现，总是想先把论文发了，至于怎么实现或者有什么副作用，就让企业找工程技术人员去解决吧。现在吴工就成了倒霉的工程技术人员。每解决一个问题，往往是按下葫芦浮起瓢，又带出了其他问题，老天总是不会太便宜你。吴工几乎每天都在焦虑中度过，这个问题不解决客户不会放过,那个问题不解决工厂要停线。每天早上一睁眼,昨天遇到的问题就一个个跳出来排队报到。

不过上帝关上了一扇门,却又给吴工开了一扇窗,可能还是落地窗……吴工发现思维发散有时也是优点,可能有更多的机会去留意到一些别人不注意的细节,发现一些被忽略了的美,就像庄子所言:天地之间有大美而不言。这些大美让吴工很容易忘记工作的压力、生活的不堪。

吴工调试时剩下了一堆乌漆麻黑的电子元件,别人看到的可能是垃圾,

但是吴工总觉得里面有条龙在召唤着自己。

"龙"民工的一天

这个用电子零件拼出来的小手工,让吴工又获得了新生。原来整天阴霾密布的上班生活仿佛被拉开了一个豁口,让天堂的阳光洒了下来。每天的生活也不光是焦虑了,变得还有些许期待。从此吴工沉迷于各种手工,每天下班就开始创作,这时候,什么产品电气问题、客户进度问题、职称评级问题、学区升学问题,统统被抛在了脑后,吴工全身心地投入到了一个完全由自己说了算的世界中。

不过要问吴工到底做的是什么手工，好像又很难总结。因为吴工从小就是个思维发散的人，涉猎芜杂却没有一样精通。

可能是做电源的工程师里面最会搭积木的；可能是搭积木的人里面糊纸盒最好的；可能是糊纸盒的人里面刻木头最好的；可能是刻木头的人里面最会刻鸡蛋的；可能是刻鸡蛋的人里面最会做模型的。

吴工的手工还有很多，就请读者朋友们到这本书里慢慢找吧。

如果非要总结吴工做的这些手工的特点，那就是它们都是免费的，大部分都赠与了同学、同事、自己家小朋友或者留给了自己。

吴工坚持采用免费的精神对待自己送出去的每个作品，因为这样就可以彻底摆脱甲方的指手画脚了。不过更重要的是每个作品的创作动力可能来源于一个人、一个故事或者一段回忆，让吴工劳作的时候心里能充满温暖和力量，义无反顾地牺牲睡眠，在无数个深夜奋战。这些小手工也串起了吴工生活的一个个小希望，让已经到不惑之年的吴工忘记了眼前的苟且，努力地变成一块肥而不腻的东坡肉。

01 童话开始的地方

吴工的童年是在南京医学院（现在是南京医科大学）家属楼度过的。家属楼和学校的解剖实验楼之间有一片荒地，荒地上杂草丛生，堆放着建筑废料，还横亘了几个石灰池。但这却是吴工小时候的游乐场，不知道多少次因为不小心踩进了石灰池，吴工一脚深一脚浅，一步一个白脚印跑回家而被母亲痛骂。有回和小伙伴还在荒地里寻到了一副完整的狗头骨，现在想来极有可能是哪个南医学生随意丢弃的实验垃圾。吴工把头骨作为战利品带回了家，可全家如临大敌，像是吴工捡回了一个生化武器一样，不但勒令吴工扔掉了这个宝贝，还让吴工把手反复消毒，手都洗得脱了皮才罢休。对吴工来说，那块荒地简直就是阿里巴巴和四十大盗的藏宝洞。

上三年级的时候，吴工发现荒地上又多了一件宝贝：一个被丢弃的破损篮球架。可能是受到《鲁滨逊漂流记》的启发，吴工在这个篮球架的四周覆上树枝杂草，用藤蔓仔细捆扎好，修葺了围墙和屋顶，又从附近工地上找来稻草麻袋一层层铺在地上，花了好几天时间把这个篮球架改造成了一个自己的城堡。为了让它像一个真正的城堡，吴工还在它的四周挖上了陷阱，铺上细细的树枝和树叶，不过这些陷阱充其量只能容纳一只鞋，非但没有抓住任何入侵者，还因为挖得太多，常常坑了自己。

吴工童年的城堡

每天放学，吴工和小伙伴们都跑到这座城堡里，或是做游戏或是抄作业。若是约不上朋友，吴工会一个人带上小人书，在这座城堡里面静静地看一下午。这个不足一立方米、四面漏风的城堡，满足了吴工很多的遐想，陪伴吴工度过了很多美好的童年时光。就像那句西方谚语说的："这是我的破房子，风可以进雨可以进，但是国王不能进。"可惜好景不长，吴工毕竟没有这个城堡的产权，几年后荒地上新建起了高楼，吴工的堡主身份也戛然而止了。

二十多年过去了，吴工晋级成了一个三岁小朋友的父亲，和那些担心孩子输在起跑线的家长们一样，吴工也开始收集学区房宣传单了，不过依照吴工的经济水平，即便咬一咬牙把房子卖了，也只能换个老破小的学区房，实在有点不甘心，心里总觉得有点愧对小朋友。一天，吴工又收到一张宣传单，在粗黑体字的房价下面还贴心地配上了一幅插图：一个小朋友站在城堡上，拿着望远镜远眺星空。吴工对房价早已麻木，再粗的黑体字也没有什么辣眼的效果了，倒是这幅插图勾起了吴工对童年篮球架城堡的回忆。吴工更想建一座城堡送给小朋友！

吴工立刻做了市场调研，发现市面上有售的儿童城堡主要有下面三类：

从左到右，第一个是塑料城堡，要一万多块，虽然和上海房价相比算是便宜，但吴工还是难以承受；第二个准确地说是个帐篷，和城堡根本不沾边；第三个是硬纸板做的，样子不错但是太单薄没有质感，小孩子玩几次估计就要成可回收垃圾了。

受到第三种城堡的启发，如果用纸箱做砖，应该能搭建一个漂亮结实的城堡。不过吴工的业余时间刨去上厕所、睡觉已所剩无几，如果买的纸箱太小，可能工作量巨大，一晚上也砌不完，而小朋友第二天一觉醒来趁吴工上班一定会大肆破坏半成品；如果买的纸箱太大了，那么又无法做出城堡的复杂结构。选来选去，吴工敲定了这个10号邮政纸箱：

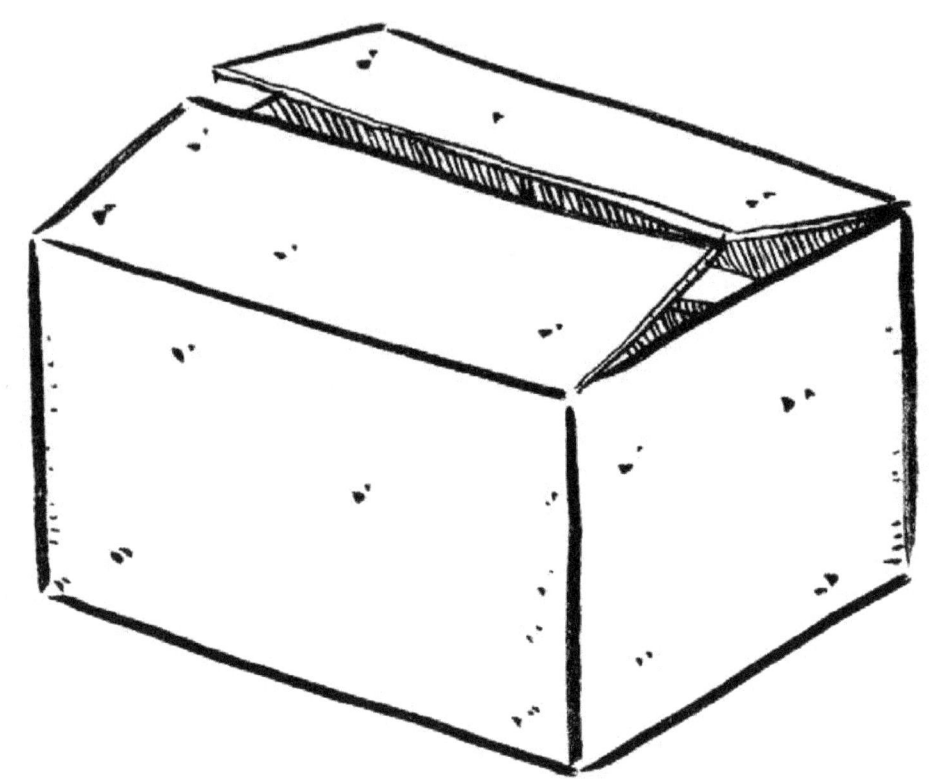

尺寸：175毫米x95毫米x115毫米

老实说，这个尺寸非常地不完美，长宽比例不是二比一，因此在交替砌墙时，总会有多出一点或者少了一截的情况。但这是标准尺寸，除非找厂商开模，而开模是一千个起步，一千个纸箱买回来都能搭万里长城了……

城堡毛坯

如果要容纳两岁的小朋友，这个城堡只需要一米多高、占地一平米左右就可以了。城堡的厚度就是纸箱的宽度，已知了城堡展开的周长、宽度和高度，吴工重温了下中学立体几何的知识，用城堡的体积除以纸箱体积，大致算下来要一百多个纸箱。

吴工是个有极强忧患意识的工程师，生怕自己买的数量不够，又要多花运费，于是一口气买了三百个纸箱。当快递小哥扛着二十斤的纸箱上门的时候，家人一度以为送错了人家，想拒收……

吴工下班回家看到两麻袋纸箱的时候，心想可能自己真的疯了。

纸箱买来时是压扁的，需要自己撑开糊好。小朋友睡觉以后，吴工才能开工，花了三个晚上的时间孤独地糊纸箱。

到了第四天，吴工忽然想到小朋友虽然才三岁，但是四肢健全，为什么不叫来一起糊纸箱呢？时值岁末，北风瑟瑟，当晚吴工所住小区出现了这样温馨的一幕：父子席地而坐，互帮互助默默地一个接一个糊着纸箱。如果这个场景被街道居委会发现，应该会列入年底扶贫救困送温暖的名单吧。

糊到第二百个纸箱的时候，书房已经无法立足了。吴工觉得数量差不多了，待小朋友入睡，吴工的城堡就动工了。

吴工迅速地试着搭建了第一版，效果并不令人满意（如后页方案一）。四四方方的造型，像瓷砖一样整齐排列的纸箱，总让人联想到公共厕所。方案一推倒之后接着重新搭了第二版（如后页方案二），这一次做成了一个碉堡状的圆筒形。这才让吴工稍稍感到满意一点。

因为体形巨大，如果在书房开工的话是拿不出去的，所以施工地点选在客厅。

每个纸箱之间都用白胶固定粘好，因为只有一种规格的纸箱，吴工也没有时间改造大小，所以在做到城堡大门的时候，既要保持上下行错层，又要保证门框能齐平，尺寸各种别扭。就像拿了一副不配套的乐高积木一样，吴工拼尽全力，终于完成了毛坯。此时已是凌晨。

方案一

方案二

第二天吴工早早起来巡视施工现场。一晚上的工夫,白胶已经凝固,任凭小朋友拳打脚踢也拆迁不了了,吴工于是安心地上班去了。

城堡毛坯

城堡上色

这样的城堡显然不好看，粉刷一下是必要的。和所有刚入门的家长一样，吴工也是经常被一些育儿文章洗脑：要锻炼小朋友动手能力啦，要训练小朋友专注力啦，等等。于是吴工决定让小朋友一起来上色。

城堡的底色，吴工选用的是灰色的丙烯颜料。

总的来说前面三十分钟还是和谐的，到了后面，场面完全失控！小朋友开始丧心病狂地往自己身上和吴工身上上色。更糟糕的是这个颜料是吴工买来画T恤衫的颜料，一般情况是洗不掉的……

把儿子解送回房间强制休息以后，吴工独立完成剩余部分，又是凌晨了，吴工腰部已经少了一个自由度……不过这才是底色。

有人说孩子的世界应该是五颜六色的。吴工想是不是也应该粉刷一个五颜六色的城堡呢？吴工犯了愁。这是有科学依据的，大脑里主管红绿的视锥细胞基因在X染色体上，女生有两条X染色体（XX），男生只有一条（XY）。所以女性能轻松地看出不同色号的口红，而男性只能看清楚不同的价格。这样的生理缺陷使得吴工对颜色实在不敏感。第一次上色，吴工把颜料盒的颜料挨个涂在城堡上，完成之后感觉像夏威夷衬衫的配色，有一种难以言状的丑陋。

吴工决定重新上色一次，这回干脆走写实路线了。

先上一层灰底色把之前花哨的颜色遮盖住，趁颜色未干，在每块砖的四个角涂上黑色。接着立刻用排笔把黑色灰色的界线模糊，再用点白颜料，给砖头上高光。这样看起来就像砖墙啦！

城堡装修

灰色城堡显得冷冰冰的。吴工买了木纹地板革,让城堡显得生动一些。这里不用木纹贴纸的原因是,贴纸没有厚度,贴在城堡上会显出纸箱的轮廓接缝,不是很真实,而地板革有两毫米厚度,显得有质感得多。

每个童话故事都是从一个密林深处的城堡开始的,吴工想象中的城堡应该藤蔓环绕并且门上泛着隐约的灯光,吸引着王子、勇士去拯救公主,屠杀恶龙。藤蔓很好做,网上买了些塑料葡萄藤,不过叶子太大,比例和城堡不相称,需要逐一修剪。城堡上的壁灯怎么做呢?

吴工用饮料瓶、牛奶瓶和吸管做了一盏萤火虫壁灯，里面装了一只LED小灯泡。

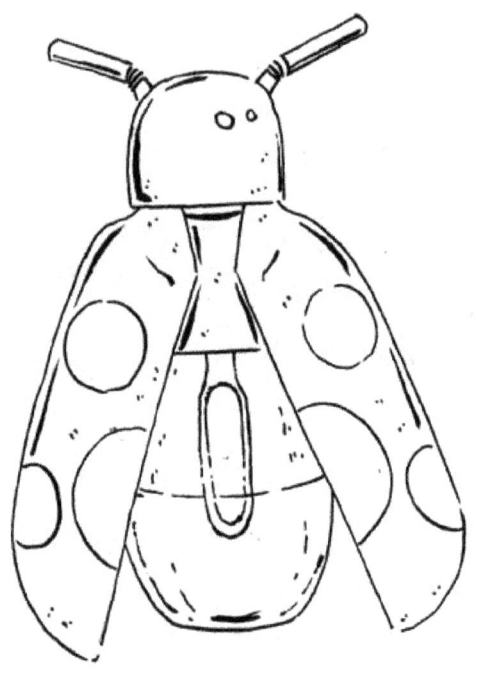

吴工幻想，如果有一天小朋友学会阅读了，一个人坐在城堡里面静静地读书是多么有意思的一件事啊。城堡窗户小光线昏暗，一定也得配个大功率的灯泡。吴工用了一个矿泉水瓶，简单地做了一个鲜花吊灯。

这些LED灯都由USB供电，用个充电宝就可以了，小朋友也不会有触电的风险。给每一路灯都配上复古的拨动开关，这样也不怕浪费电了。

真正的城堡应该是有大门的，因为门后永远藏着神秘的宝藏、待拯救的公主、贪婪的恶魔。吴工可以用硬纸板做一个城堡大门，但是纸糊的大门能禁得起三岁小朋友的折腾吗？在美观和耐久的问题上，吴工左思右想做了个折中，用一块木纹的塑料布挂在门口当作大门。借用下侯宝林的相声段子，夸夸吴工的这扇大门："它是经洗又经刷啊，是经拉又经拽啊，是经蹬又经踹啊。"

就这样，吴工断断续续做了两个月，终于实在想不到还有什么能装修的，于是把城堡（成品见附录01）封顶交付给业主了。

你不觉得这就是一个奇妙的童话故事开始的地方吗？

吴工忽然嗅到浓浓的商机：如果能用纸箱设计不同主题的城堡，附上图纸，纸箱之间用纸筒做螺柱连接，省去胶水还能保证定位准确；成本低廉，运输也简单，而且还是全家动手的亲子活动，应该很有销路吧。

城堡结局

吴工显然是对新时代的业主有了误判，这座城堡并没有得到小朋友的太多青睐。两天新鲜度过去以后，小朋友就再也不玩了，城堡也成了堆放玩具的仓库、晾衣服搁脸盆的临时支架。但是吴工还是很喜欢这座城堡，有时候等夜深家人都入睡了，吴工会悄悄地钻进去，放下城堡的"大门"，在这个只能盘腿席地而坐的狭窄空间里面，吴工仿佛又回到了童年那片荒地上，工作的压力、生活的焦虑好像都被卸下，时间仿佛随之停摆，心也变得安静踏实了。

但是这座城堡自从建成之后就一直被家人抱怨，不但是卫生死角藏污纳垢，而且在客厅违章搭建遮挡阳光。于是一年以后，经过家庭会议的投票表决，这座城堡被一拆两半，送到了楼下的可回收垃圾箱。吴工留下了那盏萤火虫壁灯当作纪念，不知道它会不会留在孩子的记忆里。

吴工最终还是没有本事在上海给儿子攒一套学区房，这个不值钱的纸箱城堡也没有能够保存下来。吴工希望，如果有一天小朋友回忆起这座城堡，他能够明白：做任何事情都要认真不敷衍，对所有美好的事物都要永远心存敬意。前者可以安身立命，后者可以给生活以希望。

做一个纸箱城堡可能需要的工具：

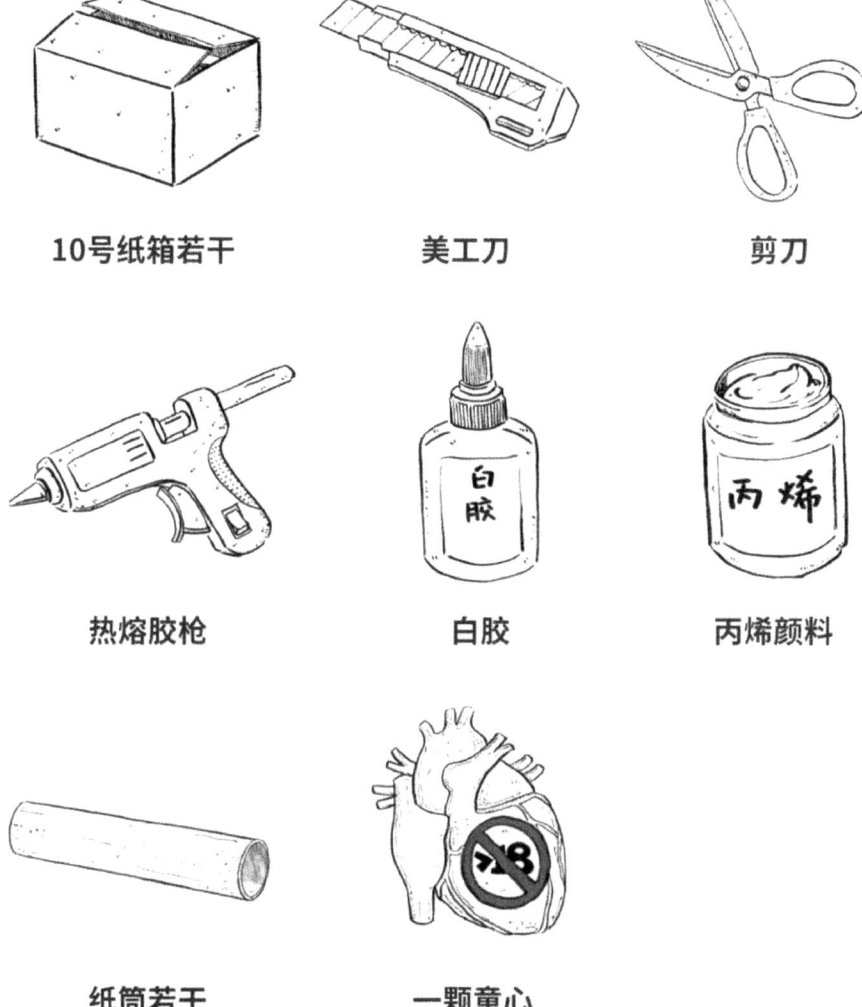

10号纸箱若干　　　美工刀　　　剪刀

热熔胶枪　　　白胶　　　丙烯颜料

纸筒若干　　　一颗童心

02 汽车人，变形出发

大概是1989年吴工刚上小学五年级的时候，《变形金刚》席卷了神州大地。父母去上海出差，带回了两本根据动画片临摹的小画册。什么是临摹小画册呢？这大概是当时一些出版社的独创，他们根据动画片内容，自己依样画葫芦地临摹上一遍编成绘本。几十页的画工粗糙的画册，吴工却一直舍不得看完，花了一个多月时间才一点点地看完。想来小时候的吴工就具有了极强的忧患意识。后来毗邻的安徽电视台也紧随上海开始播放《变形金刚》动画片了，每周六晚上8点播出一集。那时候没有有线电视，周六就像过节一样，年少的吴工老早就等在电视机前。但毕竟南京安徽相距百里，电视信号弱，只能倚仗吴工老父亲不断地调整着天线角度，让吴工在一片雪花中依稀拼凑出擎天柱大哥的模样。

不久以后便有了进口的变形金刚玩具,吴工清楚地记得一个擎天柱要108元。1989年父母一个月的工资才36块,所以吴工知道买个擎天柱就好像语文数学要考双百一样可能性为零。每个周末,年少的吴工都要去玩具柜台伫立十几分钟,在另一个平行宇宙里抚玩它一百遍。

终于有一天,老天被感动了。期末考试吴工考了两个95分,父母对吴工这次超水平发挥也很满意,就把奖励标准打了95折,同意买一个变形金刚,不过要求不能超过五十元钱。吴工大喜过望,急急忙忙跑到玩具店,可面对琳琅满目的金刚们,竟不知道挑哪一个好了。那个年代的玩具工艺水准不能和现在同日而语,这些金刚们有的是面目模糊,口眼难辨;有的从腰部以下就是一个整体,只是敷衍地贴了两张贴纸,权作双腿。老实说,五十元以下的变形金刚都难以符合吴工心中的美学标准。最后吴工在一个不起眼的货架上，发现了一个面目清秀、双腿能分开的"变形金刚"，在它包装盒上还画着变形的三种形态！就是它了！吴工终于做出了决定。捧着这件来之不易的玩具，吴工两眼放光，但是余光中仿佛瞥到母亲正努力地和店员讲着价……

　　这份喜悦并没有持续多久，随着吴工在变形金刚领域的深入研究，吴工发现自己所买的并不是正宗金刚，而是一部名为"电击战队Changeman"的日本特摄电视剧中的机器人。懊恼、悔恨渐渐占满了心头，就像渔夫和金鱼的故事一样，吴工知道自己已经用光了所有的机会，没办法回头了。

changeman

半年后，外公外婆去香港省亲。吴工从小和外婆生活在一起，感情深厚。外婆临行前悄悄向吴工许诺，从香港带一个真正的变形金刚回来，不带任何附加条件。吴工觉得峰回路转，又有希望能请到擎天柱回家了。不过兴奋之余陷入了沉思，万一外婆买错怎么办呢？吴工想到了汽车人和霸天虎的标志，让外婆认准标志，按图索骥总不会错了！变形金刚动画片一集有20分钟，中间大概有2~3次转场的时候会出现变形金刚的标志，持续时间只有2~3秒。于是吴工蹲在电视机前，拿了纸笔，紧盯着屏幕一闪而过的标志进行速写。足足看了好几集，才把一个汽车人的标志描绘完整。在外婆临行前，吴工郑重地把它交给外婆，叮嘱道：买擎天柱，一定要认准带这个标志的。

　　一个月后,外婆给吴工带回了一个真正的变形金刚,不过不是擎天柱,而是霸天虎六面兽。因为两地译名不统一的缘故,香港的营业员浑然不知哪一位是擎天柱,于是不怀好意地把全商场最大的一只变形金刚推销给了外婆。虽然有点小小的遗憾,可面对这个有两个擎天柱那么高的变形金刚,有哪个小孩会拒绝呢？吴工一下子也成为全院子里最靓的仔，小朋友们簇拥着吴工，眼里流露出羡慕和嫉妒。吴工从小就珍惜这只变形金刚，每次把玩都是小心翼翼，也从不借与他人。

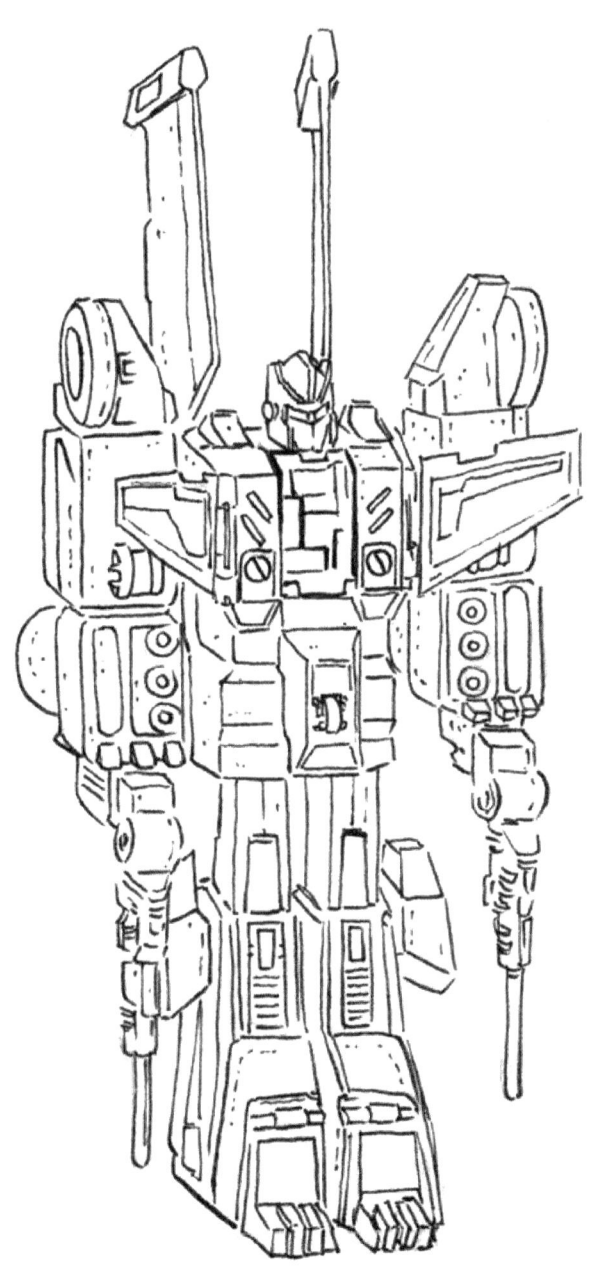

六面兽

大概是太爱变形金刚的缘故，少年的吴工立下志愿：长大要当一位发明机器人的科学家。三十年过去了，外婆送给吴工的变形金刚，虽然还是和新的一样，可是外婆已经不在了；吴工也没有发明出机器人，倒是家里多了一堆借儿子名义买的变形金刚玩具。

小朋友快三周岁生日的时候，吴工问他想要什么生日礼物，小朋友想了一下，说想要一个擎天柱。吴工顿时感到欣慰，童年的片段一幕幕回闪在脑海，感慨未竟的事业后继有人了，同时也想为上次做纸箱城堡剩下的一百多个纸箱找到出路，于是吴工对小朋友说："我们来做一个擎天柱吧。"

擎天柱的头身设计

吴工是个谨慎的人，在做出承诺之前，吴工还是做了个实验。擎天柱最复杂的结构就是脑袋了，如果脑袋能做成功，就成功一大半了。吴工决定用一个纸箱作为大哥脑袋的基本单元，开始摸石头过河。

虽然变形金刚的电影已经拍了好几部，但是在吴工心里，擎天柱永远都是动画片里的模样，而这个模样早在三十年前就被吴工在各种科目的作业本上默画了上千遍。不用打草稿，吴工也能做出来。

用一个标准的纸盒作为头部的基本单位，再用硬纸板裁剪大哥头盔、帽徽、耳机和口罩几个部件……

当看到擎天柱大哥纸盒脑袋出现在眼前的时候，吴工深深感到，接下来的工作是找不到任何借口可以逃避了。

吴工理想中的擎天柱也应该是能变形的，这就得事先做好计算和功课。吴工是个电子工程师，也不会机械制图软件，只好用PPT画了一个下午。不过好在所有的身体和四肢都是以标准大小纸箱作为基础模块构建的，就像用

PPT摆摆积木。因为擎天柱头部已经定型，所以身体四肢要围绕这个头部的比例进行设计，初稿完成，算了下成品高度应该是一米六五左右。这个高度有点吓人，几乎和孩子他妈一样高了，三岁的小朋友只能抱大哥的大腿了。

这让吴工有些纠结，需要在可玩性和观赏性上做出抉择。最后折中下来，进行删减，高度仍有一米四。还是有点点高，但是吴工安慰自己，这样才忠实地还原了动画片的场景。用发展的眼光看，小朋友还会长大的呀。

没有挑良辰吉日就着急开工了。纸箱买回来是被压平的，需要打开再封上。糊纸盒的粗活当然要拉上儿子。小朋友也开心地参与到家庭年度重大历史事件之中来了。

分享一下吴工的经验教训，千万不要用胶带来封纸箱。看起来省事，但是之后胶带太光滑没法上颜料了，正确的做法应该是拿热熔胶胶在里面再迅速封上。

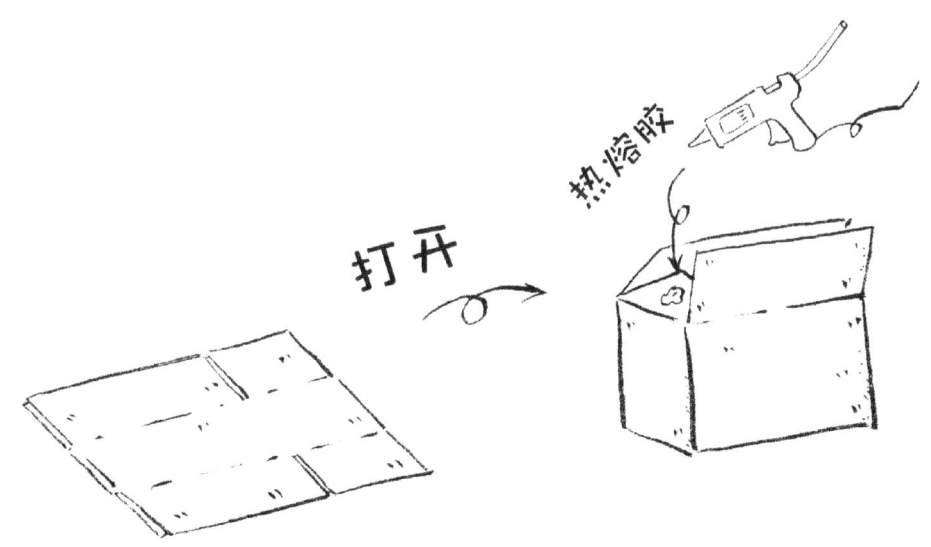

按照吴工的设计图，最先完成的是大哥的躯干，一个个纸箱利用白胶和热熔胶拼接起来，像搭积木一样，省去了设计多面体外形的麻烦。

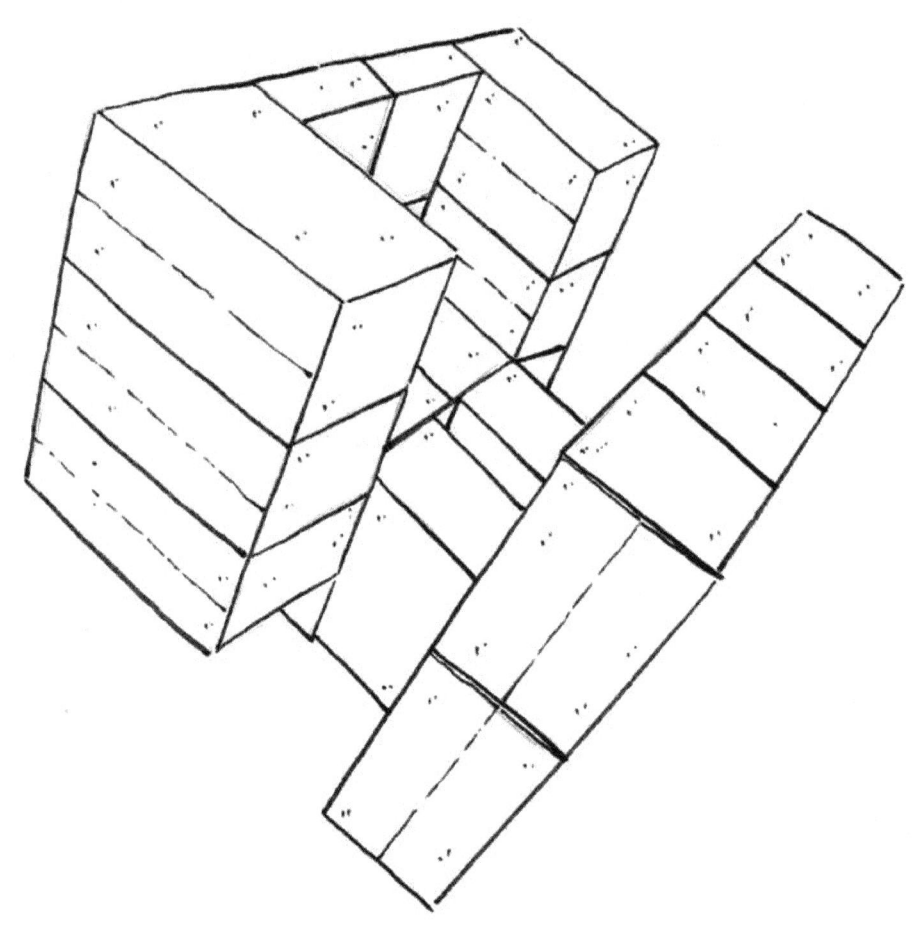

胳膊部分，吴工设计的成手是可以收缩进袖管的。工程师的悲观和忧虑在关节的制作上显现出来。吴工担心纸盒太单薄，经常抽拉会破损，所以做了加强处理：一摞硬纸板用白胶粘好撑在纸箱里面。

手肘和肩部的关节是用硬纸筒做的。吴工这个纸筒不是卫生纸的芯子，而是在网上买来用来装海报、照片的纸筒。贵倒是不贵，只可惜要三十根起卖，家里又多了一堆没什么用的东西。每当不明真相的观众称赞吴工善于变废为宝的时候，吴工总是笑而不语，不承认也不否认……

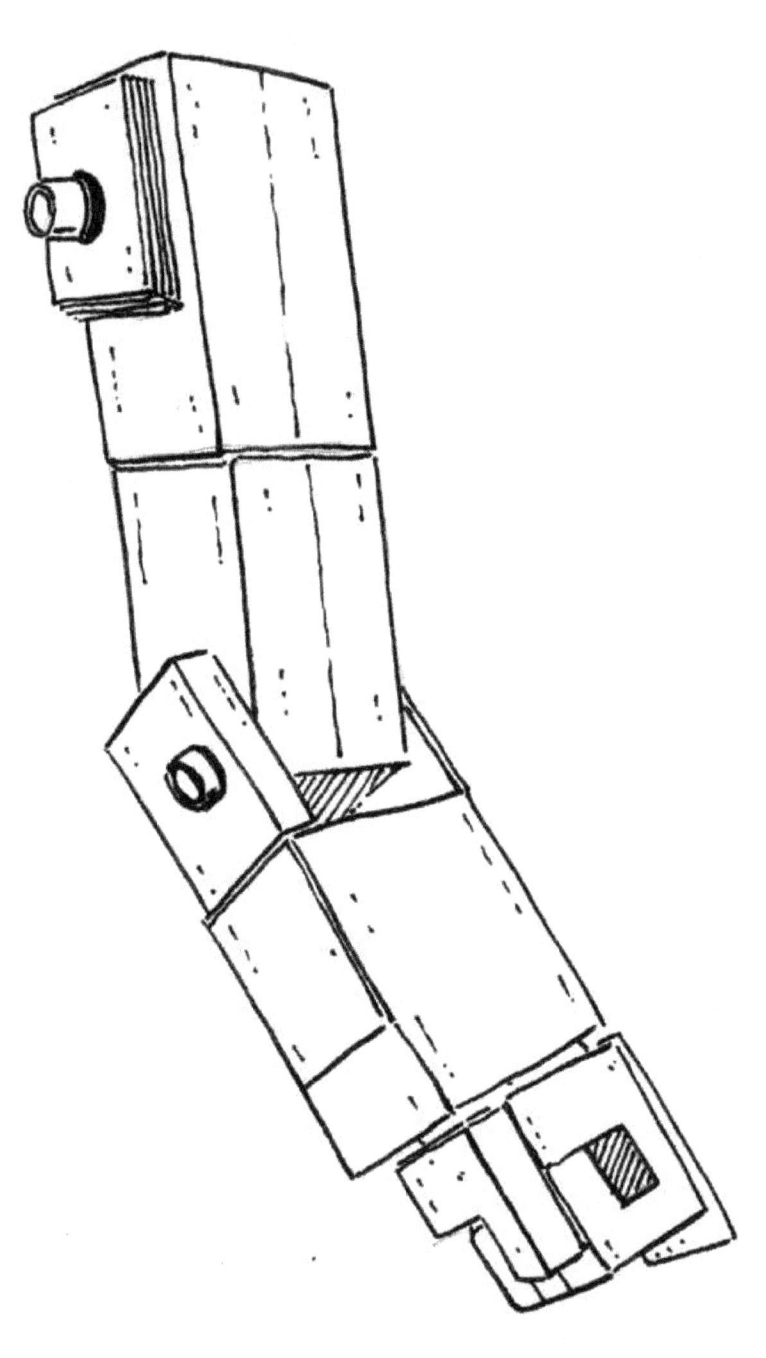

接下来是两条大腿了，吴工偷了个懒，又买了几个不同型号的扁纸盒，这样可以显得不那么臃肿。吴工模仿动画片的样子，在小腿上做了些叶片让腿部显得有点层次。

在变成汽车的时候，双腿是向后转九十度作为汽车的悬挂和底盘，这样的话两个脚掌就会过于凸出。吴工用两片塑料合页连接脚掌和腿部，让变形成车的时候，脚掌可以向下翻折，和底盘保持水平。

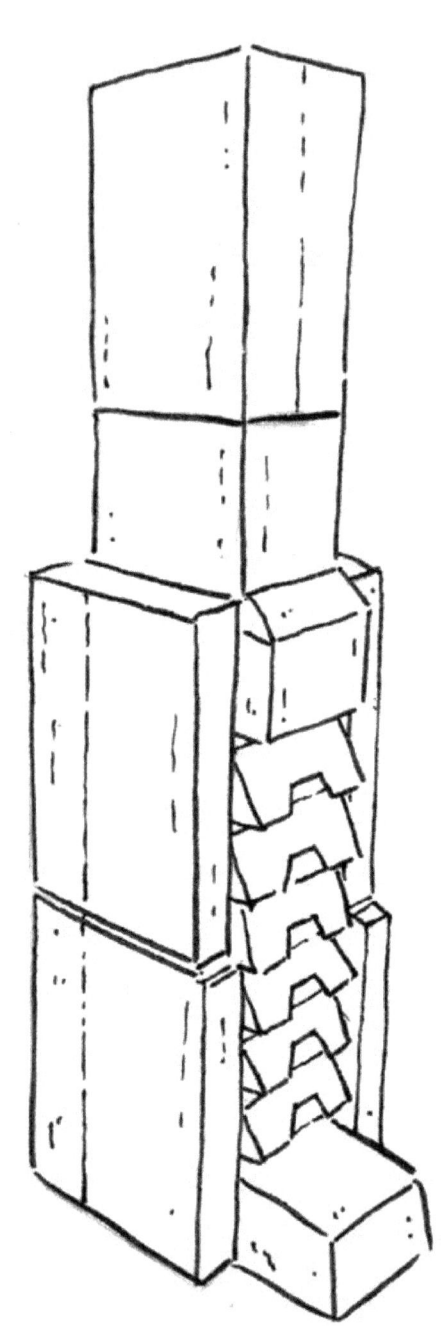

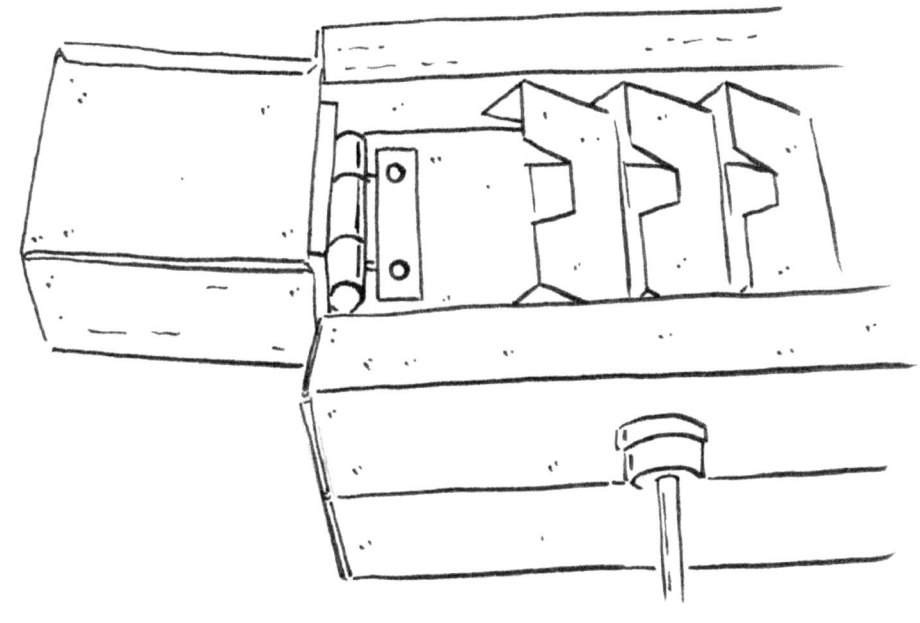

　　腿部是要安放车轮的。本来吴工想在淘宝买个蛋糕盒做轮子，这样可以完美地实现全纸壳化的擎天柱大哥。但是一询价发现一个盒子要三十多块钱，4个轮子要一百多，更要命的是从蛋糕盒到轮胎还差好几道工序呢！吴工没有那么多时间，索性买了童车后轮4个，商家可能想这家熊小孩骑车真废后轮啊！

　　把身体和双腿做了个简单的组合之后，吴工发现了问题——怎么看都觉得腿短，有点忍者神龟的感觉。吴工是个喜欢研究的人：为什么明明按照图纸做的，腿会变短呢？吴工用初中的物理知识解释了这个问题。因为上身太大，导致腿被挡住了不少。

唉，吴工又要在可玩性和观赏性上进行权衡，也罢！为了吴工心目中擎天柱完美的比例，委屈小朋友，再加高一点吧。这样不得不加高了一个纸盒的高度，结果比预算高度又高了175mm，吴工有些担心，这越做越高，小朋友是不是只能站在板凳上玩了……

擎天柱的上色

擎天柱的结构已经完成了，但是身体像贴了瓷砖一样，既没有美感也没法上色。这时吴工收藏了好多年的电脑纸箱终于派上用场了！因为实在太大了，吴工蹲在地上一连工作了好几个夜晚，剪剪贴贴给擎天柱身体包上了一层硬纸板，等完工的时候腰椎少了好几个自由度。

终于到了令人振奋的上色环节了。

按照吴工做手工的习惯，总会留点能让小朋友参与的部分。擎天柱的配色是法国国旗的红白蓝，三色旗据说是拿破仑创立的，象征着博爱、平等和自由，这面旗帜横扫了封建君主诸国，把法国的文明和共和制度传遍了欧洲大陆。美国独立战争时期的旗帜也是这三种颜色，美国队长也是这个配色。所以这三种颜色用在正义的化身擎天柱大哥身上再合适不过了。配色很简单，非常适合小朋友涂抹。颜料是买的大罐的丙烯颜料，价钱便宜量又足，关键是无毒无害。

吴工庆幸上色工作可以在夏天进行，不用担心小朋友弄脏衣服。

擎天柱的细节

一个优秀的艺术作品是要追求细节的，这样才能打动观众。但是一个业余艺术工作者更应该对自己好一点：能买的就别自己做了，费神！擎天柱大哥镀铬的保险杠，网购了家具翻新用的银色贴纸，免去了上色的烦恼。

车窗部分是用透明的蓝色塑料卡片，这样也不用上色了。

车前窗如果加上个凸起边框的细节，会显得很生动。但是难就难在找不到合适的材料，吴工开始在脑海里百度："细长条""可以折弯90度"——最后吴工在冷饮店薅了一把可以折弯的吸管，首尾相接做了两个边框解决了这个难题。

在制作擎天柱大哥的两个前大灯的时候，吴工犯难了，左思右想都想不到大小合适的材料，"透明塑料的""圆形的""直径6~7厘米的"……这就是野生手工艺人痛苦的地方，没有师承没有范例，摸着石头过河，可是也不知道石头在哪里能摸到。吴工一连卡了好几天没有收获，直到有一天在外卖袋子里面发现了一个装辣椒酱的小盒子！吴工大喜过望，又点了一份……

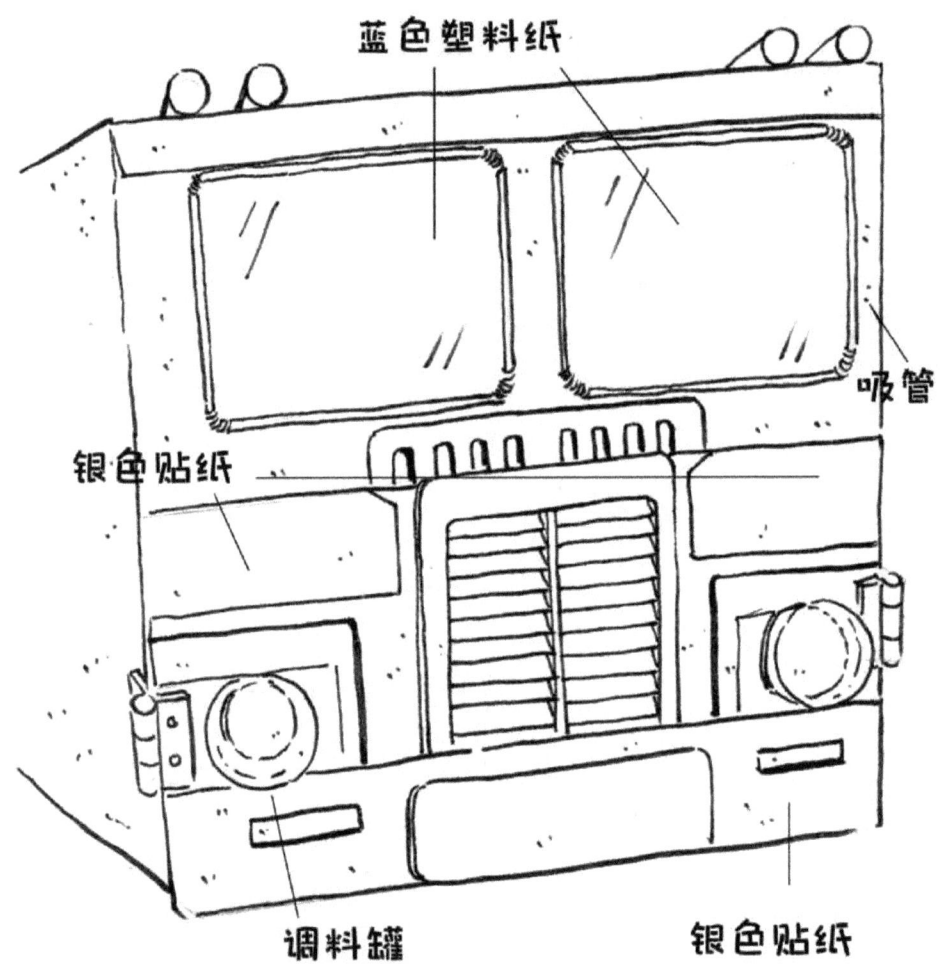

　　擎天柱的脑袋和身体预留的空间正好严丝合缝。其实这并不是吴工得意的环节，每当创作热情如脱缰野马一发不可收，却又不得不冷静下来，换上理科生的嘴脸，认真验算每个尺寸的大小，让吴工倍感煎熬。这样的次数经历多了，是可能造成性格分裂、人性扭曲的。

终于，吴工在天人交战中，花了快两个月，终于完成了这个大工程。不过最让吴工痛苦的事情，莫过于凌晨当艺术创作耗尽了每个线粒体释放的能量之后，还要启动体内的应急能源把书房收拾干净……

看到成品以后，吴工觉得这些痛苦都是值得的。来吧，汽车人变形出发！（成品见附录02）

遗憾的是，这个快一米六的大玩具既不能教会小孩子奥数、拼音，也不能培养什么好的生活习惯、意志品格，而且还积灰占地方……不过吴工想，为什么"玩"这件事也要带那么多"意义"呢？

小的时候每个人心里都会住着一个擎天柱，他让我们相信正义会战胜邪恶，相信童话故事里面那些美好和善良。直到我们一天天地长大，发现外面的世界并不都是阳光和彩虹，于是擎天柱离开了。但吴工相信，在你我内心的某个角落一定还留着他的影子。

这个擎天柱与其说是送给小朋友的礼物，不如说是送给吴工自己的一份拖欠了三十年的礼物。

做一个纸箱擎天柱可能需要的工具：

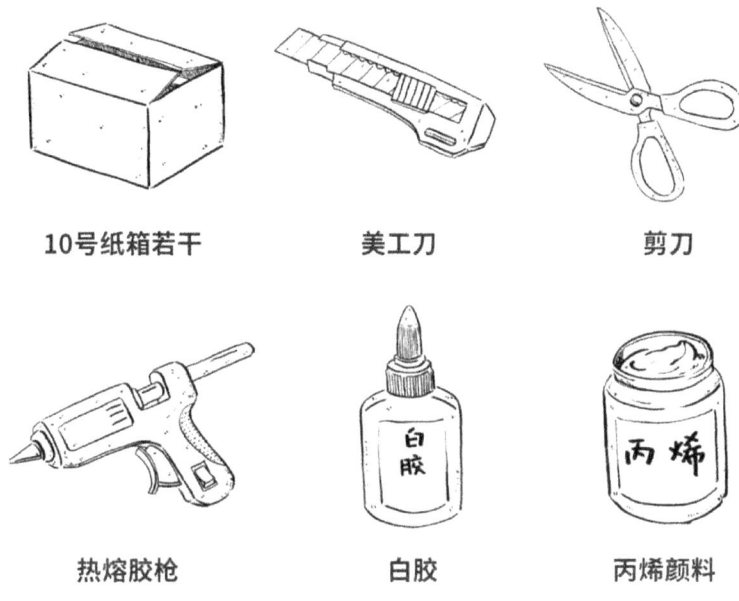

10号纸箱若干	美工刀	剪刀
热熔胶枪	白胶	丙烯颜料

纸筒若干

03 万里长城永不倒

小朋友在念小班的时候，幼儿园老师说要举办一个有国际特色的元旦庆祝活动，每个班级通过抽签选择一个国家的首都，然后布置一个介绍该地风土人情的展览。小朋友所在班级的运气比较好，抽到的是北京。老师布置了任务，动员大家回家找一些代表北京特色的物品来布置展区。为了帮助家长开拓思路，老师又补充了一句，当地的美食也可以！吴工觉得大部分家长可能会选择后者，为了不让这次新年庆祝活动沦落为土特产交流会，吴工想为小朋友完成一件真正具有北京风味的作业。

当时吴工对北京了解不多，只有几年前在北京转机的时候踏上过一次首都的土地，严格意义上还没有去过北京。不过一提到北京，吴工脑海里自然浮现的就是长城了。长城是什么样？吴工只在图片里面看过。北京的长城大部分是明代建造，用来戍守边关，而吴工的家乡南京也有一段世界上最长的明城墙，用以戍卫昔日的皇都。

从前南京市区的行政划分，基本是以明城墙为界。老南京中还流传着一句较有歧视性的俗语："出了中山门，就是乡下人。"吴工的老家在南京城西定淮门附近。定淮门毗邻秦淮河，是南京明城墙十三座明代京城城门之一，这也是当年世界上最大的皇家造船厂——龙江宝船厂所在地。这些宝船曾经伴随着三宝太监七下西洋。如今宝船厂和定淮门城门早已不见了踪迹，只剩下一段城墙绵延数里，供游人登高远眺追古抚今。后来吴工上了大学，从城西搬到了城东，又是紧挨着城东的中山门城门。中山门是明代朝阳门的旧址，民国时期因为迎接孙中山灵柩下葬中山陵而易名。一言以蔽之，吴工从小到大就是在南京城墙里面打转转，在她的怀抱中成长，直到23岁吴工离开南京走出了中山门，不幸沦为了漂泊在外的"乡下人"。

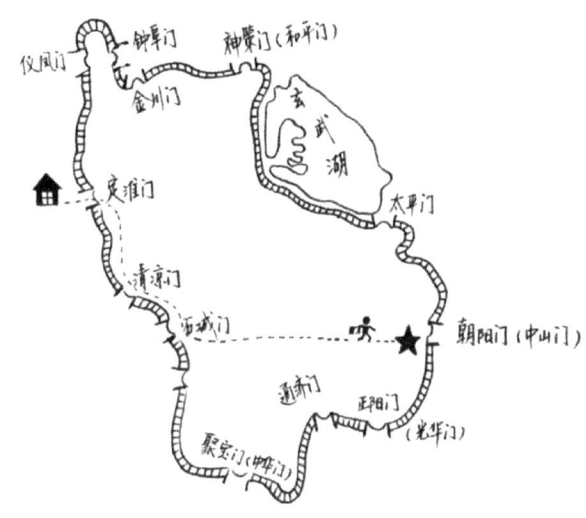

南京明古城墙示意图

虽然吴工没有见过真的长城，但是故乡的城墙一直横亘在心中，高坚甲于海内，守护着对家乡的思念。吴工对城墙充满了亲切感，那就依样画葫芦做一段长城的模型作为小朋友的作业吧！用什么材料来制作呢？为了给家里做纸箱城堡和纸箱擎天柱剩下的八十个纸箱再就业找到出路，吴工毅然向老师请缨，准备盖个纸箱长城来参加这次新年活动。

一年前吴工做纸箱城堡的时候，曾经开玩笑说，10号快递纸箱的长宽尺寸不太合适，但要是开模定制纸箱，需要一千个起步，这么多箱子都可以盖长城了。想不到一语成谶，一年后吴工竟然真的搭起了长城。

长城要做多长呢？吴工手头只剩下八十个箱子了，经过反复推敲，下面这个设计正好可以耗尽库存纸箱。

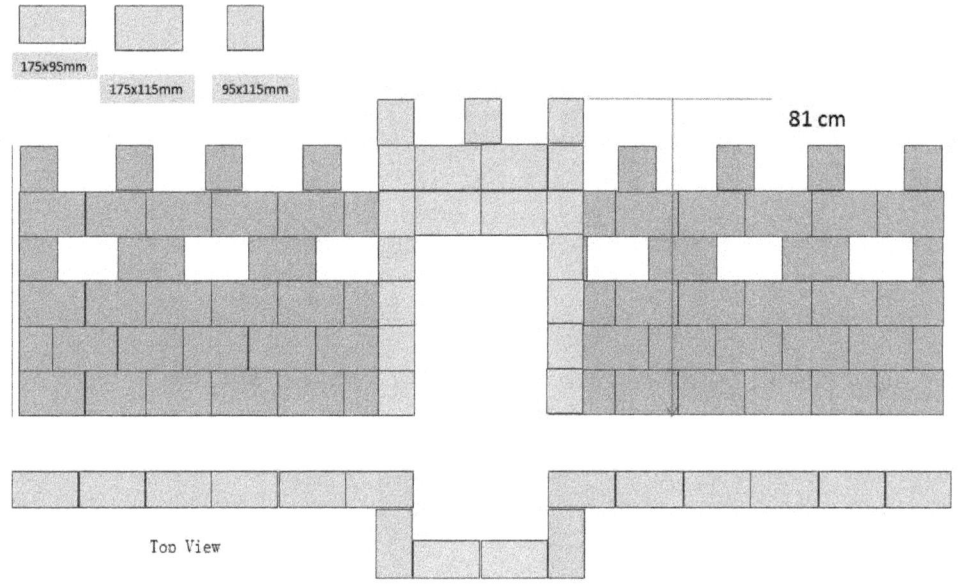

长城的这个比例大小，也是吴工再三考虑过的。三岁小孩一般一米左右，高度81厘米，刚好露出头来，不至于太矮，如果城墙再高，箱子就不够用了。

于是又是在一个寒冷的夜晚，吴工和儿子开始了糊纸盒的工作。去年糊纸盒是吴工的第一次，没有经验，用了透明胶带，结果胶带太光滑没法上颜色。这次吸取教训决定用热熔胶枪在纸盒里面上胶。

三岁的儿子很不理解为什么工序和以前不一样了，吴工解释了原因。结果儿子想了一想说："你可以涂完颜料再贴胶带啊！"吴工听完虎躯一震，顿时有一种青出于蓝胜于蓝的感觉。

八十个箱子，儿子负责折，吴工负责糊，一晚就糊好了。看着儿子技术越来越娴熟，吴工想，有了这个技术，不知道民办小学招不招特长生，特会折纸盒的那种。

用白色乳胶把一个个纸箱粘好，又花了吴工两个晚上的时间。睡觉前压上厚重的书本，用知识的力量把它们压服帖。

当然这样搭好还不怎么像城墙，吴工有本台湾李乾朗先生写的《穿墙透壁——剖视中国经典古建筑》，里面有一章便是介绍八达岭长城。在这里现学现用，给大家介绍一下长城的结构特征。

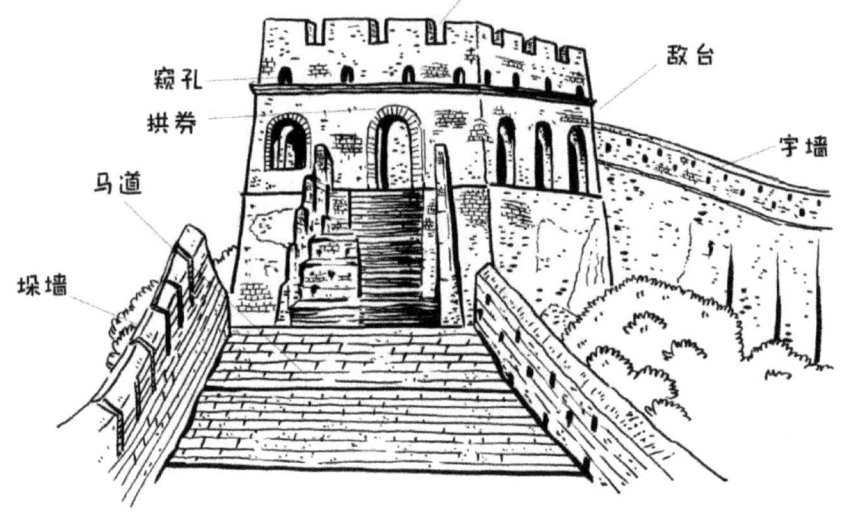

从这幅简图，大家可以发现吴工的纸箱长城只有垛口而少了抵御外敌的窥孔。吴工决定改动一下，在上面垛口的地方挖上窥孔。

这样一来就像多了！不过吴工还是不满意，书上说长城敌台上的门都是拱券结构的穹窿顶，也就是半圆顶的意思。这个拱券结构很有来头，甚至建筑师的英文architect就是来源于圆弧单词arc。并不是因为圆弧好看，而是因为拱券结构是罗马建筑的最大特点，也是相较于希腊建筑划时代的进步。

希腊式建筑

罗马式建筑

希腊建筑的结构是用立柱撑起屋顶。如果建筑空间变大，那么就要增加很多立柱。每根立柱的跨度不能做得很宽，否则立柱顶着的横梁会因为过长而断裂。但罗马人运用拱券设计解决了这个问题。拱券结构的两根立柱之间的跨度可以做得很大，中间一块卡在正中央的石头称之为keystone，用来承受两边的压力。如果你还记得中学物理的话，就会发现构成圆弧顶的那块石头，把垂直向下的重力，分解成左右两个垂直于两侧斜面的力。以此类推，每块梯形的石头像击鼓传花一样，把垂直向下的重力最后一起转移到两侧的垂直立柱上。简而言之，半圆的拱券结构把向下的重力分到两边去了，这样两根立柱就可以跨度很大，建筑的空间也可以变得很大，而不是像希腊建筑都是被很多立柱围绕。拱券结构并非罗马独有，中国也有。比如赵州桥，比如长城的拱券门洞。为什么独独在罗马兴盛起来了呢？那是因为罗马人发明了混凝土，可以用浇筑的方式大量制造拱券，不再需要石匠了。

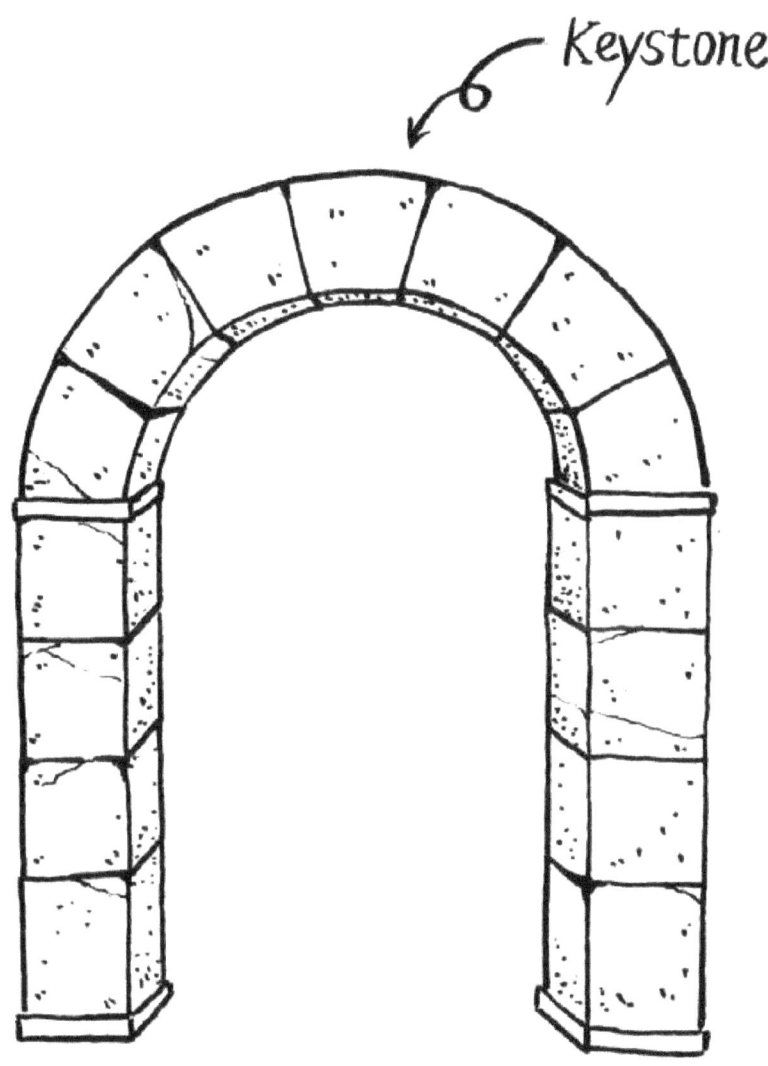

罗马建筑的拱券结构

光说不练假把式。吴工当然也要复原这个拱券结构的门洞,不过吴工走了捷径,直接把纸箱裁成了圆弧形。

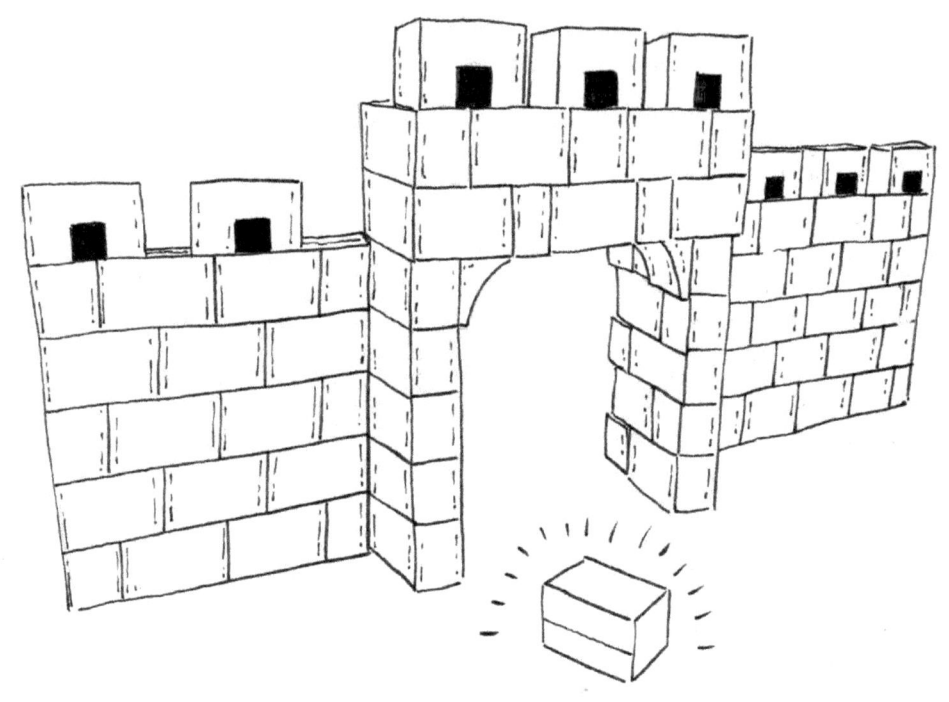

八十个纸箱只剩下一个,这就是工程师的修养

城门边上的两段城墙特地做成了和积木一样可以拼插的结构。这样可以拆成三份拿到幼儿园组装。不然那么长,只能从十楼的窗户丢下去了。

本来想就这样送去幼儿园,但是想想太简陋了,还是上个颜色吧,这才是令吴工最兴奋的环节。不巧赶上双十二网购热潮,快递繁忙,吴工采购的丙烯颜料迟迟不到,这边幼儿园的活动一天天临近,着急的吴工驱车赶到了物流点,在一堆积压包裹的海洋里面大海捞针,翻了半天才找到那罐颜料。快递师傅看到吴工着急的样子,很好奇是什么贵重物品。

上色工作依照惯例还是和儿子一起合作,小朋友一听说可以合理合法地乱涂乱画的时候两眼都放光了。

不幸的是网购总难避免色差，颜料买得深了一点。这种单一的颜色没有层次，也不太像砖石。等一晚晾干，吴工找了片儿子的尿不湿，蘸上白色丙烯颜料开始做高光。当然是全新的尿不湿，因为第一是卫生，第二是柔软不掉屑。用尿不湿抹了一晚上以后，有些像长城的样子了。

本来想就这样送去幼儿园了，可是吴工又担心这么灰暗的颜色，给小朋友童年蒙上阴影怎么办？还是得在墙上画点什么。想图省事买些贴纸，但是又找不到心仪的图案，而且时间也不够了。也罢！吴工自己画吧。

按照左青龙右白虎的传统风水布局，吴工蹲在地上完成了两幅壁画。

在城门上，吴工也没忘记给这个"一夫当关，万夫莫开"的关隘上了一个匾额，上书三个颜体大字：小二关。颜体可不同于电脑系统自带的简体楷书字体，颜体更加厚重，更适合在城门上书写。吴工就是这样一个喜欢沉浸在细节里面的人。

比一比看，效果不一样吧？

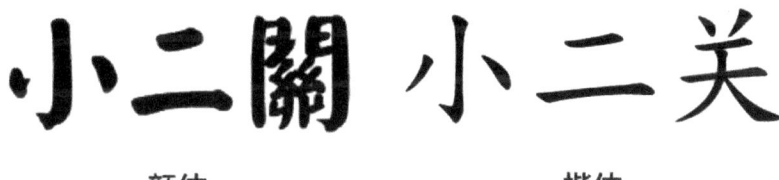

本想做到这步就送去幼儿园，但是等等！这样好玩吗？要是吴工小时候拥有这么样一个城堡，最想做的事情应该是在城墙上架起大炮玩攻城的游戏吧！

吴工决定再做三门炮。

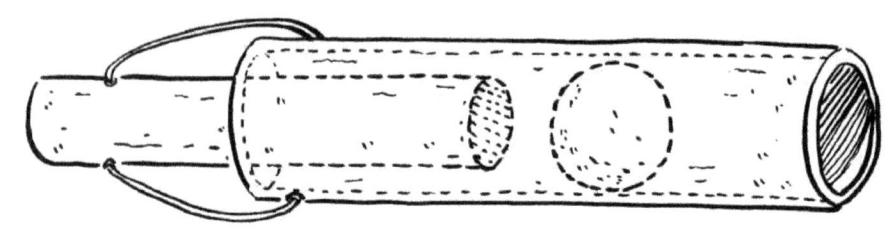

炮的结构很简单，用了之前做擎天柱剩下的纸筒，两个纸筒之间穿上牛皮筋就可以弹射了。

就这样折腾了好几天，吴工觉得可以拿得出手交给老师了。因为时间太紧张，城墙只涂了一面，显得有点敷衍，但是再不送走，怕是要过农历新年了，吴工更担心自己天天蹲着作业，腰椎间盘也要凸出了。（成品见附录03）

纸箱长城搬到幼儿园以后，成为各个班级小朋友们争相玩耍的道具。不过长城终归是纸箱做的，没过多久就被小朋友们拆散了，吴工上门做了三四回售后维修之后，纸箱长城还是免不了残垣断壁最后被送进垃圾桶的结局，但是这座城堡还是在孩子们心里留下了深刻的印象。

两年后，吴工和小朋友的同学两家人相约一起去北京旅游。两个小朋友一致要求去真正的长城看一看，吴工欣然同意，毕竟吴工作品走的是写实路线，经得起和实物对比做检验的。终于，当两个小朋友在夕阳斜照下，一起登上长城的时候，小朋友开心地大叫起来："和爸爸做的长城一模一样！"吴工听了有些飘飘然，故意大声问道："具体说说，哪里一模一样啊？"小朋友认真地想了想，回答道："砖头颜色一模一样！"

做一个纸箱长城可能需要的工具：

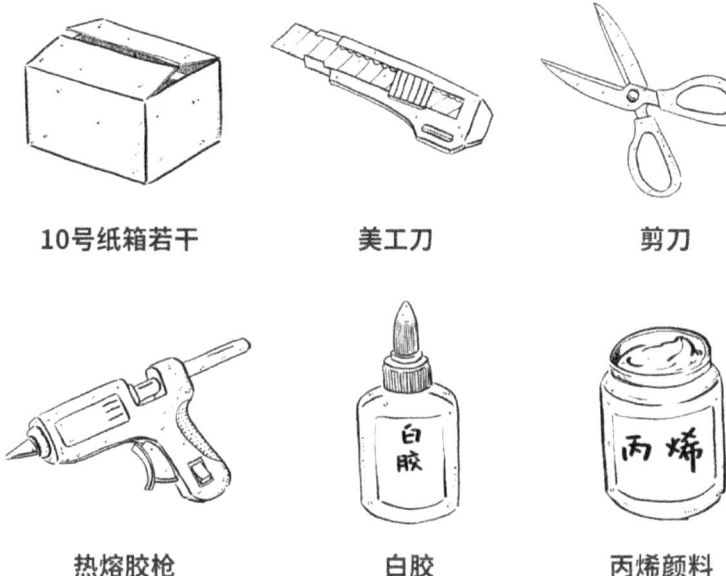

10号纸箱若干	美工刀	剪刀
热熔胶枪	白胶	丙烯颜料

纸筒若干

04 May the force be with you

吴工的童年时代，是一个没有熊大熊二三聚氰胺学而思的时代。科幻电影更是少得可怜，记得电视台翻来覆去放的儿童科幻片或者说魔幻片应该就只有《霹雳贝贝》了。这个片子说的是一个生下来就带电的小朋友贝贝的成长故事。

老实说这部片子实在不怎么样。就是一个想象力简单的文科生写的剧本，谈不上科幻。尤其是看到最后贝贝的生父穿了一身亮片的紧身衣说自己是宇宙霹雳犀人老王，圆满地解释了贝贝的身世的时候，吴工虽然年纪小，但是也清楚这是在瞎扯。

长大以后从电影杂志上知道外国有部叫作《星球大战》的电影，首映的时间比吴工出生还早一年。光听这个名字就让人心痒痒的，一看海报更让人激动。但是遗憾的是那个年代看不到完整片子。

于是吴工从小就虽不能至而心向往之。几十年过去了，星球大战远征军基地也在上海迪士尼安了家。快到不惑之年的吴工，每次去上海迪士尼都要拉着小朋友到星战基地和经典人物合影。

每当小朋友闹脾气或者犯错误的时候，吴工就会说起黑武士的故事：黑武士就是因为不能控制自己愤怒的一面，所以才被黑暗力量利用，变成了坏人。不过做了错事不要紧，只要愿意改正，心里光明的力量还会把你拉回来！黑武士最后把卢克从坏人手上救下来，又变成好人啦！

2018年的暑假，眼看小朋友又大了一岁，照例想去影楼拍照留念一下。但这次吴工想拍个与众不同的照片：去星战基地让儿子cosplay一下贯穿着星战系列的灵魂配角——暴风突击队员。不过吴工心里还有个小算盘：小朋友这个年纪进园还可以免票。

这就需要吴工给小朋友做一套暴风突击队员的盔甲了。

按照吴工十几年工程师的习惯，开始一个新案子之前总要对市场上已有的方案进行调研，以免自己走了冤枉路。在工薪消费范畴内的暴风队员的盔甲一共有两种：第一种，是塑料面罩加一身连体白衣。这一身和暴风突击兵相差甚远，远看倒像是来采集核酸的。第二种是比较正规的，也是影视剧常用的，用EVA作为基本的材料。EVA就是我们拖鞋底的原料，轻便结实容易剪裁。网上卖家把图纸直接打印在EVA原材料上，同时激光切割好，这样省去了很多麻烦。吴工觉得这个制作应该很容易，买回来自己粘一粘就可以了。但想不到，这个选择让吴工花了两个多月的业余时间。

网上购买时，需要填报穿着者的身高体重，卖家就缩放比例然后加工给你。但后来证明没有那么简单。

你会收到一大包切割好的图案，留着一点点边的5mm厚的EVA板材。另外还有一个3D软件，告诉你哪一块是盔甲的哪一部分，如何和其他零件相连。

头盔的制作

头盔的顶部是由几个圆环组成，就像你把一盘蚊香从中间顶起来一样。理论上要无数个无限小的圆环才能构成一个光滑的球体，这让吴工想起了微积分。

EVA材料虽然已经给你剪裁了形状，但并不能直接拼出立体的效果。譬如下面两片材料需要粘成斜面，如果你直接把断面相粘，你就只能得到一个直直的平面。你要做的，是把原来90。的断面加工成斜坡，再进行粘结才能做出斜面来。

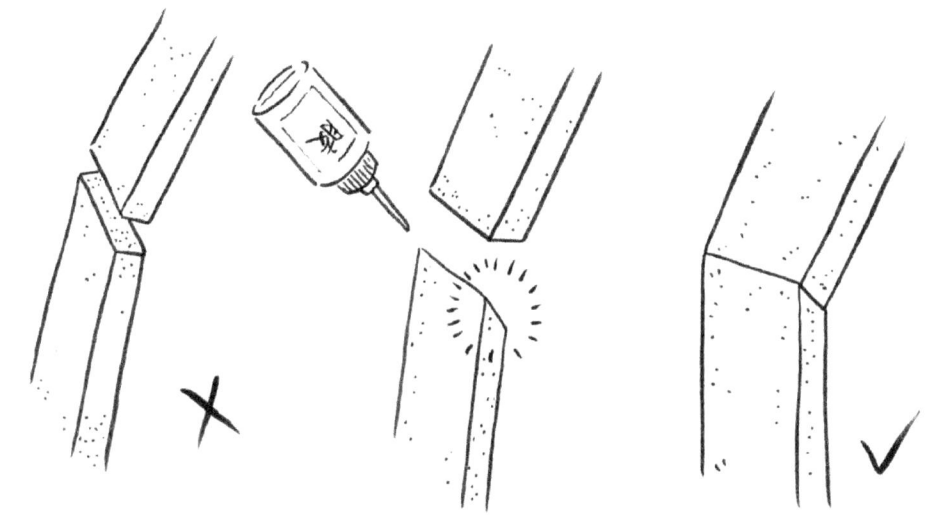

另外要提醒大家的是，干活的时候一定要戴乳胶手套，EVA的快干胶水流动性很强，几天活做下来，吴工每次洗手都得搓掉一层皮，眼看就要没指纹了。

做了一半的时候，吴工觉得有点不对劲，让小朋友试戴了一下，果然发现一个大问题——根本戴不上！

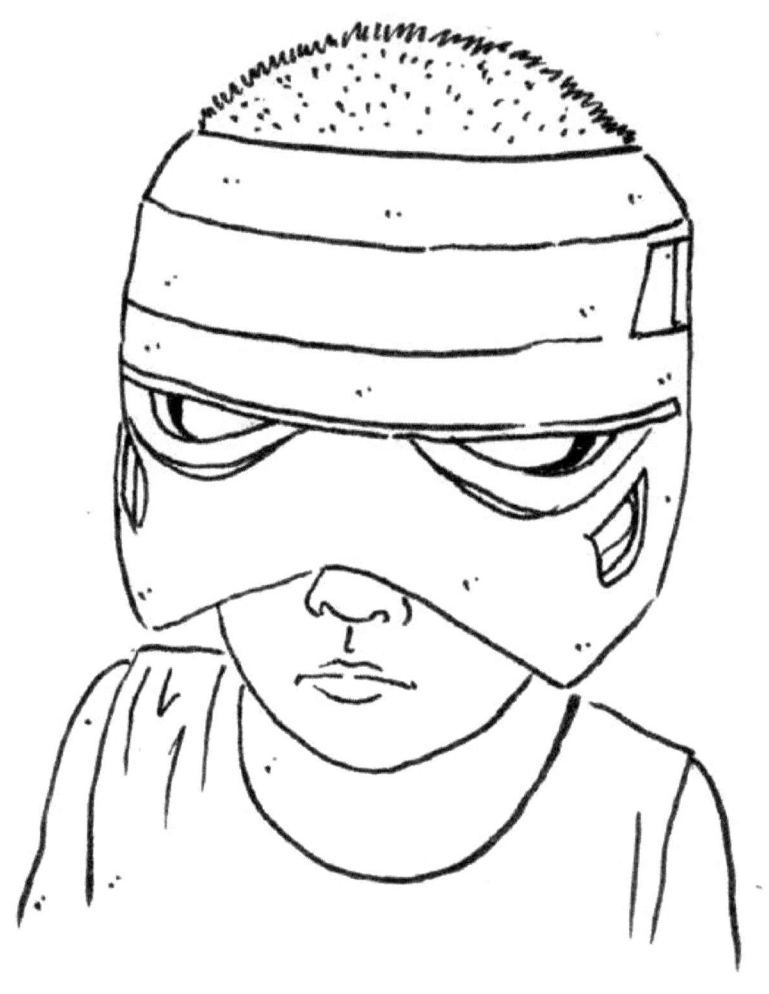

经过吴工认真分析,发现淘宝卖家对于人体结构的理解还是肤浅了点。

成人的脑袋长度是身体的八分之一,但是三四岁小朋友却是五分之一。卖家显然就是简单粗暴地按照成人的头身比例一起给缩小了。

还好EVA的边角料多,吴工只好再改了改,把之前粘好的头盔开个颅;原来的眼睛部分分得太开了,也得挖大一点。

修修补补之后,头盔终于完全符合小朋友的头围大小。

不过这个头盔上充斥了大大小小的补丁，变成了丐帮的突击队员，显然不是吴工能接受的。头盔还需要进一步处理。

在处理之前，需要给头盔刷一层乳胶，也就是文具店卖的白胶。因为EVA表面多孔，白胶可以在EVA表面形成一层光滑的薄膜，以便补坑和上色。

涂完了白胶以后，晾干。接下来就要补缝填坑了。因为吴工手艺不济，每片材料粘结接缝很大，圆弧度也不够，必须用腻子糊一层。

对于头盔的腻子，吴工看了很多EVA制作的文章，都是用的修补汽车的原子灰。这个东西吴工年轻时候用过，味道太大，吸了虽不会上瘾，但头疼恶心喉咙难受，而且想到儿子那么小就要吸毒，实在不能作这个孽。于是吴工采用了用来修补木器的水性腻子，号称是无色无味和石膏类似。

但是问题又来了，EVA是软的，稍微一变形，腻子补的地方就是裂纹，吴工又被迫再想其他办法。

上网学习了几天以后，吴工了解到有一种EVA常用的处理液叫作E51透明环氧树脂，干燥以后无色无味人畜无害。涂抹在EVA表面可以形成一个硬壳，加强EVA硬度之后再上腻子应该就没问题了。按照说明书，A液和B液要按照重量比1：3混合。夜深人静，吴工在阳台上戴着口罩，小心翼翼地称量化学试剂，搞起了化工。吴工心里是忐忑的，担心有警惕性高、想象力丰富的邻居，误认为吴工是潜伏特务在搞破坏，说不定会去报警。

涂完了环氧树脂，一晚上的工夫就固化了，头盔表面形成了一层透明的外壳，几乎连缝也不用补腻子了。因为整体是白色的，不太好检查凹坑缝隙，所以按照做模型的习惯，喷上一层灰色的补土，检查下有没有缺失的地方。

接下来就是上色部分了。好在暴风突击队员都是白色，上色简单容易多了。不过要追加一下细节：脖子后面一圈槽头肉样的管状结构，是用泡棉软管做的，人家是买来套在健身房单杠上的，虽然用不到三十厘米，价格倒是不贵，但是一买得四米起，家里又多了一堆废物；下巴颏上两个黑色圆柱体，用的是白板笔的笔帽，浪费了两支笔。不过搞艺术总是要有牺牲的吧？

头盔完成后，盔甲的制作就简单了，还是遵循剪裁—粘贴—白乳胶—环氧树脂—腻子补土—上色的流程。

每天晚上，吴工的阳台上就开始轮流晾晒滴着油漆或者环氧树脂的各个盔甲零件。白天上班前，再把它们一个个收好，免得被小朋友破坏，以及被

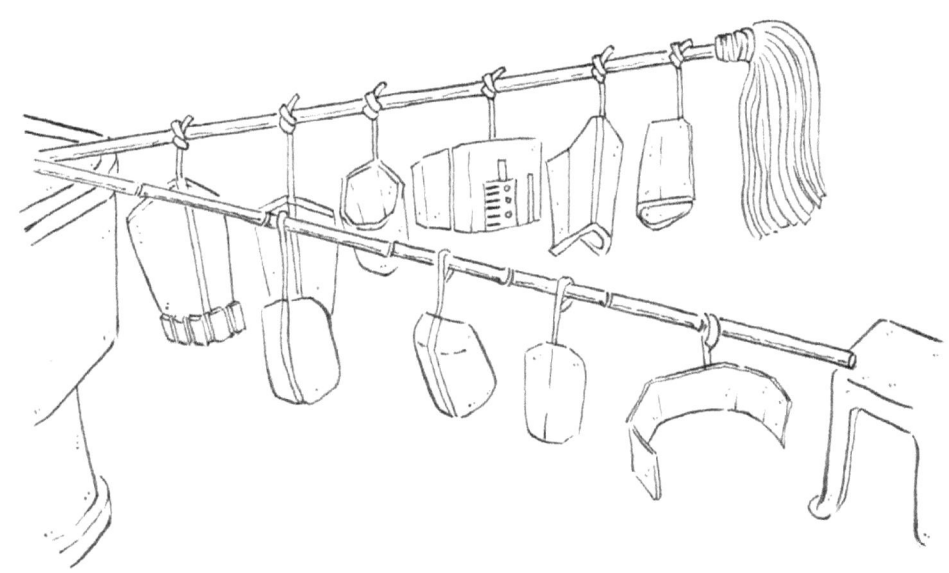

家人责骂阻碍交通。

转眼一个月过去了，全部盔甲终于完成了。

盔甲的穿戴

最后还剩下一个问题，怎么穿上身！3D软件里面只是教你怎么粘，而哪里要装拉链、哪里要用魔术贴，完全没有信息。

吴工根据电影剧照反反复复琢磨，绞尽脑汁想出了简便易行的组合方法：用魔术贴进行各个零件的连接。

鞋子和手套是套材里面没有包含的，这当然不能马虎。虽然电影里面是白皮鞋皮手套，但是老实说吴工是个过日子的人，还是有些心疼钱。鞋子是吴工网上买来白色运动鞋贴上EVA的外壳；手套是最便宜的儿童毛线手套，也粘上EVA护板。想到鞋子手套平时或许还能穿戴，于是在鞋子和手套上都采用了魔术贴的设计，方便日常脱卸。

这一切都完成之后吴工想到：白兵怎么能少了一把爆能枪呢？这就好像雷神少了锤子，李逵少了板斧一样，没有了灵魂。在网上找了一把白色爆能枪玩具，不过缺点是太像玩具了，吴工稍微改造一下，喷上了金属色哑光黑漆。担心进迪士尼乐园不让带武器入场，把玩具枪的击发装置取了出来。

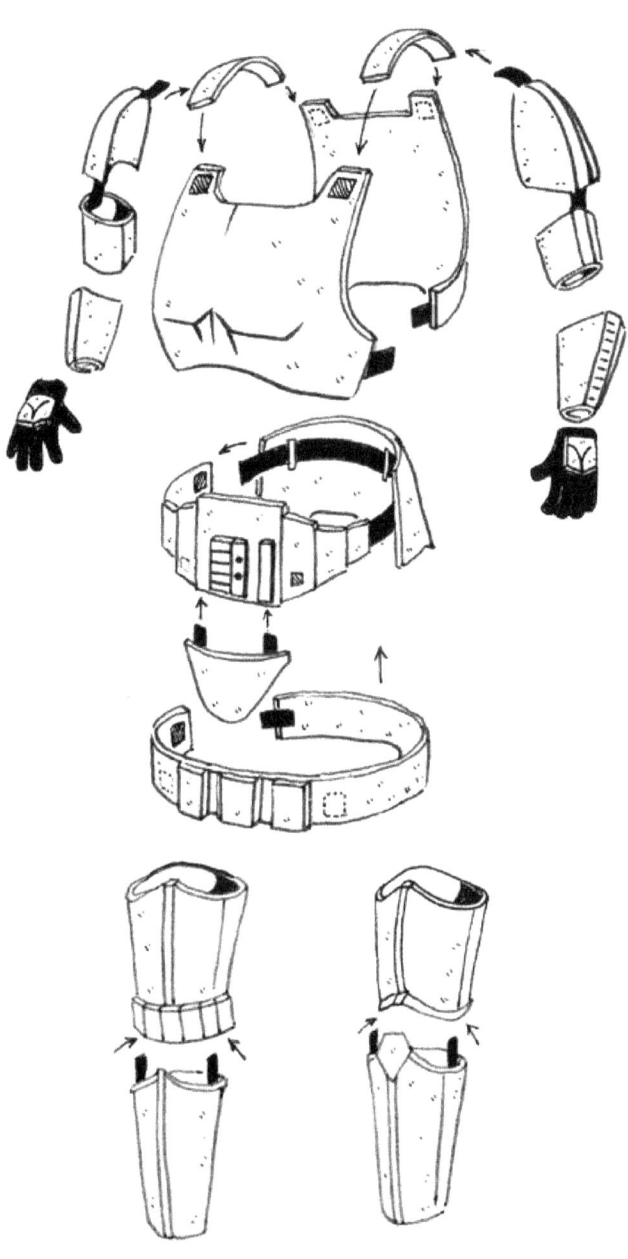

大结局

历时两个多月，终于小朋友可以开心地穿上新衣服啦！所有人都以为这会是一个大圆满的结尾，但是吴工只猜中了前头，没有料到结局。

上海迪士尼星战基地关门歇业了！重开之日待定……

吴工真的是欲哭无泪。这套衣服有效期很短，因为完全是按照小朋友的体型定制的，而且还是春秋款。小朋友的生长节奏就好像是浇了有机肥的韭菜花，来年不知道蹿多高，头围会变多大。更糟糕的是，也不知道星战基地什么时候才能开门。

尾声

白驹过隙，时光如梭。很快时间到了2019年的12月。星战影片《最后的绝地武士》上映了。时隔一年多，迪士尼又重新开放了星战基地。

吴工内心是焦虑和急迫的，因为当时做这套衣服是夏天，完全没有考虑棉毛裤的存在，这大冬天的要是让儿子穿个单衣单裤套上盔甲，是要引发家庭矛盾的。吴工让儿子套了两层保暖内衣，试了一下盔甲，还好！体重身高没有增加太多，勉强能塞进去！

吴工一咬牙买了周日的家庭票，这就去迪士尼踢馆了。

周日上午到了迪士尼，又遇到了新问题，保安不让进！说乐园不能戴全脸的头盔，吴工心想完了，没法戴头盔了，咬咬牙忍着心中淌着的血说，行！只要身上穿着盔甲也行。但保安看到吴工打开的手提袋，傻眼了，说你这不是布做的衣服啊！你这个太逼真了，乐园不能穿和主题人物相同的服装！吴工的心一下子凉了，不仅心疼门票钱，更心疼两个多月的日夜手工和一年多的等待。求爷爷告奶奶地和保安协商了半天，保安同意带着吴工去找上级，还好领导们都是见过世面的，体谅老父亲做手工不易，终于放行了。

吴工带着家人一路小跑，三步并两步地飞奔到星战基地跟前，但见到一个告示牌：

远征军基地暂时停止服务！

吴工心凉了一大截，心里想：这下完蛋了。边上有个带着一大家子的老外也是一脸失落过来和吴工搭讪，一副同是天涯沦落人的表情。吴工不死心，还想问问工作人员，这时候一个扫地老大爷过来说："你们别排队了，12点才开呢！"末了还补刀一句，"不好玩！没什么人来，不用排队！"

吴工经历了几次大起大落，心情仿佛坐过山车一样，深深领会到了李叔同大师"悲欣交集"四字的真正含义。

终于到了十二点！中饭也来不及吃了！

花，等了一年多，今天，终于盼到了了！只为了这张合影！（见附录04）

等排到吴工刚刚拍完照片，黑武士就下班了，换上了克洛·伦。吴工真是感到今天把这辈子的运气都用完了。

吴工又成功地做了件徒劳无功的事情。每次家人看到吴工牺牲睡眠忙这些乱七八糟的东西到凌晨，总要不满地问一个哲学问题：你搞这些有什么意义？吴工答不出来，但好像有位古人说过：不为无益之事，何以悦有涯之生。吴工生来窝囊命，注定不会有钱有势，只能做些无益之事，留一些与众不同的记忆给小朋友。希望对未来的期盼，对点点滴滴往事的回味能像一颗颗珍珠，被时光串起，构成一个属于他自己的不一样的人生。

做一套突击队员盔甲可能需要的工具：

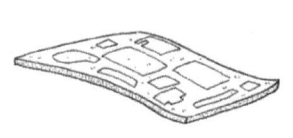 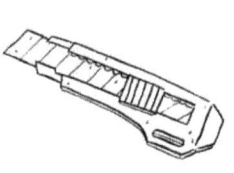 

EVA 材料　　　　　美工刀　　　　　剪刀

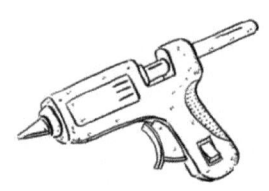  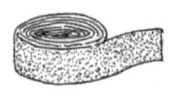

热熔胶枪　　　　三秒快干胶　　　　魔术贴

喷漆　　　　　　环氧树脂

05 一个乐盲家长的救赎

吴工其实小时候也不是乐盲，而且起点挺高。

1983年吴工刚刚上幼儿园中班那会儿，省电视台播放了香港电视连续剧《霍元甲》。这是吴工人生中观看的第一部武打片，幼年的吴工被震撼了。尤其是当主题歌《万里长城永不倒》响起，伴随着群情激昂的武打场景，吴工觉得这就是世上最美的旋律，整个人都不由自主地动起来打上一套迷踪拳。歌词里面有一句"千里黄河水滔滔"，吴工单名一个"韬"字，小时候听到唱这一句就特别亲切，仿佛是在呼唤自己一样。那个年代的幼儿园也不怎么教小朋友儿歌，吴工能完整唱完的第一首歌曲就是这一首了，而且还是粤语的！

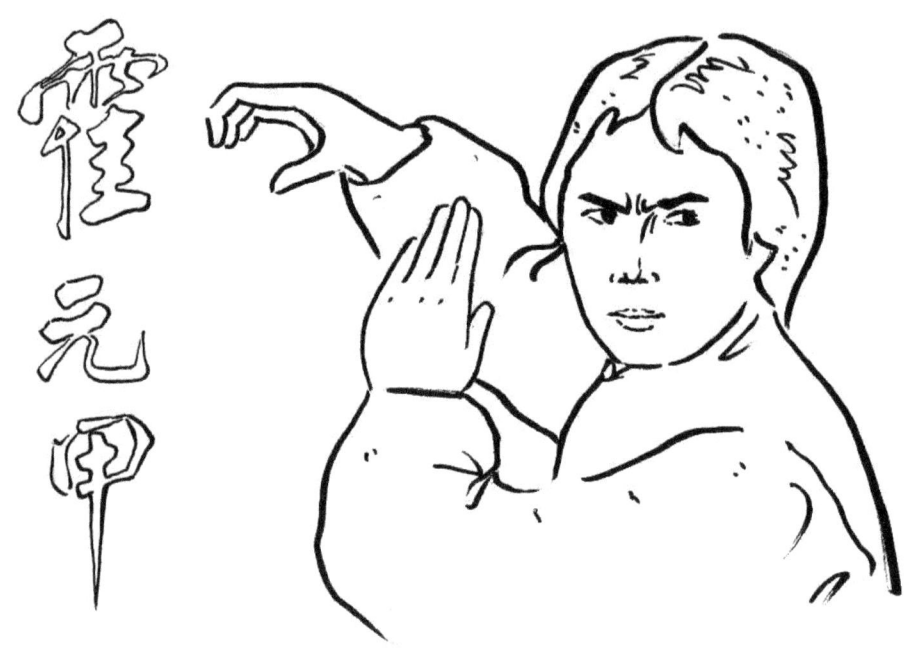

直到吴工上了小学以后买了一套《霍元甲》的小人书,看到印在小人书封底的主题歌词曲,才解开了吴工多年来一直萦绕在心头的好几个谜团:原来"国宴建议信"是"国人渐已醒";原来"全部干杯"是"全国皆兵"……

大概是吴工音乐启蒙起点太高的缘故,当小学音乐课开始教授简谱学习四分之几拍,吴工觉得太枯燥没意思。尤其是音乐课的考试还要和老师面对面一对一,这让从小就缺乏自信的吴工苦不堪言。本来还能记得四分之二拍是该怎么拍,但是看到老师一紧张什么也拍不出来,接下来就被老师一拍两散拍回座位了。

从此音乐课成了吴工的梦魇,整节课就成了吴工神游太虚或是赶家庭作业的时间。搞艺术的人都是有点情绪化的,吴工的作业本也多次被音乐老师撕掉，各科都有。至此吴工就告别了音乐殿堂，内心建立起一道抗拒音乐的壁垒，从一个中班就会唱粤语歌曲的天才儿童沦落到了一个看见音乐课就咬牙切齿的问题少年。

那时候能播放有声作品唯一的媒介就是磁带。从小学到中学，吴工只买过英文课文的磁带，就连当时风靡一时的"四大天王"也没有进过家门。直到吴工上初三的那年，电视台播放了郑智化的《水手》："风雨中这点痛算什么，擦干泪不要怕至少我们还有梦。"歌词一下子振奋了青春期的吴工，让吴工觉得整个人都热血沸腾了。于是吴工破天荒地在夜市上买了一盘郑智化的专辑，现在想来可能是盗版，因为标价十元三盘。《水手》这首歌又成了吴工第二首能完整背下来的歌曲。独乐乐不如众乐乐，吴工还把这盘磁带借给了初中的同桌，谁料他毕业以后就音信全无，把吴工恢复音乐欣赏的萌芽连同吴工的那半块橡皮一起带走了，至此吴工又堕入一个无声的世界。

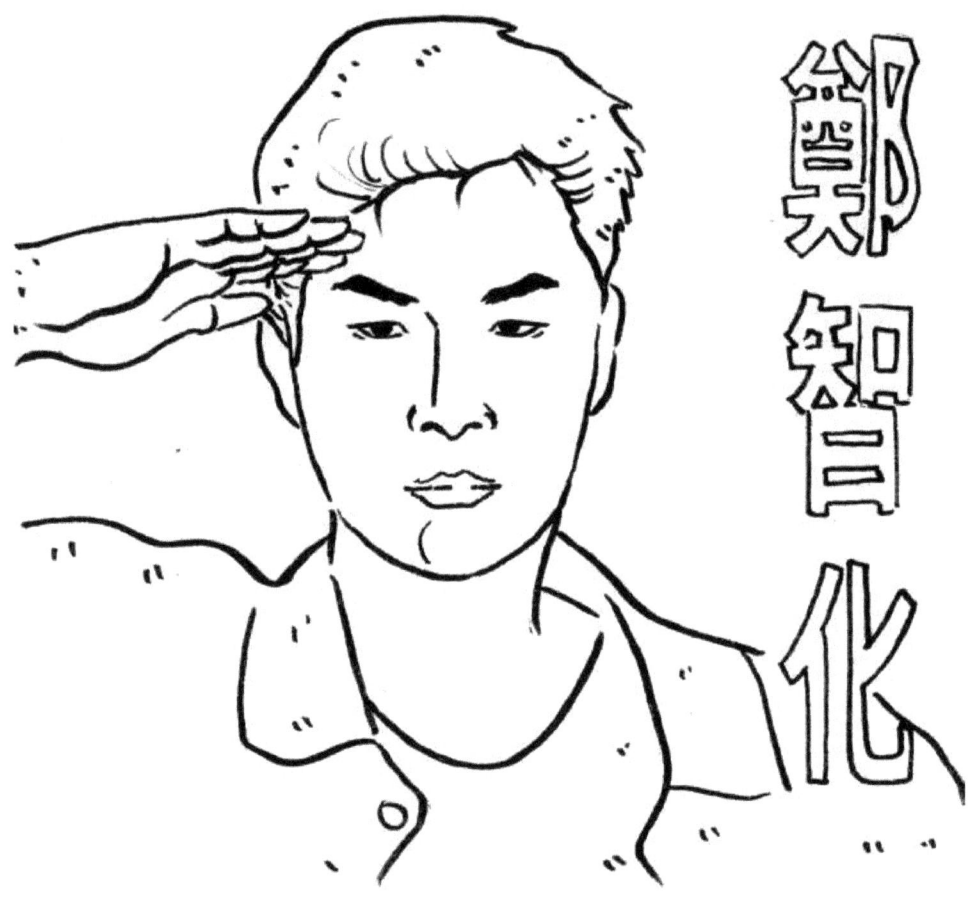

上了大学，看到室友们耳朵里塞着耳机一边哼哼一边看书写作业，吴工也很羡慕，借了一盘磁带也尝试了一下，发现根本没法看进去书，只要歌声一响起，脑子就飞速转动，想探究每句歌词的内容，并试图给歌曲打上字幕。算了，还是无声的世界更适合吴工。

每当夜深人静吴工开始做手工的时候，如果遇到像打磨抛光这种枯燥无聊的工作，也会戴上耳机听点东西，不过不是音乐，而是《百家讲坛》。

小朋友两岁的时候，有一次带他吃饭，服务员在旁边弹吉他助兴，吴工无聊地问儿子要不要买把玩具吉他，儿子想了下说：不要！太大了！有个这么会过日子的儿子，吴工感到欣慰，但觉得不能让孩子重蹈吴工的覆辙，让乐盲的悲剧在下一代身上重演。

正巧吴工从朋友圈了解到还有一种小吉他叫尤克里里。为了显示痛改前非的决心，吴工想亲手做一把尤克里里当作小朋友的生日礼物！

刚开始吴工鸡血满满，想自己用木板锯出琴面，再用烘烤的办法把木片弯曲成边框，从无到有打造一把尤克里里。但是冷静下来以后，吴工仔细上网做了下调研，发现了大问题：侧边弧形的边框，没有工具是根本没法弯曲成吉他形状的，而且还得买下面这个类似座便器垫圈的夹具。

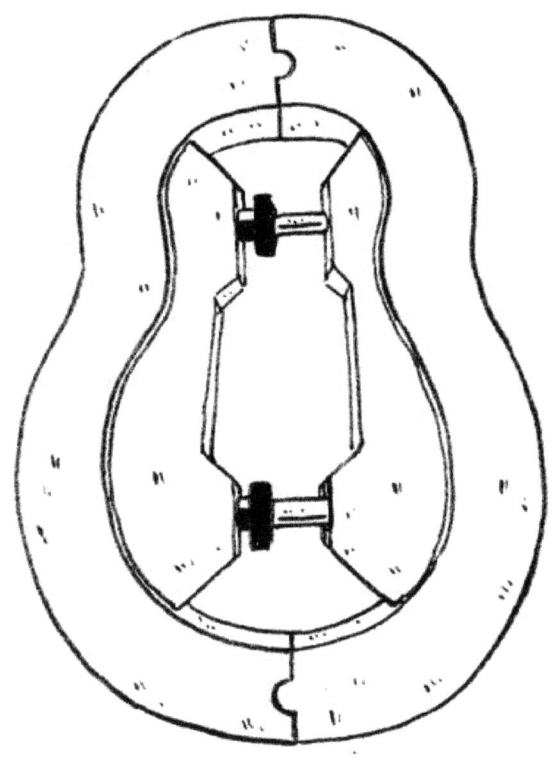

这个夹具的价格和一把琴差不多,而且吴工肯定这辈子再也不会做第二把。

还好网上有另外一种选择:尤克里里琴身彩绘的材料包。

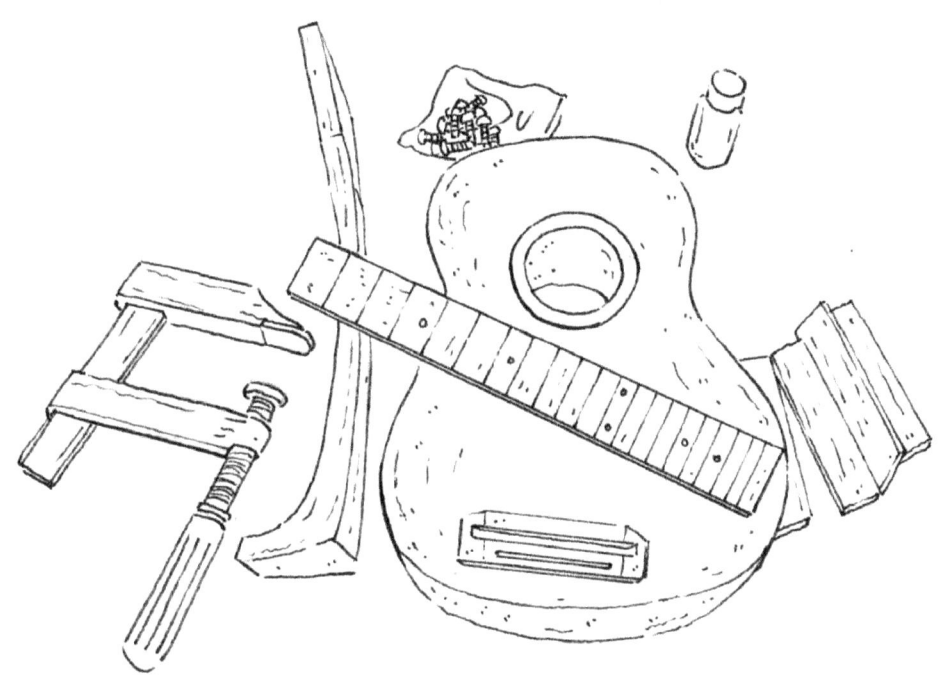

在开始工作之前,让我们来熟悉一下尤克里里的各部位名称,不然吴工实在不知道下文该怎么描述了。

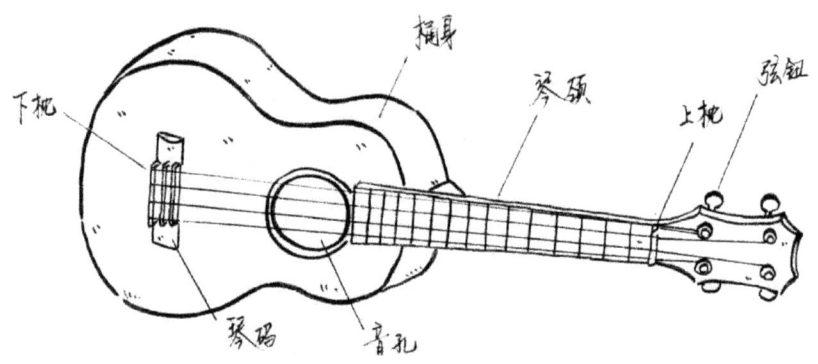

先仔细打磨桶身保证光滑，不能有木刺扎手。然后用蜂蜡反复涂抹，一直到光可鉴人的地步。

这把琴吴工能发挥的最大空间就是彩绘了。虽然吴工心里最想画的是魔鬼终结者、四大金刚什么的，但是考虑到儿子的审美可能和吴工有些差距，忍痛改为小清新。阿拉蕾和七龙珠是吴工收藏的手办模型里面为数不多色彩鲜艳、让儿子驻足流连的人物，就把他们画在琴身上吧。

说到这几个漫画人物，吴工还是有感情的。他们风靡中国大陆是20世纪90年代初，那时吴工还是个初中生，海南摄影美术出版社开始大量引进日本漫画，其中最出名的就是圣斗士星矢和七龙珠了，出版速度几乎能和日本同步。遗憾的是1997年以后这家出版社就被取缔了，吴工后来才知道原来他不是盗火者而是盗版者。

　　吴工清楚地记得一本漫画要一块九毛钱,还得一卷五本起售。普及一下当时的物价:学校自制汽水是两毛钱一瓶;一个大肉包是一毛五一个;吴工一个月零花钱是五块钱。显然这些书已经超出普通中学生社会平均零用钱标准线了,这样的书吴工是买不起的,只能问同学借。多少个夜晚,吴工偷偷把它们夹在课本里面,时不时偷偷看几页,看到精彩的地方,再照着画几笔。就像罗大佑的《童年》里唱的那样,吴工就这样度过了自己的童年。

　　这些漫画书就是吴工小时候的美术启蒙。现在看来这些故事有点暴力,还夹着些荤段子,放在今天是要被青少年保护模式过滤下架的。说来也很奇怪，看了那些书长大的那一代人如吴工，已经年过四十了，好像也没有发展成变态的迹象。不过吴工想如果奥特曼不去打怪兽，灰太狼不抓喜羊羊，那会是多么无聊和平庸的故事啊。

好了，回忆结束了。几十年之后，吴工又提笔画了小时候临摹了无数遍的人物阿拉蕾。

画完之后吴工觉得画面还不够丰满，于是又用了一个炎热的下午，加上了些七龙珠的人物。画好了阿拉蕾，接下来要安装琴颈和黑色的指板了。这需要用U形夹具固定十个小时，确保粘结牢固。

待到琴颈和黑色指板固定牢固,接下来就要上漆了。

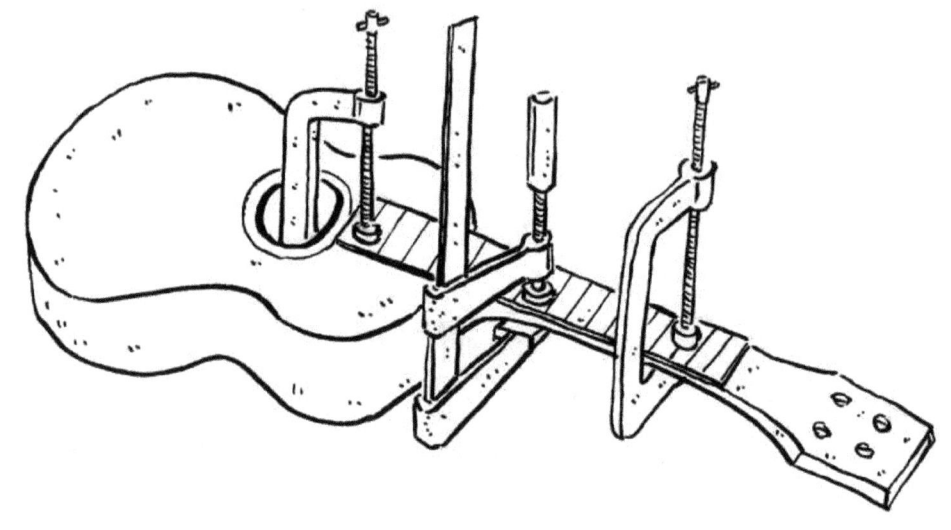

　　考究的做法是用虫胶。虫胶是紫胶虫吸取寄主树树液后分泌出的紫色天然树脂。这个工艺太复杂，还要用酒精去溶解。吴工预算有限，时间更有限，而且吴工的目标是能发声而不是音色，所以决定用模型的透明喷漆多喷几层来替代。吴工专用的喷漆工作室是一楼的废弃自行车棚。为了避开热心群众的围观，吴工选择早上六点，迎着旭日吸着毒气，觉得整个人都神清气爽了。七点前喷上两遍，放在家里阴干，然后赶紧去赶班车上班。一连四天，琴身终于变得光滑如上了烤漆一般了。

　　接下来就要上弦了。吴工调电路不爱看规格书的毛病又犯了，竟然把一个琴钮装反了，只好拆了重装，但是好好的琴颈上多了个螺丝孔……好在吴工是做过模型的，补洞是基本功：用木屑和乳胶把洞填满，等乳胶干了以后再打磨平整。

　　最后上琴弦这一步，吴工又遇到新问题：四根琴弦还不一样粗细！网上也查不到资料。不过这难不倒吴工，跑去商场乐器柜台把四根琴弦的位置熟

背于心。就这样，这把自制的尤克里里终于在小朋友两岁生日那天完工啦。（成品见附录05）

大家肯定觉得这应该有个大圆满的结尾：小朋友拿着老父亲花了好几个星期做好的琴，激动得热泪盈眶，经过刻苦练习，不负众望为父亲弹奏了一首乐曲，感动了家人。但事实是这把琴吴工不知道哪根琴弦没弄对还是手法不准，只能发出弹棉花的声音，小朋友只是对发出噪音特别兴奋，丝毫没有迈进音乐殿堂的意思。吴工又做了件徒劳无功的事情。

做一把尤克里里可能需要的工具：

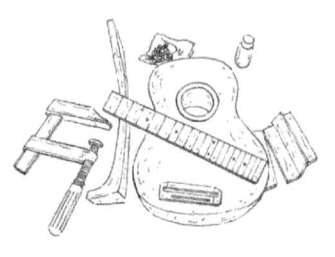
尤克里里材料包

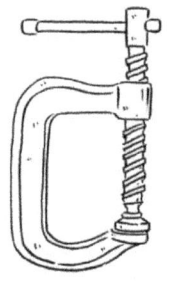
U形夹

白胶

丙烯颜料

透明喷漆

06 为害虫们平反

吴工的童年是在城市里度过的。现在想来生活在20世纪八九十年代的城里孩子真的是吃亏的一代人，能玩耍游戏的场地都是钢筋水泥，毫无生气；橱窗里面的变形金刚大多是买不起的，只能徒增烦恼。念书了以后读到鲁迅先生写的文章，看到他的童年里又是摘西瓜又是抓放屁虫，真是羡慕得不得了。

上了中学，校园里面有一片小树林，让吴工终于有了一点点亲近自然的机会。小树林里有几株杜仲树，如果把枯树叶在手里揉碎，就会神奇地变出白色的丝来，再用力揉下去，碎叶最后会被丝包裹起来，好像一团会变形的史莱姆，扔在同学身上半天也掉不下来。吴工有个好基友叫朱超，他对昆虫有天赋异禀的敏锐嗅觉，课间虽然只有10分钟，他还是能够成功地从树洞里面找出一只锹甲虫来。在没有网络的信息闭塞时代，这只形状奇特的甲虫真的让吴工这些城里孩子像发现了外星人一样兴奋。倒霉的锹甲虫被我们轮流寄养在铅笔盒里，时不时趁老师背过身板书的时候，偷偷打开笔盒探视几眼。几十年过去了，朱超已经是某金融公司中国区首席经济学家了，他还经常打电话引诱吴工道："我们小区有象鼻虫，要不要来抓两只啊？"

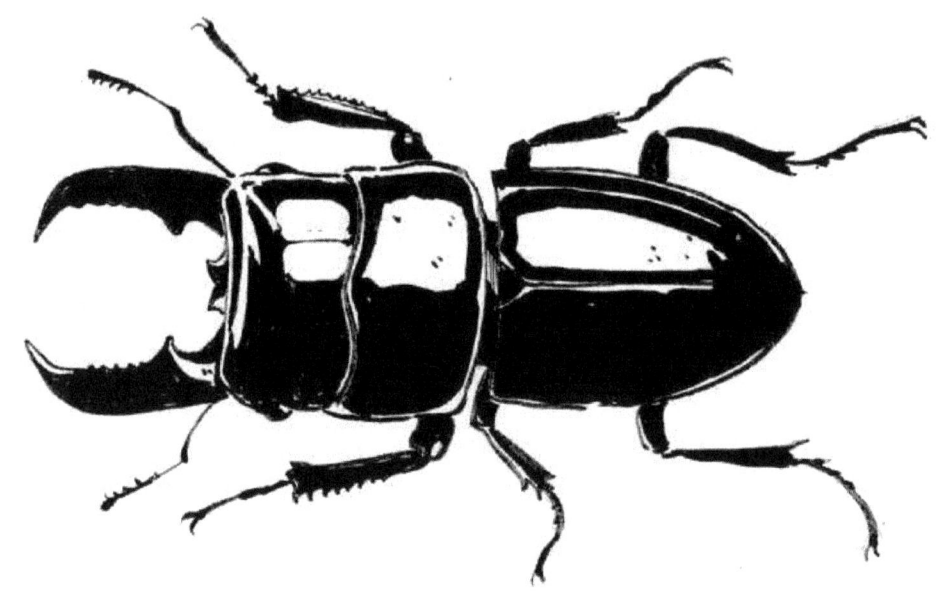

　　小时候吴工最喜欢的书就是《哈尔罗杰历险记》，和这套书有关的读后感多次出现在吴工各个年级的寒暑假作文里，吴工真的是认真地读了一遍又一遍。这是一套系丛书，一共十来本，可能不少"70后""80后"的朋友都读过，讲的是少年哈尔和罗杰两兄弟保护野生动物以及打击偷猎团伙的故事。两兄弟的足迹从乞力马扎罗山到南美热带雨林，从人迹罕至的荒漠到冰天雪地的极地，一路与各种野生动物为伴，与自然为友，勾画出一幅幅人和大自然和谐相处的画面。大概是受了这本书的影响，吴工放弃了想成为发明机器人的科学家的念头，萌发了要做一个动物园饲养员的念头。不过很遗憾，家人始终觉得当饲养员将来可能是个找不到媳妇的高危行业，吴工最后还是随大流读了工科。

　　大学四年级的一个晚上，吴工正在自习教室自修，忽然有学生会干部走上讲台，宣布马上有个讲座要征用这间教室。四年来吴工在这个讲台上看过卖杀毒软件的、推销校园卡的、宣传心理健康的，走马灯似的换来换去，老江湖的吴工早就学会了处乱不惊，屁股也不挪地继续埋头研究功课。这时讲台上走上来一位老先生，他自我介绍叫唐锡阳，来自一个中国最大的民间环保组织"自然之友"。这个组织由梁思成之子梁从诫先生创立。唐老先生平静地讲述了他和绿色营的大学生志愿者在西双版纳援救野象，在滇西北拯救滇金丝猴，在可可西里保护藏羚羊的故事。此时的吴工已经看不进去高等数学电路原理了，小时候哈尔罗杰们埋下的种子终于被一声春雷唤醒。"自然之友"与自然为友，尊重自然万物的生命权利的理念让吴工感到熟悉又陌生。在吴工成长的年代，教科书上的宣传都是"人定胜天""欲与天公试比高"，动物园、博物馆对于动植物的介绍，开场也大都是"浑身是宝"，这些口号和自然之友的理念显然是相左的，谁会天天和朋友打架吵着要战胜他，并且还一直算计朋友身上有几件宝呢？

吴工买下了唐老先生的两本书,还有幸获赠了唐老师寄语。

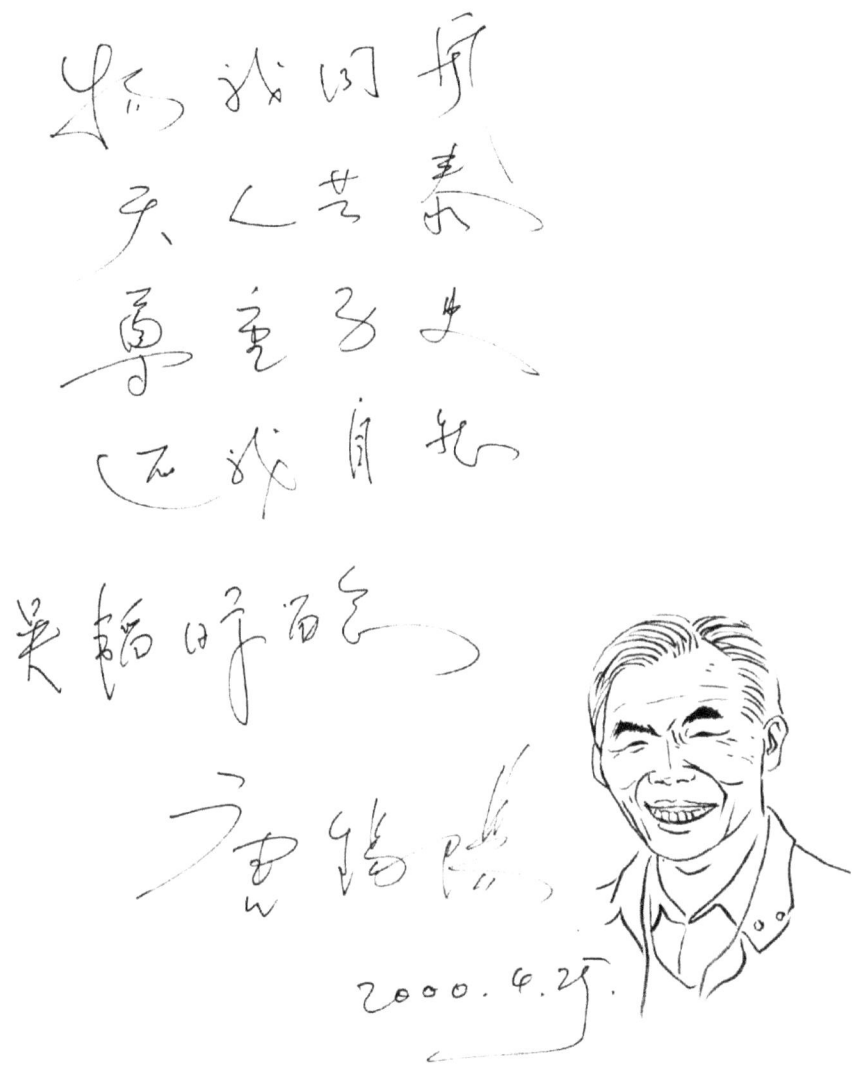

一晃十多年过去了，吴工对大自然的敬畏还是初心不改，带着小朋友参加了不少自然野趣的课外活动，吴工自己也增长了不少知识。

小朋友上小班的时候，有一次幼儿园布置的课外作业是观察蚯蚓。老师在班级群里面要求家长协助小朋友抓几条蚯蚓带到学校。有个家长问，怎么区分蚯蚓妈妈、蚯蚓爸爸呢？吴工一直喜欢琢磨些不接地气的冷门知识，看到这句提问，忍不住浮出水面抖了下书袋子，在群里回答道："蚯蚓是雌雄同体的，既是爸爸也是妈妈。"想不到这句戏言被老师记在了心里，三番五次请吴工去幼儿园给小朋友讲讲虫子的事情。

但老实说，即便对象是小朋友，吴工还是有些社恐。每次给小朋友们准备课件都要准备很久，生怕自己哪一句话讲错了留下笑柄，也怕自己讲得太枯燥让小朋友们坐不住。

到了中班，课外作业主题换成了蝴蝶。老师又邀请吴工去幼儿园给小朋友们讲讲蝴蝶的故事。老师很好心地叮嘱，文字要少一点，不要太深奥哦……吴工会心地点点头。其实老师多虑了，她不知道吴工十六年来给客户写了上千篇报告，未见客户色难。一个重要的心得就是给客户写报告必须把自己的专业表述下调一个量级，这样的报告通俗易懂老少咸宜，客户个个都竖起大拇指。给小朋友的报告吴工当然会降一个维度了。

开场白，说点什么内容好呢？"小朋友们好！蝴蝶是节肢动物门昆虫纲鳞翅目……"吴工觉得这样有点枯燥了，像这样年纪的小孩不应该被囫囵吞枣地灌输几个知识点，然后去台上人前炫耀，而是应该培养他们对大自然的好奇心。吴工决定先说什么是昆虫：4个翅膀，头胸腹，6条腿……这个可以延伸为找规律的游戏，可以引出自然界形形色色的节肢动物，让小朋友参与进来去判断哪些是昆虫哪些不是，而不会让小朋友听了打瞌睡。吴工打赌很多家长都不知道蜘蛛不是昆虫，一定有小朋友会回去数蚊子翅膀是四只还是两只。

小朋友都喜欢恐龙，吴工正好有个裹着蚊子的琥珀，琥珀是从白垩纪开始形成的，那是恐龙的世界。吴工用电子放大镜把蚊子投在屏幕上，得意地说:"这可能是吸了恐龙血的蚊子哦,几千万年了蚊子还是和现在一样!"从小朋友们瞪大的眼睛里,吴工的虚荣心又得到了满足。

主题是蝴蝶,不能跑题太远了,介绍蝴蝶当然要讲讲蝴蝶的生平。网上找来的好几个小电影,剪辑了下控制在一分钟以内以免太冗长,让小朋友失去耐心。从毛毛虫到蝴蝶的变化应该是自然界最神奇的变化了,它们竟然变成了完全不一样的生物形态,连内脏器官都变化了!简直比变形金刚还要厉害。吴工又借机告诫小朋友,这叫完全变态。小朋友们要记住人可不能变态哦!

蝴蝶是鳞翅目昆虫,为什么叫鳞翅呢?吴工又得意地拿出电子显微镜和一个蝴蝶翅膀标本,把蝴蝶翅膀用显微镜放大到屏幕上。

通过屏幕可以看到蝴蝶翅膀的花纹全是各种颜色的鳞片组成的!吴工并不是炫耀自己有个电子显微镜,而是想和小朋友们一起参与到发现这个秘密的过程中来,这比吴工从网上找一张照片告诉他们这是鳞翅目要有意思多了。

之前老师曾经给吴工几个小朋友提的问题,譬如说蝴蝶有没有胃。吴工研究了下,发现蝴蝶还真的没有胃,因为变成蝴蝶以后只吃花蜜,不需要有胃这个器官了。不过吴工不想就这么简单地回答问题。吴工想从蝴蝶吃什么引申开去,来讲讲什么是害虫。

让我们先来看看蝴蝶从小到大的食谱吧。吴工播放了一段小视频:蝴蝶的幼虫毛毛虫需要不停地吃树叶,好像永远也吃不饱。大家一定会说毛毛虫就是害虫啊,但是毛毛虫变成蝴蝶以后,花蜜成为蝴蝶的食物,而植物的花蜜都藏在花的深处,在蝴蝶努力汲取花蜜的过程中帮助植物传播了花粉。蝴蝶得到了食物,植物得以开花结果繁衍生息,这是蝴蝶对植物们的回赠。这时候你还会觉得吃叶子的毛毛虫是害虫吗?大自然千千万万种生物彼此唇齿相依生生不息,有害或有益终归是站在人的立场上分类的。

吴工对小朋友说，下面这句话你们可能只有长大了才会懂，也许会同意也许不会同意：只有人分好坏，动物植物都不分好坏。对于大自然来说，只有这个物种是不是"太多"或者"太少"的区别。

吴工拿出一张食物链的图片。问小朋友，如果蝗虫没有了会怎么样？如果太多了会怎么样？如果我们保护小白兔把老鹰都打死了会怎样？小朋友都给出了让吴工满意的答案。

吴工接着往下说，现在大家已经意识到了，农药虽然可以消灭啃食树叶的毛毛虫，但是其他的昆虫也会一起被消灭，这对植物或是以昆虫为食的鸟类来说未必是好事情。有没有好办法只去控制过多泛滥的"害虫"数量而不危害别的昆虫呢？吴工播放了一段姬小蜂寄生在白蛾卵里面吃掉白蛾幼虫的视频，这也是现在城市行道树上常看到的灭虫方法。

　　看完姬小蜂的视频之后，一个小朋友不安地问吴工，如果姬小蜂太多了怎么办？吴工老实地说，这我也不知道。但是吴工心里感到欣慰，显然这个小朋友已经看懂食物链的重要性。以后他们会是这个世界的主人，希望他们能多一点对自然的敬畏，在做出一个个改变环境和人类的伟大决定之前，也能多问问自己这样的问题。

　　接着吴工讲了两个故事，都是人类自己闯的祸：福寿螺和水葫芦。这两种生物原来都是产于南美。福寿螺20世纪80年代被引入亚洲，人们看中了它丰富的蛋白质，但是谁知道福寿螺的螺肉烧熟了太老咬不动，烧不熟又带寄生虫，实在没人愿意吃。后来有福寿螺逃逸到自然环境中，因为几乎没有天敌，疯狂地繁殖，水稻的根是它们最喜欢的食物，于是造成了农作物的大量减产，最后被列为中国首批入侵物种。水葫芦也是一样，最早引入中国时，希望成为便宜的动物饲料，但是这种植物几乎70%都是水，猪都不爱吃。而在巴西，水葫芦是巴西象甲虫的主要食物，来到中国以后几乎没有天敌，迅速泛滥，阻塞河道，让水体不流动含氧量减少，严重破坏了环境，也成为国

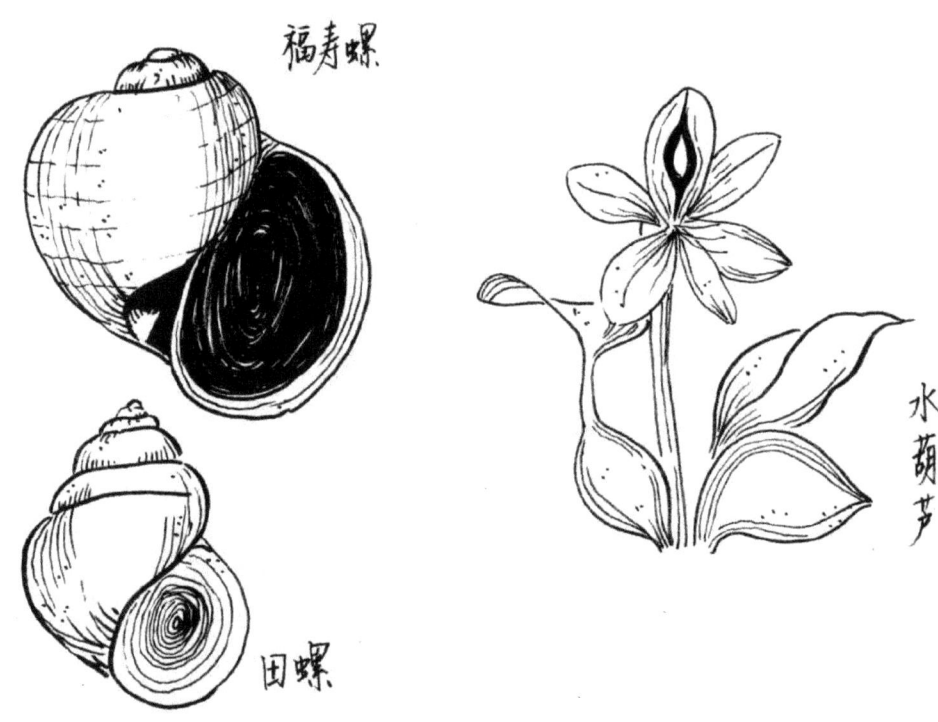

际公认的头号入侵物种。这两种入侵生物，到现在还没有很好的办法解决。

注意福寿螺和田螺的样子还是有区别的哦。

吴工在备课的时候就思考过，给小朋友们上课如果不来点互动环节，怎么能给孩子们留下深刻印象呢？但是这个环节吴工纠结了很久，很想让小朋友和家长一起做个蝴蝶标本，又怕担上"没有买卖就没有伤害"的罪名。想来想去还是应该让蝴蝶们死得其所，要是它们知道自己为科普下基层活动做出了贡献，泉下有知也会瞑目了吧……

于是在讲完了一小时的课之后，小朋友们忍着尿意和呵欠，终于盼来了互动实践环节。吴工现场制作了一个标本，给每个小朋友发了一个材料包，可以带回家和爸爸妈妈一起做。

材料包：蝴蝶尸体一只；两张透明硫酸纸；中间挖槽的泡棉以及展示盒。

第一步：把蝴蝶尸体浸泡在温水中，直到蝴蝶尸体软化。

第二步：将软化的蝴蝶尸体翅膀展开，放在泡棉上。翅膀上覆盖硫酸纸。硫酸纸是透明的，可以观察翅膀是否对称。用大头针固定好。

第三步：等到蝴蝶干燥以后，将蝴蝶放入展示盒中，这样就完成了。

　　讲了一个半小时，吴工嗓子全哑了，也不知道小朋友们听懂了多少。但吴工特别喜欢看到他们好奇的清澈眼神围绕着自己，真的希望孩童一般纯净的好奇心能伴随他们一生。尊重大自然，做个有敬畏心的人；读点没用的书，做个有趣的人。

07 剑拔弩张

吴工出生的时候，一切显得寻常，父母既没有梦见金甲神人，也没有满室红光，更没有五星连珠，丝毫没有天降祥瑞的迹象。但是他们还是给予了吴工很高的期望，因为怕耽误了未来主人翁的命运，于是请了长辈中最有学问的外公给吴工起名字。外公是大学教授，他查了几天的字典，终于拍板给吴工赐名一个"韬"字。吴工从小就觉得这个名字很高级，遇到有人把自己的名误作"涛"或"滔"的时候，吴工总是略带几分得意地更正道：我的tao比那些tao要高级一点。

不过从小到大吴工没发现自己有什么过人的智慧，就连做个数学题都很费劲。不知道是不是姓"吴"的缘故，把这些祝福都抵消了呢？再后来查了字典，才弄明白"韬"本意是装弓的皮套，说白了就是个放兵器的工具。这难道预示着吴工的未来职业生涯是善骑射吗？更巧的是，吴工出生时母亲所在的单位是南京气枪厂，属于制造微小杀伤性武器的轻工企业。就这样，年幼的吴工在宿命和胎教的双重影响下，对具备发射功能的兵器情有独钟。武侠电影里面那种一捏龙头就能飞出透骨钉的拐杖、007电影里面能发射子弹的雨伞，都是吴工朝思暮想的装备。

记得上中学的时候，有一次去玄武湖公园玩，碰巧遇到少数民族杂技团表演节目，其中一个收费节目是弩机射气球。吴工到底有没有花钱去玩已经无从考证了，只是清楚地记得吴工被弩机的击发结构深深吸引住了，呆呆地站在那里看了很久，直到觉得自己已经搞明白了工作原理才匆匆离开。一回到家，吴工就开始凭着记忆开始画草图，还找出一根从母亲单位顺出来的枪托次品，开始构思设计一把自己的弩弓。吴工拿着硬纸板剪出来的扳机图样仔细推敲，才发现并非想的那么简单，按照吴工的设计，弩机完全不能工作。但是那时候的吴工还是个没有成年的孩子，教科书不教这些知识，也没有网络可以搜索，只好天天摸着一把破枪托壮志未酬，扼腕叹息。

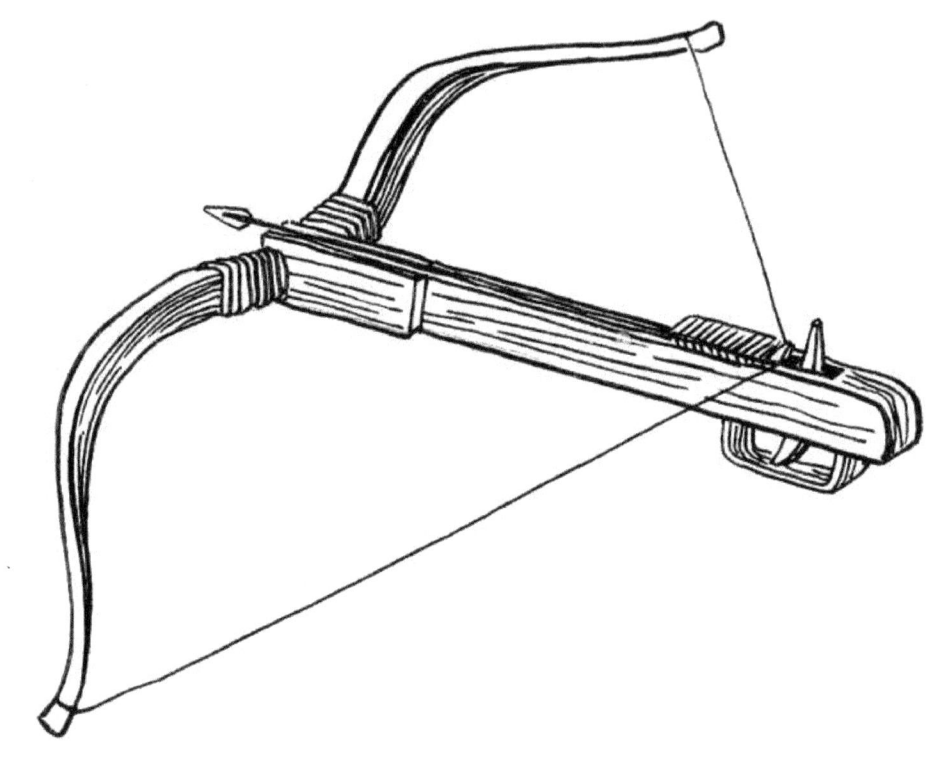

　　一晃快30年过去了，这些童年的梦想已经渐渐模糊，吴工摆脱了命运的束缚，没有成为武器专家，而是成为忙于生计朝九晚五的工程师和孩子他爸。每天除了上班，还有必做的一项功课是拿着本儿童历史书给小朋友讲历史故事。吴工从埃及、亚述、巴比伦一路念到了罗马帝国。这一天正好说到公元500年的时候，罗马帝国刚刚被日耳曼人攻陷，进入了黑暗时代，而匈奴王阿提拉又从东方杀过来击溃了日耳曼人，一直打到了东罗马首都君士坦丁堡，匈奴人被欧洲人恐惧地称为"上帝之鞭"。"上帝之鞭"祖籍原来是在中国西北地区，把他们逼到西方谋生的人正是600年前的汉武帝刘彻。书上还提了一句话，能打败强弓劲马的匈奴人，汉军倚仗的武器主要是弩。仔细想来，弩改变了当时世界的格局，如果能穿越时空按照武力排序，那岂不是汉大于匈奴大于日耳曼大于罗马了吗？这个故事也唤醒了吴工沉睡多年的记忆，怎么做一把弩？这道小时候一直没有解开的思考题，现在终于可以依靠网络的力量揭晓答案了。

吴工上网查阅了资料，这才发现汉代没有弹簧更没有车床，古人用非常简单的三个零件就实现了击发的功能。先人的智慧是吴工无法企及的，这个设计和吴工小时候画的草图一点都不一样。下面就是汉代弩机的结构，不知

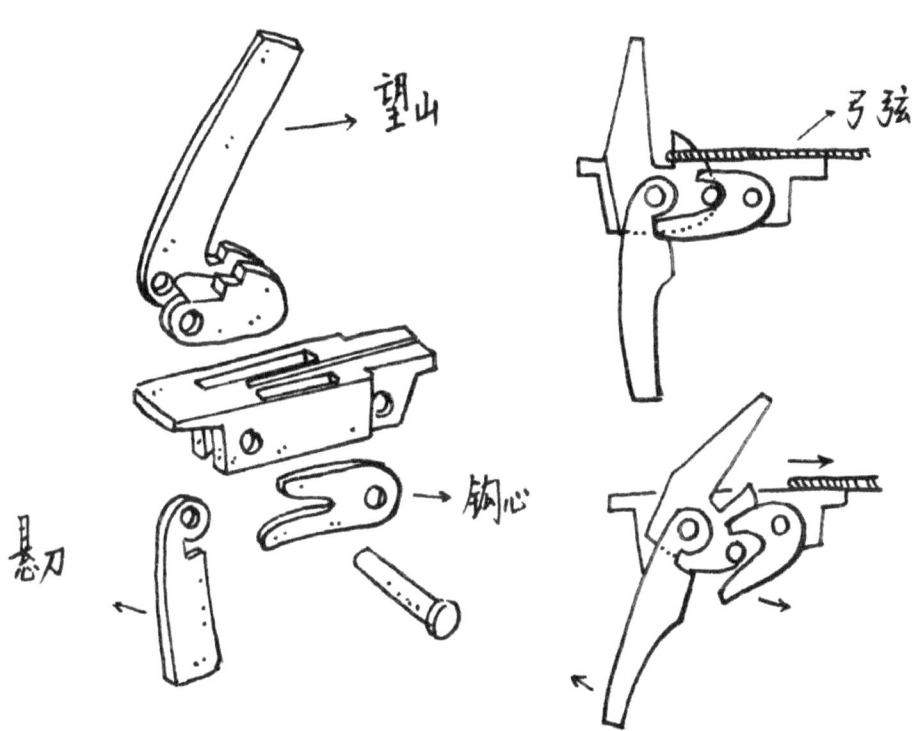

道你看懂了没有。

都研究到了这地步，不做一个出来是说不过去了。不过很遗憾的是，做弩是违法的，而且从汉代开始就是犯罪行为了。王莽新朝规定了"民不得挟弩铠，徙西海"，意思是说老百姓不能私藏弩和铠甲，否则就要发配到青海湖。到了唐代规定更严格，"私藏甲三领及弩五张，处以绞刑"。为什么弓是体育运动用具，而弩就违法了呢？道理很简单，因为弩和手枪一样太容易使用了，可以不费力地瞄准击发，而想成为好弓箭手则需要长期的刻苦训练。中原的农耕文明能打败擅长马背骑射的游牧民族，倚靠的重要武器就是弩。

如何在合理合法的范围内圆一下童年的梦呢？吴工想到了乐高积木。弩机主要就是由"望山""悬刀""钩心"以及机匣组成的，这些应该可以找到相应的乐高积木来构建。下图就是吴工设计的乐高弩机。

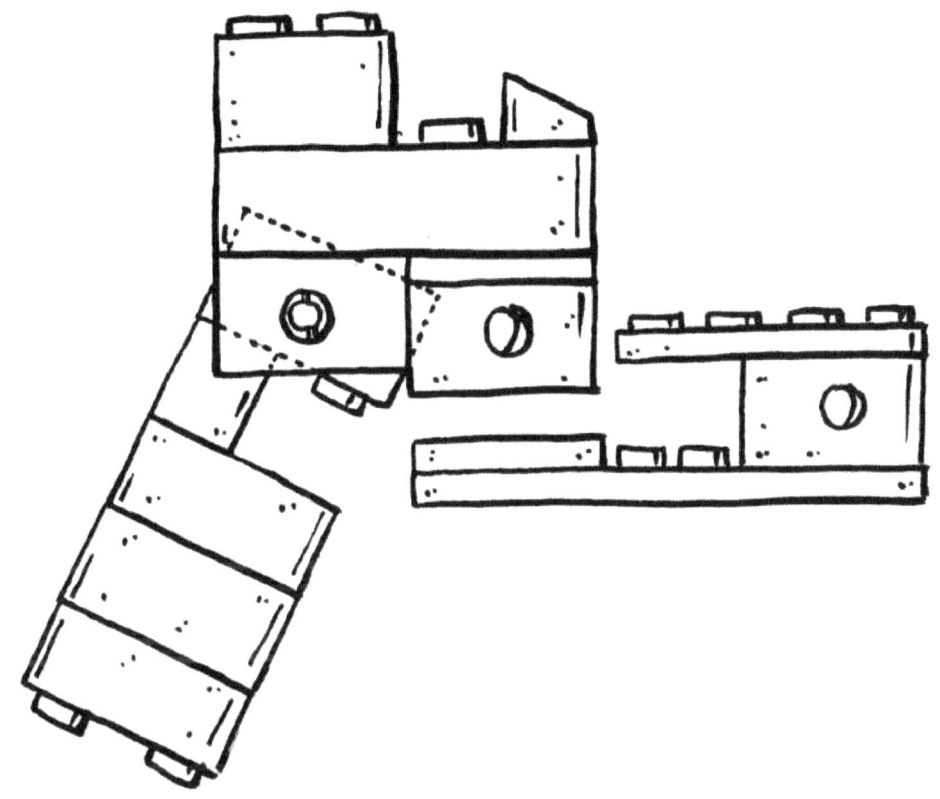

　　弩的核心零件已经完工了，剩下的部分就可以让小朋友发挥自己的想象，用乐高积木来完成了。他可以按照心中最酷的样子，来创造一把属于自己的乐高弩了。弩弓的箭就是一条长长的乐高积木。虽然弩机已经做好了，但是如果要顺利地把积木发射出去，还是需要小朋友不断调试，发现问题、解决问题，其乐无穷。

看到小朋友做好的乐高弩（成品见附录06），吴工忽然有点嫉妒他，他只花了几个小时就实现了吴工花了30年才实现的梦想，会不会快乐来得太容易，就体会不到幸福了呢？

吴工多虑了，自从做好了这把乐高弩，小朋友经常开心地拿去左邻右舍炫耀。一天他从隔壁小伙伴家回来，一脸不开心地说："隔壁小哥哥讲我的弩不行，比不上他的诸葛连弩。"吴工一听来劲了，问："隔壁小朋友还有诸葛连弩呐？""是啊，在他《王者荣耀》的游戏里，他给我看了，很厉害！我也想玩这个游戏。"

不听也罢，吴工一听到"游戏"二字，不由得倒吸一口冷气。从小朋友出生到现在，"游戏"二字一直在吴工家讳莫如深，就仿佛是伏地魔的名字一样不敢被提起。吴工不是反对游戏，吴工也曾经是资深游戏爱好者。1996年上大学买的第一台电脑里面就装了《仙剑奇侠传》，吴工清楚地记得整整用了21张3.5英寸的磁盘才安装成功（可能现在很多人已经不知道word里面"保存"的图标就是3.5英寸磁盘了吧）。这部游戏让吴工夜以继日，焚膏继晷。记得有一关是个树洞迷宫，吴工绕了一晚上也绕不出来，急得想砸电脑。后来听同学说某本杂志上有攻略，吴工跑了半个南京城，搜寻了好几个书报亭才买到；过了两年又开始流行"暗黑破坏神"，吴工在电脑前面一坐就是大半天，对着妖魔鬼怪着了魔似的狂点，通关的代价是一个暑假报废了两个鼠标。

吴丁沉迷游戏不能自拔，学业也几近荒废，直到暑假某一天，吴丁又在电脑前从早上枯坐到了深夜，在游戏世界攻城掠地抱得美人归后，疲惫地关上电源，回到现实生活中准备洗漱休息，忽然发现隔壁母亲还没有睡，她还

在昏暗的灯光下眯着眼睛缝补一件穿了快十年的外衣。一阵浓浓的愧疚忽然涌上吴工心头，吴工感到有些难过，这一整天不但挥霍掉了宝贵的青春，也挥霍掉了含辛茹苦的父母对自己的拳拳期望。相比于真实的世界，游戏的世界才是真正的"如梦如幻如泡如影如露如电"，倾尽全力也不过是一场空，在真实世界里面依然一无所有，甚至亏欠自己亏欠亲人更多，实在不值得丝毫留恋。

吴工幡然醒悟以后删掉了所有的游戏，开始努力学习。大三的时候有一家电脑软件杂志举办了题为"游戏与人生"的征文比赛，吴工把自己的感悟写成小短文去投了稿。大概是投稿中唯一一个唱反调的文章，竟然斩获小奖，不过具有讽刺意味的是，奖品是一套正版游戏。

自从有了小朋友，吴工更是没有在他面前碰一下游戏，甚至连提也未曾提过。因为出于工程师的悲观和焦虑，吴工觉得小朋友的自制力还不能抵御游戏的诱惑。这个世界对于孩子来说有太多值得探索的东西，而游戏创造了一个又一个短暂的兴奋点会牢牢抓住孩子的心，让孩子们的兴奋阈值越来越高，对外在世界的好奇心会越来越少，这真是非常可怕的一件事。但是吴工知道生活在现代社会终归无法阻止游戏的到来，"堵"不是个最好的解决方法，这就好像不让成年人用手机一样不现实。既然和"游戏"之战不可避免，吴工觉得如果想战胜它，最好的方法是让孩子发现生活中还有更有趣的事情。

什么是更有趣的事情呢？具体的吴工也说不上来，但是吴工觉得如果一件事能让你投入，能让你有成就感，能满足你的好奇心，就是有趣的事情。小朋友喜欢画画，吴工挑选小朋友画得好的作品打印在衣服上，为了出一两幅精品，小朋友废寝忘食；小朋友喜欢搭乐高积木，吴工让他负责搭建房屋，自己构造电气，两人花了两个月共同创造了一个霓虹灯闪耀的童话城市；幼儿园教小朋友认识蝴蝶，于是吴工买了蝴蝶幼虫，和小朋友一起陪着毛毛虫化蛹成蝶，然后做成标本，永远收藏了这段记忆；小朋友学会了骑自行车后，为了给骑行带来更多乐趣，吴工在车上装了一把六管火神水枪，扳机就设计在车把手上，于是小朋友成为小区最拉风的少年。

吴工不能阻止游戏的到来，但是可以一起和小朋友发掘身边有趣的事情。很多年以后他也会长大成年，也要走向社会自食其力，不论是985的毕业生还是普通蓝领，他都要学会努力寻找生活中的乐趣，这样才能有一个快乐的人生。

既然这回伏地魔已经被唤醒了，那么吴工只好来应战了。吴工对小朋友说，游戏里的诸葛弩有什么意思，拿不到也摸不着，我们来一起做一把！

诸葛连弩到底是什么样子无人知晓，连考古学家都不知道。清代还在使用的一种连弩倒是有迹可循，网上可以查到很多相关资料。为了小朋友的安全，吴工缩小了比例，做出来的连弩发射不了弩箭只可以发射牙签。

下面就是各部分零件的说明书，有兴趣的读者不妨一试。图中单位都是毫米，薄的零件厚度1mm，厚的零件厚度都是5mm。

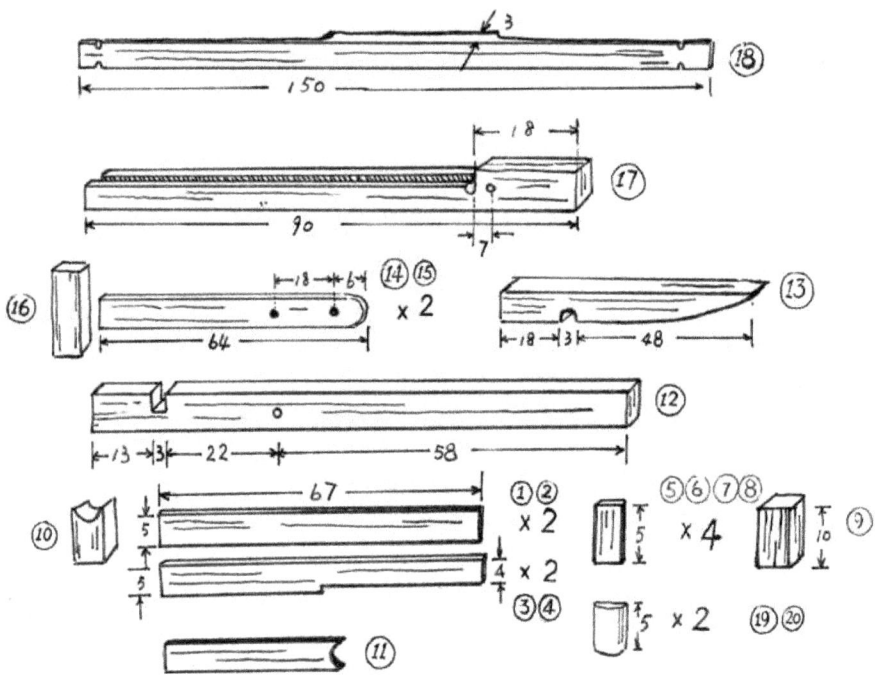

按照分解图的编号，请自行寻找在连弩中对应的位置。

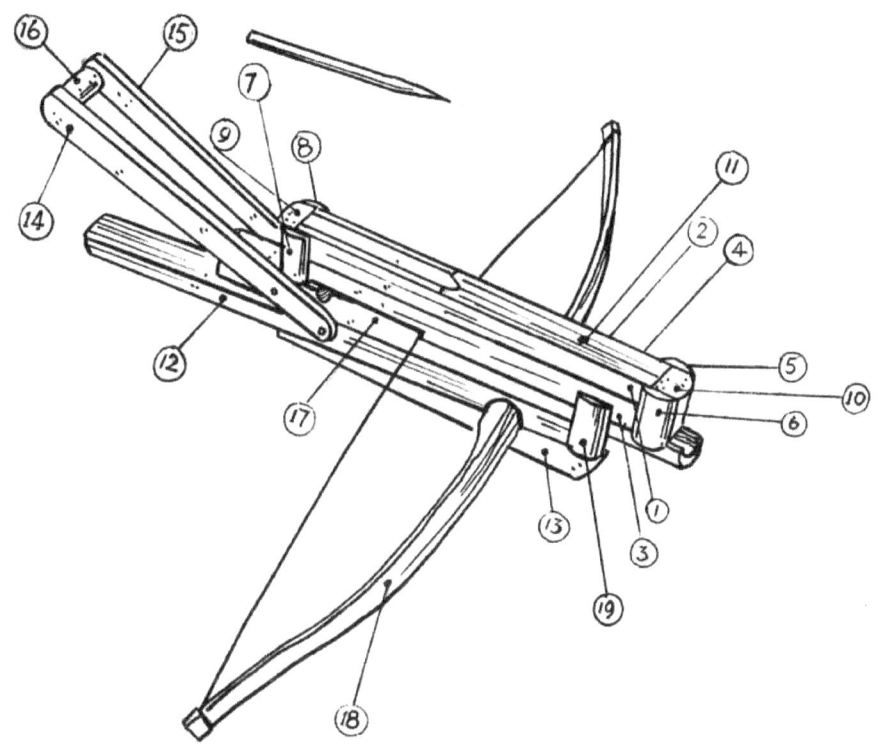

诸葛连弩的工作原理是这样的：首先往箭匣内装上大约4~5只弓箭，然后把推柄往前推，让箭匣下面的凹槽勾住弓弦。

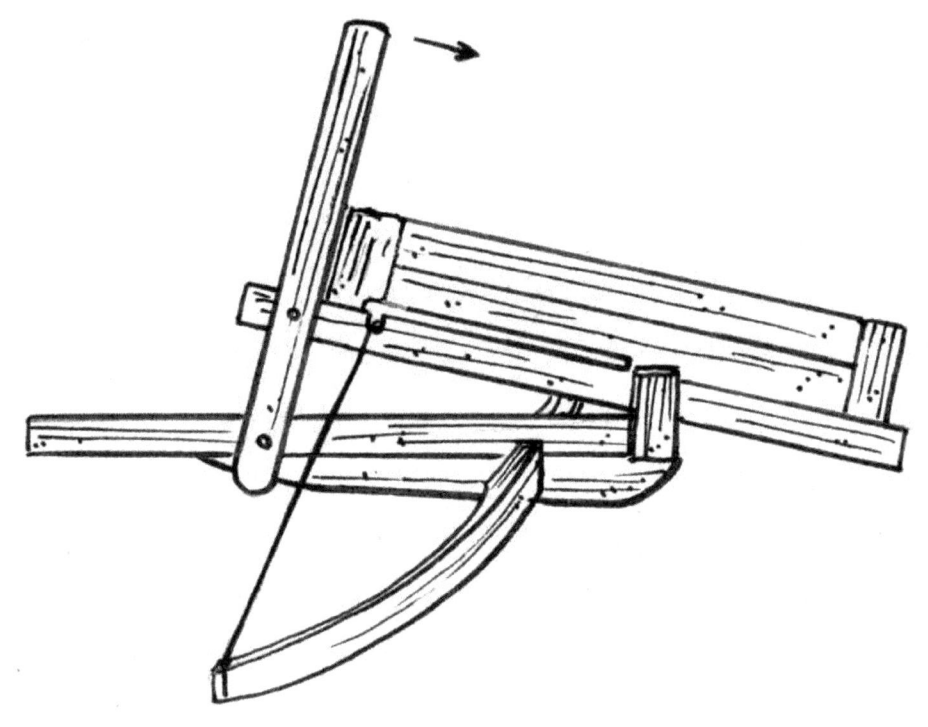

　　然后再握住推柄往后拉，这样弓弦就被绷紧。当推柄向下运动到一定角度的时候，弓弦就沿着箭匣的槽将弓箭发射出去。依此往复，箭匣里面的弓箭就会连续发射出去。连弩的优点是减少了装箭的时间，缺点是弓弦的行程短，不利于远射，而且瞄准也不方便，只适合近战。

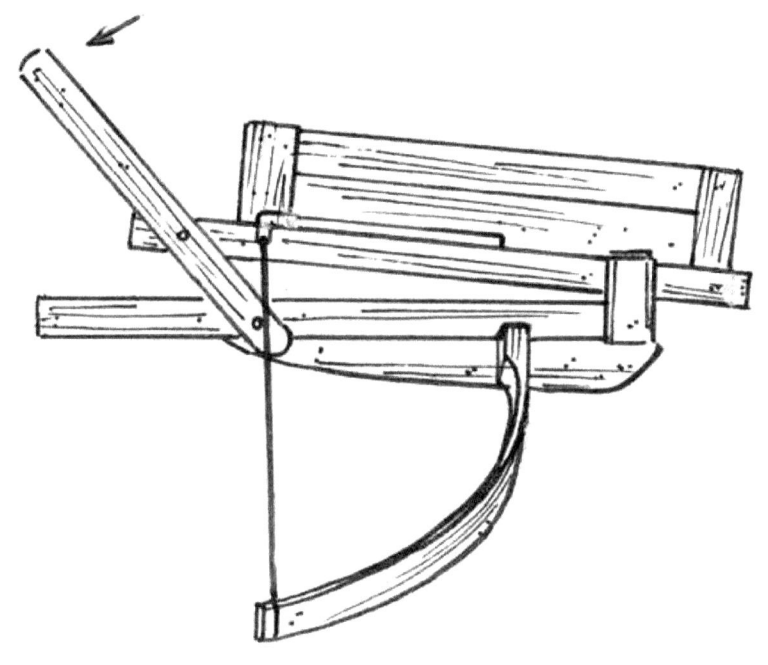

后来,吴工尝试用家里的竹筷制作射牙签的连弩,这把射牙签的连弩制作原料来自吴工家的竹筷。因为第一次尝试,成品率不高,导致当天晚饭不得不用勺子救急,挨了家人一顿臭骂。不过好在结局是美好的,迷你版的诸葛神弩还是研发成功了。(成品见附录07)

这个制作工程还是令人愉快的,小朋友负责零件的打磨,吴工负责切割组合。中间小朋友还学到了连弩的工作原理,虽然这个知识点期末考试不考,但是大家还是感到挺充实的。吴工其实也想对隔壁小哥哥说声谢谢,倒不是因为他吴工开发一把诸葛连弩,而是谢谢他嘴下留情,要是他说的是王者荣耀的加特林机枪,这可要让吴工犯难了……

做一把诸葛连弩可能需要的工具:

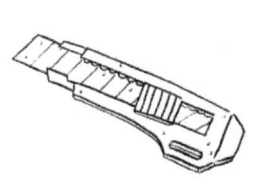  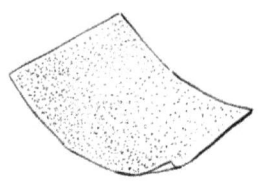

美工刀　　　　　三秒快干胶　　　　砂纸

竹筷

08 两面三刀

吴工小时候是一副老实孩子的模样：圆圆的大脑袋上戴副眼镜。头大的好处不光是下雨不愁，遇到纠纷总会被认为是弱势的一方，就好像古龙《大人物》里面的大头杨凡一出场就不像是一个坏人。加上吴工小时候并不怎么调皮，所以一直被老师赋予班级管理的职权，但是其实他们都被蒙骗了：在平静孱弱的外表下，吴工怀揣着一个武林高手的梦。

1985年吴工刚满7岁，电视台播放了香港武侠连续剧《射雕英雄传》。那时候没有录像机，没有办法把片子里面的镜头进行回放或暂停，吴工硬是凭记忆顽强地把"降龙十八掌"的每个动作都认真地背了下来，每天放学回家坚持练习好几遍，但遗憾的是，练了一个月连一张纸也打不飞。

就在吴工一直苦苦徘徊于武学殿堂之外,不得其门而入的时候,吴工遇到了一辈子的好友——杜车。他姓杜,杜车是他的外号,他是吴工的同班同

学。因为他自幼习武,柔韧性弹跳力惊人,上体育课的时候,大家发现他跑起步来人仿佛悬在半空中,如同开着一辆无形的车一样,于是这个外号就被传开了。课间的时候杜车经常给大家表演鲤鱼打挺、腾空摆莲腿等正常人做不了的高难度动作,让吴工十分崇拜。

周末吴工经常会和杜师傅逛一逛南京新街口的新华书店,除了买辅导教材以外,杜师傅必定要到体育柜台看一看有没有漏网的武学典籍。吴工清楚记得陪杜师傅买过通背拳、形意拳、螳螂拳等书籍。吴工当时就佩服得紧,心想就算练不成绝世高手,把家里整成个少林寺藏经阁也是挺酷的一件事。

在杜师傅的熏陶下,吴工也买了很多武学典籍,但是吴工深深知道自己武学底子薄,内力修为也浅,于是都挑了一些走捷径速成的小册子。

杜车

　　杜师傅不但精通拳法,还擅长各种兵器,从双节棍到双刀都耍得虎虎生风。虽然高中学业繁重,但他功夫也没有耽搁。记得一次假期同学聚会,大家在学校门口集合,就缺杜师傅没到了。突然见马路上一阵烟尘滚滚,一个人影忽地一下从远处飘近,不是别人,正是杜师傅。杜师傅虽然武功高,但是眼神不好,他也没有看到门口等待的同学,就急匆匆地往学校里面闯。这时门口的保安着急了,几个人过来拦住杜师傅,大喊:你是干吗的!大家这才发现杜师傅背上还斜挎着一柄明晃晃的牛尾弯刀,杜师傅解释道中午和师父练功,耽误了时辰,来不及回家放刀就直接杀过来了。好在那几年民风淳朴,没有校园流血事件,不然的话杜师傅就要和保安叔叔们单刀会钢叉大战三百回合了。吴工在杜师傅的影响下也开始对兵器着迷,不敢奢望牛尾大刀,只希望能有一把自己的小刀。吴工曾经做了好几把自己的小刀,不过刀身材质都基本是塑料板或者白铁皮,因为这些才能用剪刀剪出形状……严格意义上来说,它们只能是道具而不是刀具。但这些小刀仍然让吴工血脉偾张,想象自己是《第一滴血》里面的史泰龙,想象自己是和铁血战士对抗的施瓦辛格。

几十年过去了,吴工虽然还是当年那个文弱的样子,但是年轻时候做刀的情结还在,机缘巧合又做了三把刀分别送给了三个不同的人,不小心应了两面三刀这句话。

一把刀:贯穿时空的偃月刀

有一天带着幼儿园的儿子读小人书《岳飞传》,在岳飞出世那一集讲到周侗老师给岳飞、张显、王贵分派兵器。王贵说:我最喜欢大刀,一刀砍他好几个,好不过瘾!

这段文字营销效果显著,儿子激动地说:"我也想要把大刀。"这句话把吴工一下拉到了几十年前。那时候吴工还小,家里没有钱买什么玩具,父亲给吴工用三合板锯了一把大刀,然后拆了晾衣杆的竹竿长柄,用塑料绳把大刀牢牢地绑在上面。这大概是吴工小时候最好的玩具了,对于现在的孩子来说,这就好像是得到一支迪迦奥特曼召唤器一样宝贵。吴工每天在家里照着镜子舞,在院子里面和小朋友舞,幻想自己是小人书里面的大人物。但好景不长,有一次吴工着急出门,忘记了门框的宽度,一下子把大刀折断了,吴工伤心难过了好几天。父亲工作繁忙经常出差,一直没有进行售后维修。这个给吴工留下了永久的遗憾。现在是时候接过老吴工手中的锯了,于是吴工爽快地对儿子说:来!我们来做一把吧。

吴工擅长短兵器，对长兵器的研究还是局限在小时候看的小人书上，凭着记忆吴工画了三把大刀的图样，让儿子选择。

吴工告诉儿子，除了右边王贵的金背大砍刀，历史上还有几把名刀：左边这把青龙偃月刀是关公用的；中间这把卷鼻刀是杨家将的杨老令公用的。

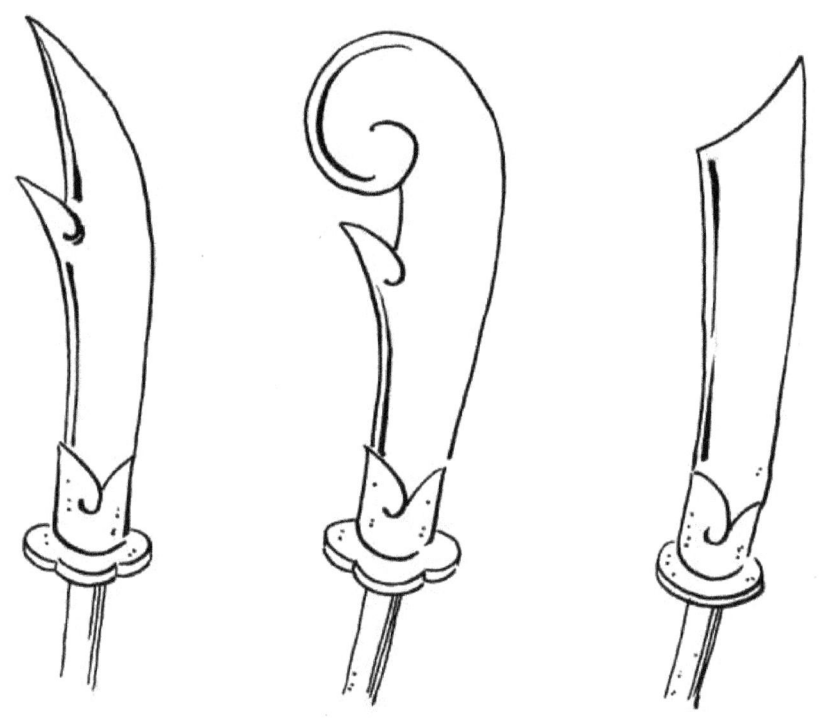

儿子很有品位，选择了青龙偃月刀。偃月刀在中国历史上的确存在过，并不是画小人书的人杜撰。宋代有本写兵器的书叫作《武经总要》，里面就画过"刀八色"。偃月刀就是其中一款，偃月就是掩月，意思是月牙的形状。只不过这把刀对关老爷来说还是太超前了，在历史上他未曾用过这么一把宋朝才出现的刀。

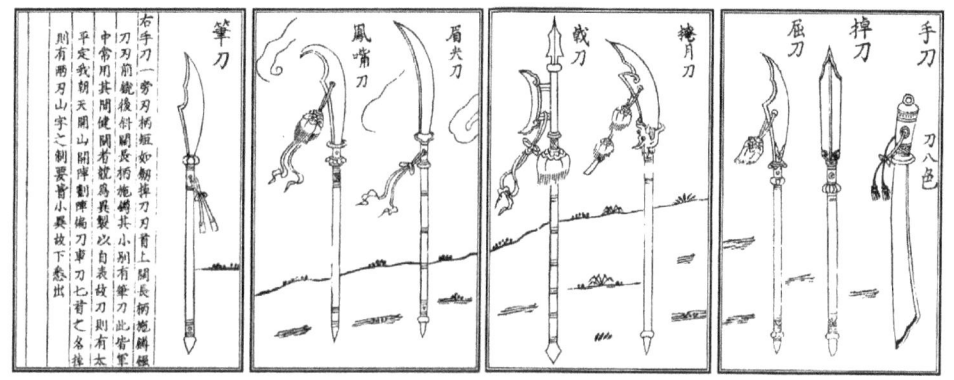

给儿子上完了历史课，吴工开始动手做刀。三十多年前吴工那把折断的木刀是时候横跨时空再被重铸了。吴工找来一块木板，画上了偃月刀的形状，开始了几十年前老吴工没有完成的工作。

等到做的时候才意识到一个问题，当年老吴工是怎么锯出弧线的呢？现在用各种工具武装到牙齿的吴工，是可以轻松地用曲线锯解决这个难题的。那以前老吴工是怎么一点点用锯条锯出一把大刀的呢？隔了三十多年吴工这才体会到老父亲锻刀的不易。

忙了一晚上，这把青龙偃月刀（成品见附录08）完工了。

不过现在的小朋友仿佛已经体会不到这柄木刀所能带来的快乐了，小朋友舞了几下以后，就放在一边，继续玩他的乐高和软弹枪去了。原来，并不是所有的快乐都能复制粘贴的。

二把刀：斩不断理还乱的茶刀

2014年，吴工有一个共事接近十年的同事要离职了。还记得他2005年就加入了吴工的组。他个子不高、长得胖胖的。他入职第一天的工作是帮吴工核对一份有几百个元件的生产料表，刚开始的时候吴工对胖子有点不放心，但是想不到这位胖小伙竟然发现了好几处错误，让吴工对他刮目相看。在随后的工作中，吴工发现他不但认真仔细，而且记忆力更是惊人，就像一个行走的肉体硬盘：料表上元器件的十位料号能脱口而出，比自己电话号码还熟悉；说起五六年前机种发生的问题，如数家珍，仿佛昨天的事情。记忆力是吴工的短板，去工厂都喜欢经常带着他，随时查资料都不用充电。

和他相处久了，觉得他真的是一个非常靠谱的人，什么事情都可以托付。在他没成家的时候，每年过年都留守上海，同事们的宠物譬如猫呀、狗呀、兔子、乌龟什么的都放在他家寄养。他曾经抱怨过年期间大白菜比肉还贵，同事寄养的兔子一天能吃三四棵，都把他吃穷了！等他成家以后，为了让太太上班方便，他买的房子距离公司有四十公里，每天他五点多起来把全家人的早饭做好，赶六点的公交去地铁站，花两个小时到公司上班。几年如一日，风雨无阻。大家统计过，他只有两种情况才会请假，家人生病了或者家里狗生病了。但是他毕竟是个血肉之躯，长距离的通勤让他萌生了退意。吴工很欣赏这个胖小伙子，想送一个亲手做的礼物给他作为散伙纪念，脑海里不知道怎么的总是浮现出"宝刀赠英雄"的诗句，就做一把刀吧。

做一把什么刀呢？虽然史泰龙的带锯齿的野外求生刀看着超级酷，但是带着上地铁是要被没收的。想来想去，做一把切普洱茶的茶刀吧。刀条吴工家的煤气炉是锻造不出来的，在网上买了现成的。吴工能加工的就是刀柄部分。吴工选用的是山羊的羊角。

打磨山羊角是件折磨人的事情，不但费力，而且空气中弥漫着挥之不去的羊膻味，精神和肉体都受到摧残。打磨完山羊角以后，还需要钻直孔以便插入刀柄。刀柄和刀刃之间需要加入一些垫片，显得美观一点，同时也是防止刀柄在切割的时候磨损。

忙了几个晚上，这把羊角茶刀（成品见附录09）终于做完了。但是吴工显然对这位老同事还是缺乏了解，他说他平时只喝白开水。这把茶刀估计只能拆快递用了。唉，吴工就是这样的人，总喜欢把自己的爱好强加给别人。

三把刀：划破星空的小刀

给别人做了那么多把刀，是时候对自己好一点了。吴工想为自己做一把刀。有这个念头的时候吴工已经四十岁了，过了不惑之年的吴工，早就看淡了江湖的打打杀杀，不论是白眉大侠的金丝大环刀，还是史泰龙的丛林格斗刀，在吴工看来都已经觉得肤浅了，更主要的原因是：这些都属于管制刀具，打造管制刀具是违法行为。

吴工的老家南京有一座紫金山天文台，在天文台的陨石博物馆里，吴工第一次见识到了陨铁。容吴工来抖抖书袋子，讲一讲什么是陨铁：地球是46亿年前从太阳系星云中诞生的，星云也就是石块灰尘的颗粒。这些尘埃聚集在一起越来越大，最后形成了地球。在地球初期，由于一些吴工也理解不了的原因，比如引力收缩、放射性元素衰变和其他小行星撞击，等等，地球温度越来越高，变成熔融状态。在熔化的状态下地球元素中比较重的物质，大部分是铁，开始下沉，这就是我们的地核。地球的诞生道路也是其他星球的发展之路，我们的地核是铁，宇宙中很多小行星的内核也是铁，当小行星撞击地球的时候，内核留在了地球表面，陨铁成为人类最早使用的铁器。吴工参观完博物馆，就一直想，要是能有一把陨铁匕首多酷啊！

陨铁比较容易辨认，购买材料不太会吃亏上当。陨铁的主要成分是铁和镍，陨铁切开后会呈现"维斯台登"纹路，这是行星冷却以后，每一百万年降低一度，才能形成的特殊铁镍合金结构。这是目前人工无法复制的结构，也是陨铁最好的辨识标志。

网上有卖陨铁的切片，陨铁不能加热锻造，否则就会破坏维斯台登纹路。吴工找到了一个"合适一点"的陨铁，打磨成了刀的形状。所谓"合适一点"

是就吴工的经济实力而言的。在允许的预算下，大概也只能做一片比铅笔刀稍大一点的刀条了。

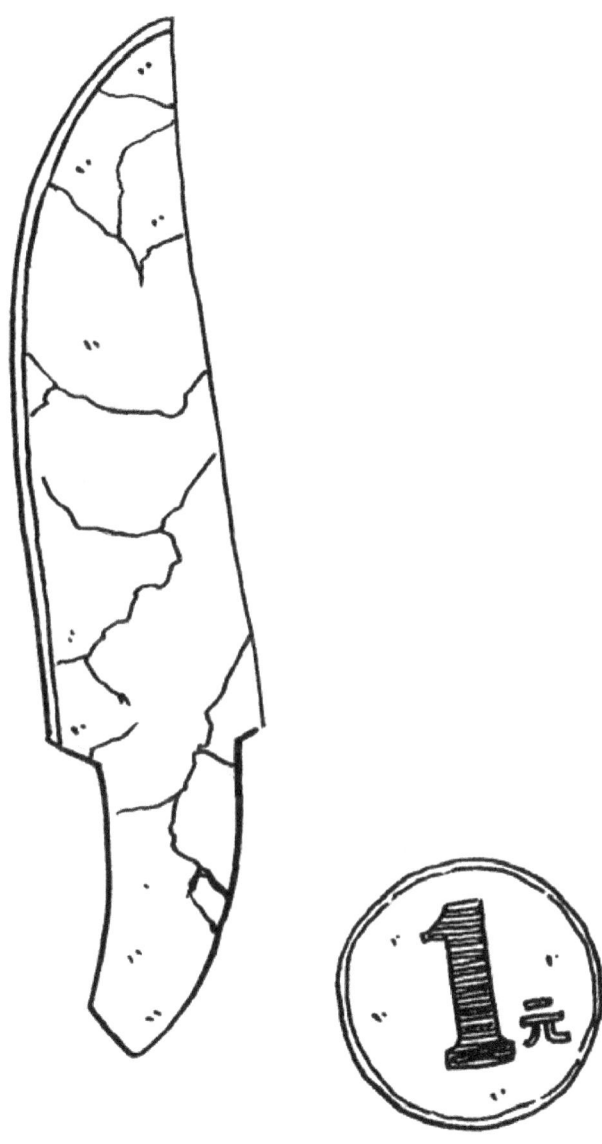

陨铁的刀条是粗糙的,不太适合配一把精致的刀柄。吴工想到,陨铁在远古时期是人类最早接触的铁器。从这个角度考虑,完全可以用动物的骨头作为刀柄,做把充满野性的小刀。吴工就爱收集不能吃不能用的东西,这时候终于可以派上用场了。吴工翻出一件压箱底的宝贝:不知名肉食动物的下颚骨。

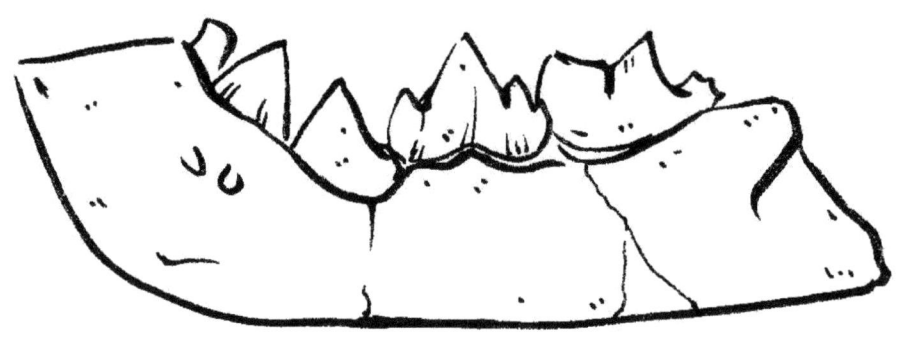

这块骨头大小正适合做小刀的刀柄,和陨铁组合在一起别有一番风味。吴工在下颚骨上打磨出一个凹槽,涂上三秒快干胶嵌上黄铜的刀尾,然后再用牛皮绳细细缠绕。小刀就算完成了(成品见附录10)。

小刀完工以后,吴工赶紧叫小朋友来摸摸这把小刀。小朋友一脸疑惑地看着吴工,吴工得意地说,从此以后你就是你们幼儿园唯一一个摸过星星的小朋友啦!

恒星在毁灭的时候形成了碳原子。这些碳原子变成了星尘在宇宙中飘荡,最后来到地球,构成了我们身边这些浩如繁星的碳基生命。整个生命的轮回不过是这些粒子的聚散离合,人的身体归根结底是由星尘组成的,而生命的征程也将是星辰大海。

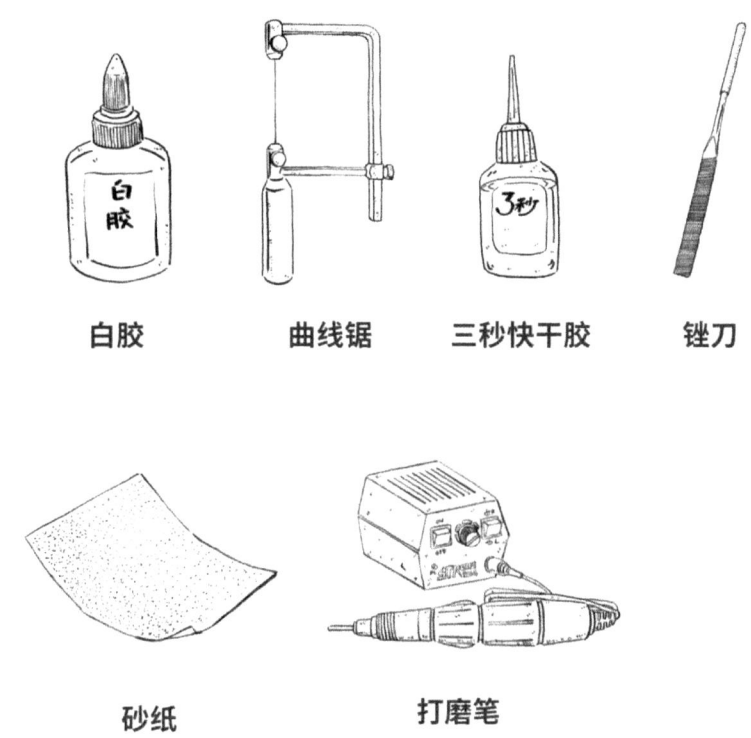

白胶　　曲线锯　　三秒快干胶　　锉刀

砂纸　　打磨笔

做一把小刀可能需要的工具：

09 I will be back

英国有家电影网站采访了2000名观众，评选出他们心目中最经典的十句电影台词，影片《终结者》中施瓦辛格带着奥地利口音的那句"I will be back"赫然上榜。要是让吴工去评，吴工也会选这句，因为施大叔一直是横贯吴工青春期的重要偶像。

吴工第一次接触施瓦辛格，应该还是小学五年级在表弟家玩小霸王学习机的时候。上了年纪的朋友可能还记得那个打着"学习"之名的电子游戏机，现在想来多少罪恶是打着冠冕堂皇的旗号开展的啊。"学习机"里面最有名的游戏就是"魂斗罗"了。游戏中的两位主角因为像素比较低的缘故，也分不清嘴脸，唯一可以区分他们的就是：一个是黑发红发带，一个是金发板刷头。直到吴工长大阅历丰富了，才知道游戏主角的原型一位是史泰龙，另一

位就是施瓦辛格。

不过让吴工留下深刻印象并且确立了施瓦辛格偶像地位不动摇的还是他主演的那部《终结者II》。20世纪80至90年代老百姓的主要娱乐就是电视节目，但外国片很少，电视台翻来覆去放的就是那几部老译制片，基本上主角一开口就是似曾相识的口音，"活见鬼""我的老天爷""嗯哼"，要是光听配音不看画面，会有一种佐罗大战加里森敢死队的错觉。只有《世界电影一览》之类的节目里会以介绍外国影片为名，播放一些好莱坞电影的精彩片段，这些片段吊起了观众的胃口，却又戛然而止，让人如钝刀割肉一样难过。好在几年以后人民生活逐渐富裕，录像机开始普及。因为没什么版权意识，各种录像厅、录像带租赁点像雨后的蘑菇一样在大街小巷冒了出来，于是古惑仔和机械战警开始争奇斗艳，走上人民的精神舞台。少年的吴工也第一次欣赏了完整的终结者故事，这部片子让从小就没见过什么世面的吴工大开了眼界。和现在涂脂抹粉的偶像剧不同，那时候荧幕上的人物性别鲜明，男的就像是男的，女的就像女的。尤其是施瓦辛格撸起袖子露出比吴工大腿还粗的胳膊，拎起加特林机枪如抓小鸡一般，那满满的男性荷尔蒙隔着屏幕都能散发出来。

  如果这部片子就是单纯的打打杀杀、秀秀肌肉也不会被奉为经典。影片中施瓦辛格作为冰冷的杀人机器T800义无反顾地完成自己使命的过程，也是逐渐被赋予人性的过程。在影片的最后，施瓦辛格让小男孩把自己毁灭掉，以免脑袋里的芯片落到坏人手里，小男孩握着升降机的控制器把施瓦辛格缓缓送入炼钢炉中，炼钢炉的铁水逐渐没过了他的头顶，渐渐只剩下一只手还在铁水上面。按照传统英雄片的套路，此时应该镜头回到泪流满面的小男孩再给个特写，可能还会有句台词："你不会白白牺牲的！"但是导演卡梅隆毕竟是大神，这只手在即将没入铁水的那一刻，忽然向小男孩竖起了拇指。这显然不是个机器人程序设定的动作，这一幕既是T800的毁灭，也是宣告了他已经完成了从机器到人的涅槃。每每看到这一幕，年少的吴工都热泪盈眶，这让吴工懂得了什么是牺牲，什么是责任。

有哪个小男孩不希望有这样一个伙伴呢？忠诚勇猛，总是能在最需要的时候不离不弃挺身而出；有哪个小男孩不希望自己也能变成这样一个英雄呢？高大威武力大无穷令坏人们闻风丧胆！

吴工转录了这部终结者的影片，逢年过节遇到还没有开化的小伙伴来家做客，吴工总是要放上一部《终结者》给大伙普及一下，收获小观众们一脸惊讶的表情是吴工最幸福的事情了。

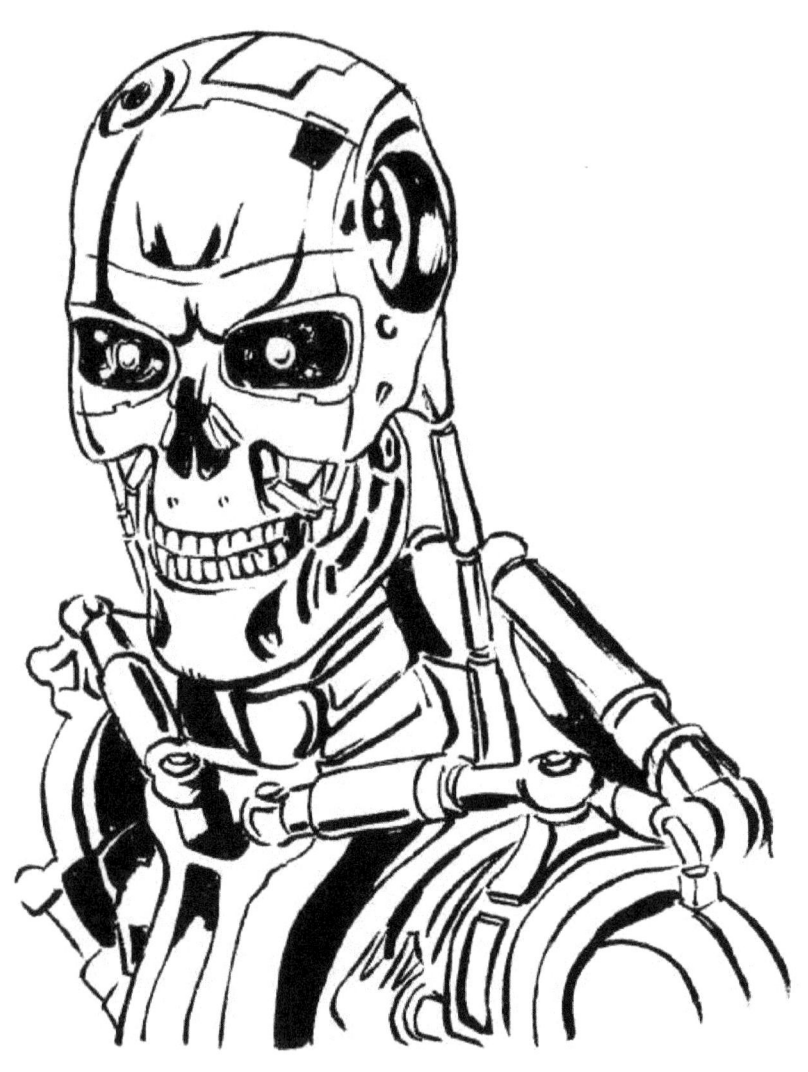

这部片子里除了施大爷让吴工崇拜不已之外,终结者机械骨骼的设计也让吴工着迷。这个骨架是由好莱坞的斯坦·温斯顿工作室设计的。想法源于导演卡梅隆的一个梦,他梦见一个金属机械人从火中走出来,大火吞噬了他的皮肤，露出了金属的骨骼。特效设计师们先是对施瓦辛格头部进行翻模，然后在翻模出来的头部模型上做减法，各自发挥想象，雕刻出不同的机械头骨模型。换句话说，如果你给这些头骨附上皮肤肌肉，那么最后就能得到施瓦辛格的脸。设计师们一共创造了三个不同的头骨模型，卡梅隆结合了三个模型中的特点，创造出了最接近自己梦境的那个金属人：既具有人类的特征，又兼具科幻的色彩，同时也有合理的运动机械结构。

一转眼十来年过去了，吴工研究生毕业来到上海工作。刚参加工作不久，吴工在一个巷口的玩具店竟然看到了一个1：2的电镀终结者头骨模型，沉寂了多年的小火山在吴工心中又死灰复燃起来。吴工小心翼翼地向老板询问价钱，老板瞥了吴工一眼慢悠悠地说，这是全球限量的，3000块。吴工一下蔫了，那时候每个月拿到手的薪水也只有4000出头。吴工只好咽了咽口水，360。认真地看了好几遍，然后打消了这个念头。

从那以后，吴工就一直琢磨着怎么能自己做一个终结者脑袋出来。既然买不起，当然只能自己做，吴工试过各种材料：橡皮泥、软陶，还有铁皮。最后越来越复杂，花了好几周的业余时间，用精雕橡皮泥捏了个有那么点神似的终结者头骨，然后用硅胶翻模、用环氧树脂胶填充，得到了一个粗糙的终结者脑袋，最后再打磨、上漆、装眼灯，完成了一个山寨的终结者头骨，终于终结了自己的怨念。吴工记录下了这个复杂漫长的制作过程，发表在网络上，有幸被《模型世界》杂志看中，用了两页篇幅把这部流水账刊登了出来。现在想想真是汗颜，作为一个工科研究生，工作以后唯一一篇被刊载的文章，竟然是告诉大家自己怎么做玩具，对人类和社会一点贡献都没有。

时光如白驹过隙，转眼就到了2019年，吴工也已经工作了17个年头，距离《终结者I》上映也已经过去了35年，幸运的是审判日没有到来，天网也没有制造出来，人工智能目前也就是下赢了几盘棋，还是人畜无害的样子。不过终结者续集已经拍到了第六部，主演还是施瓦辛格，但他已经白发苍苍胸肌下垂。这部续集号称是最后一集，因为施大爷都把话说绝了，这是他最后一次出演。这突然勾起了吴工的创作欲望，想着再做一次终结者模型吧。

和十几年前不同，经过这么多年生活的淬炼，吴工已经开始接地气了。吴工想做一个终结者T800机器脑壳的行车记录仪！

先介绍一下原材料。这是吴工偶然寻得的一个搪胶的1：2的终结者头骨，大概是工厂的库存品，令人发指的是才20块钱！虽然上色比较粗糙，但是外形抓得很准，底子好，改造空间非常大。另外家里还有个闲置的行车记录仪，这个记录仪非常不好用，经常莫名其妙地开不了机，天热的时候上面不干胶粘的面板总掉下来。吴工是个会过日子的人，心想这个记录仪虽然这么多缺点，但是毕竟大部分时间还是能工作的，丢了也可惜，可以改造改造放到终

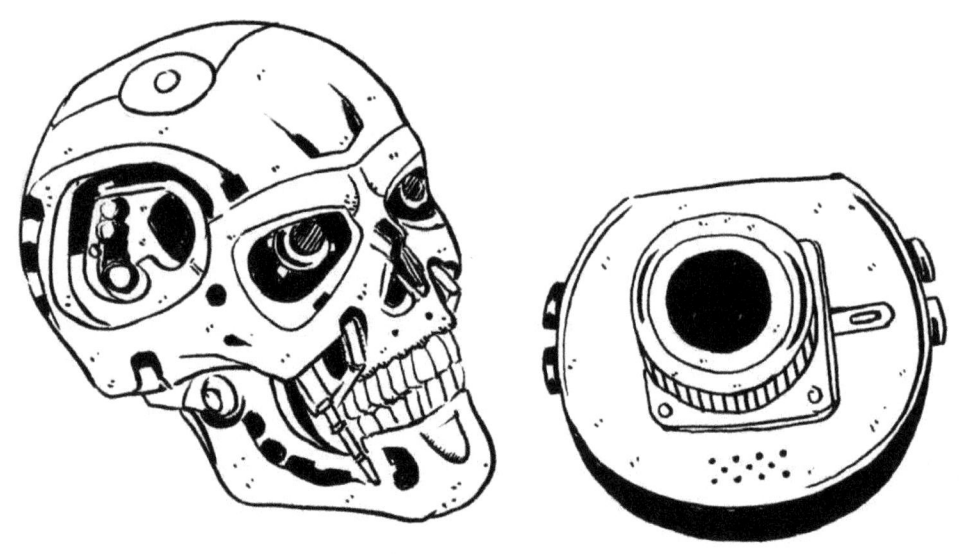

结者头里面，就算失败了也不心疼。

行车记录仪需要去掉外壳，拿出屏幕、电路板和摄像头。而搪胶的终结者脑壳不做"开颅手术"也没法进行改造：把终结者头剪开；计划用记录仪

的镜头取代终结者的其中一只眼球，所以原来的眼睛也要挖掉；另外脑壳靠太阳穴的一侧也要去掉，预备放记录仪的屏幕。这个过程听起来有些血淋淋，不知道出版以后会不会被打上马赛克。

  一只眼睛是镜头，如果另一只眼睛能够动起来那是多有意思的事情啊。实现这点也不复杂。吴工刚好有一套小马达的控制套装，转动旋钮，马达就会跟着转动，如果把眼球装在小马达上，就可以让终结者顾盼自雄、眉目传神了。

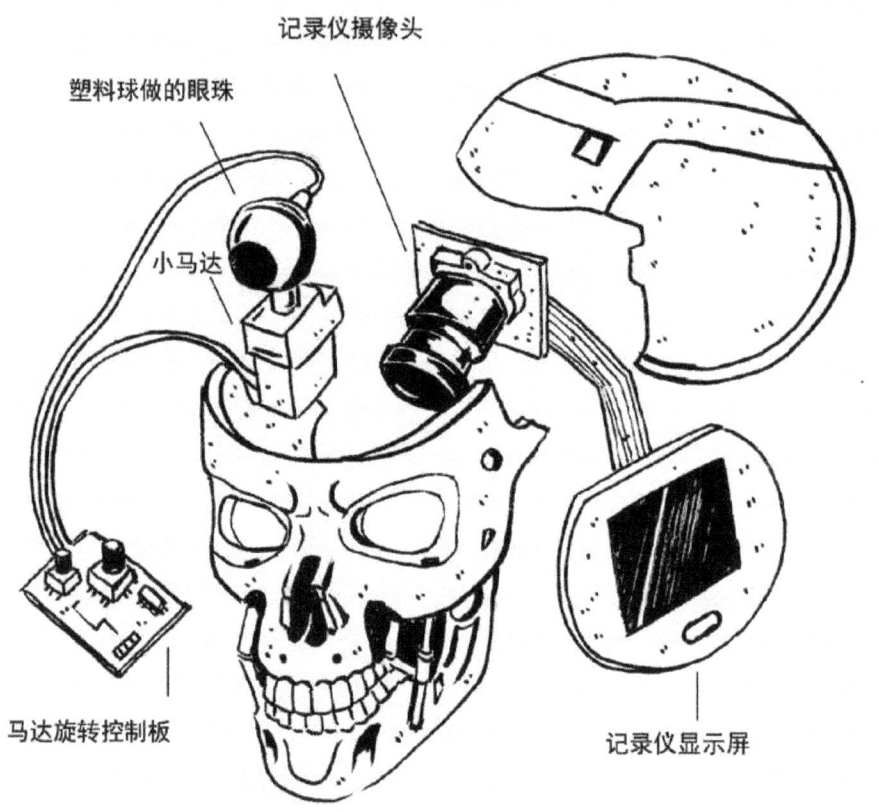

转眼珠的控制电路板，装在了一个尺寸相当的透明塑料盒子里，在盒子上面打孔，把旋钮露出来，再装上一个USB的接口作为记录仪和马达的总电源接口。

透明的塑料盒子里面打磨毛糙，在里面涂上银灰色油漆。为什么油漆要喷在里面呢？因为这样漆面就不会蹭掉了。做完这些吴工觉得还是挺简陋的，不像是个高科技的产品，倒有点像恐怖分子DIY的简陋炸弹引爆器。后来吴工加了些毫无用处的装饰和数字水贴，弄得挺像那么回事。

  但吴工还不太满意，因为电影里面从没出现过这个控制盒，作为终结者记录仪的一部分有些出戏了。影片里面另一个最重要的道具就是终结者的手臂了，科学家就是根据这个手臂和残存的神经网络芯片研制出了天网系统，差点毁灭了人类。亏得现在的3D打印技术已经遍及千家万户，吴工在网上定制了一个和头骨比例相当的手臂，用黑色和银色做出金属的层次，然后将它固定在控制盒顶部，这样，控制盒也变得有故事了。

  接下来就是对终结者头骨进行喷漆。吴工太忙了，终结者开颅的时候还是穿着汗衫的夏天，终结者快完工时已经是缩手缩脚的冬天了。冬天是吴工最讨厌的季节。手脚冰冷，不但啥也干不了，连油漆也干不了。因为喷漆低于10°C就不能用了，喷之前还要泡个热水澡。终结者头骨需要先喷一层底漆，再喷一层黑漆，最后再是一层亮银漆。喷底漆的目的是为了遮盖原来的颜色，喷黑漆的目的是为了把银漆衬托得更加鲜亮。

  就这样，可能是上海浦东浦兴街道最拉风的行车记录仪完工了（成品见附录11）！终结者的左眼可以监视行车画面以防不测；如果遇到横穿马路或者插队加塞的，右眼还能怒目环视，吓倒这些不遵守交通规则的人！

  2019年11月的一个深夜，吴工趁家人熟睡悄悄地买了张《终结者6》的夜场，欠了施大爷快30年的电影票是时候还他了。整个电影院包括吴工在内只有两个观众，吴工坐在空荡荡的电影院里，看到影片中一脸老态的施大爷念出那句台词："This time, I won't be back"，忽然觉得眼角一阵湿润，那不会再回来的又何止是终结者，分明还有吴工的青春和童年。

10 再见了，上海

2020年8月2日，吴工全家离开了上海，离开了这个生活了17年的城市。吴工很喜欢这里，海纳百川，不同的人不同的思想在这里可以兼容并蓄，更难得的是，在这里总有机会凭借自己洒下的汗水得到一份公正的收获。

为什么要离开呢？吴工以为早已下定了决心，但直到临行前却还不断问自己：这个选择是否会让吴工后悔一辈子？

可能吴工所有的力量和决心都来自下面这张照片。照片是2018年带着孩子和父母一起去上海迪士尼的时候拍摄的。

照片的背景是隐隐约约的迪士尼城堡，爷爷紧紧地抱着孙子，他十指交叉确保自己不会松手；奶奶在旁边牢牢地握住小朋友的手，生怕他从爷爷怀抱中掉下来，提供了第二道保障。小朋友面对着镜头，突然抢了爷爷的帽子戴在自己头上大声说："我是小小爷爷！"老两口听了孙子的话忍不住大笑起来。

吴工已经很多年没有看到他们像今天那样发自内心地开怀大笑了。尤其是外婆卧病在床以后，他们脸上笑容难得一见。

吴工抓拍到了这个难得的画面，这充满爱的一幕于吴工来说真的像童话故事一样美好。也就是从那一刻起，吴工开始重新思考对于自己来说什么才是最重要的。十七年前来到上海，和所有年轻人一样觉得来到大城市到处是机会，有前途有发展。可是这终究是个模模糊糊的憧憬，对吴工这样胸无大志的人来说，不知道怎样才是理想的具象，能用房、车、钱去量化吗？如果是这样，那么这些目标似乎永远没有尽头。吴工年少时候追逐的虚幻泡影通过十七年的时间大浪淘沙般地逐一沉淀，吴工逐渐懂得了什么才能真正让自己心里踏实。

不过吴工终归还是个怂人，怂到十七年来都没敢换过工作。要举家搬回南京还真有点舍不得。一毕业就来到上海，在这里娶妻生子，这座城市见证了吴工很多的第一次。

吴工工作的这家台湾公司并不是以薪水在业界见长，却号称是业界的黄埔军校。老板都是做技术出身的，有的还曾是大学教授，吴工在这里学习了很多东西，平生的第一件产品就是在这里开发出来的，说不定很多年长的朋友还用过。

公司的企业文化没什么狼性，倒是多了几分人性，对员工很包容，包容到吴工用上班时间用两百多个报废的适配器搭了一匹独角兽（见附录12）也不被老板批评，甚至还放在公司大厅展览了一年。

吴工运气好，早出生了几年，买房子时还不是楼市的顶点，房贷压力也不大。吴工和爱人花了好几个月的时间才一点点把上海的家拼凑成现在的样子，不少地方还是吴工自己动手改造的。吴工的家离公司不远，省去了很多通勤的时间，加上公司也不是"996"的企业，让吴工有了充足的业余时间做点不能吃不能用的手工。小朋友降临之后，多了一个赶不走的室友，做手工的时间变少了很多，但是也多了冠冕堂皇的借口去做些大件。

这一切如今都要放弃，举家搬回到南京。不过这还不是最难抉择的，最让吴工纠结的是小朋友的上海户口。很多人都说在江苏考大学很难很难，对小朋友太不公平了。但是父母都已经老了，他们未来的岁月会变得怎么样几乎可以预见，小朋友的未来却有各种可能。人生的目的不是只有高考，有爱的地方就是家。对生活的热爱和好奇才是应该伴随终生的目标。可能这是吴工自己安慰自己的话，只希望小朋友长大以后不要怪爸爸退了他的上海户口，吴工也没本事更没社会关系，想要在南京上公办小学只能这样了……

可能也有人提议，父母可以搬到上海呀！吴工知道对于这个建议父母一定会接受，会心甘情愿地做出这样的选择，但离开生活一辈子的地方来到一个陌生的城市甚至可能连自己的空间也没有，这应该不会是他们想要的晚年生活，就不要再折腾他们了吧……

夫人也是南京人，离开上海回到老家南京，可以经常带着小朋友看望四个老人，让他们享受着承欢膝下的天伦之乐。工资能维持现状、够用就可以，房子用不着太大，能留给吴工一平方米做手工就可以。对人到中年的吴工来说，家人平安康乐应该就是此生最大的愿望了。

临走前还是有很多不舍，在这里经历了太多的事，还认识了一辈子的朋友。"再见了，上海。"这句话在心里念出来，仿佛是字字沉重却又如释重负。

就这样，时隔17年之后吴工又回到了故乡南京。这里没有大城市的繁华却有小城的宁静；这里没有大城市的国际化却有小城的烟火气。虽然没有了黄浦江畔的十里洋场烟花地，但是却拥有了秦淮河旁的六朝如梦鸟空啼。人生仿佛是一次单程票的航行，只要心安，不论是波澜壮阔的大海还是蜿蜒如带的小河，哪里不是归处呢？吴工想送给自己一件礼物，一艘在瓶子里面航行的"黑珍珠"号，算作鼓励也算是纪念。

吴工的礼物当然是买不到现成的，而且还得走一条自主研发的创新道路。

第一次做瓶中船，吴工翻阅了大量的中外文献，总结下来瓶中船有两种做法：

第一类是把船体拆成几个部分，用镊子在瓶子里面组装起来。

  第二类做法的船体是个整体，桅杆船帆是可以活动的。把桅杆船帆和船体卷在一起塞进瓶子，桅杆上连着一根细线，拉住细线一头就可以把桅杆撑起来。

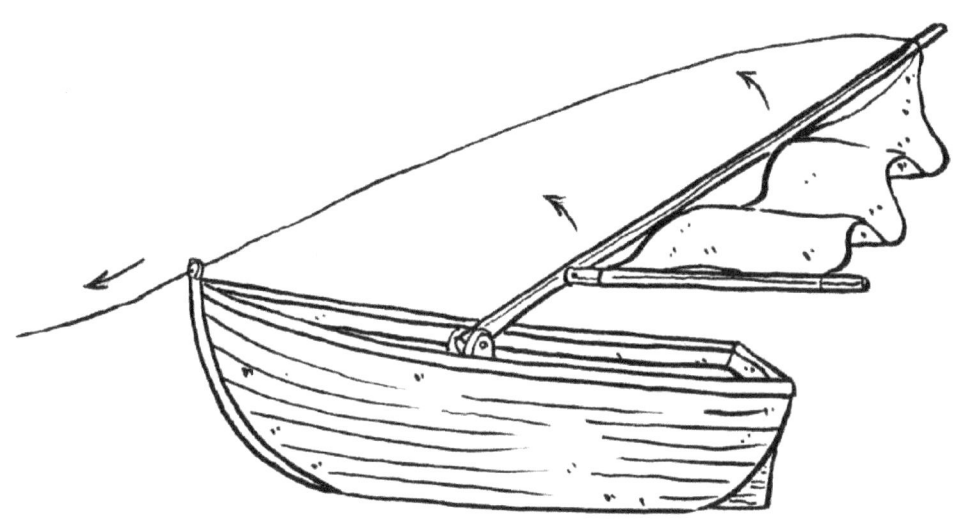

吴工刚回到南京，百废待兴，时间宝贵，好钢用在刀刃上，吴工直接略去了制作船身的复杂步骤，买了一艘小号的加勒比海盗"黑珍珠"号帆船的半成品。所谓半成品是指桅杆没有固定，也没有缆绳。

　　帆船模型若是能还原真实的缆绳结构，也就越逼真耐看。但是这样却会给后期用镊子梳理瓶子里面的缆绳带来很大困难。吴工参考了真实的船只照片，在理想和现实间做了取舍，最终决定做成这样的缆绳系统。

用什么做缆绳呢？缝纫线够细但是会起毛，不适合做缆绳。博学的吴工想到了手术线，不但结实不起毛，而且还有不同粗细可以选择。

帆船缆绳系统里面最麻烦的是做绳梯。做一个容易，难的是做几个一模一样的绳梯。吴工想了个办法：在一块光滑的塑料板上，横竖都刻上间距相等的槽。然后把线缠绕好，在经纬线相交的地方用胶水粘好，最后再从塑料板上撕下就得到了绳梯。

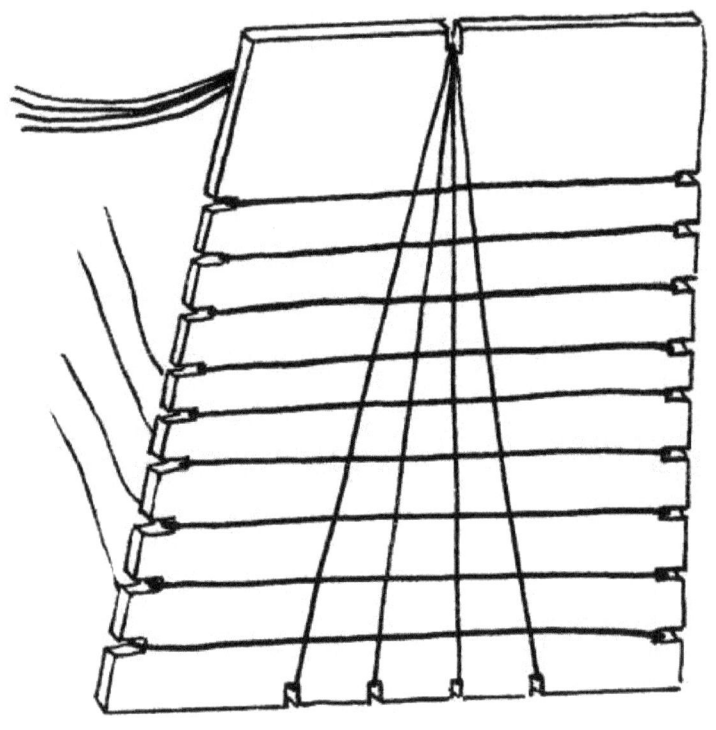

怎样把"黑珍珠"装到瓶子里面呢？吴工画了下面的草图，帮助大家理一下吴工的思路。

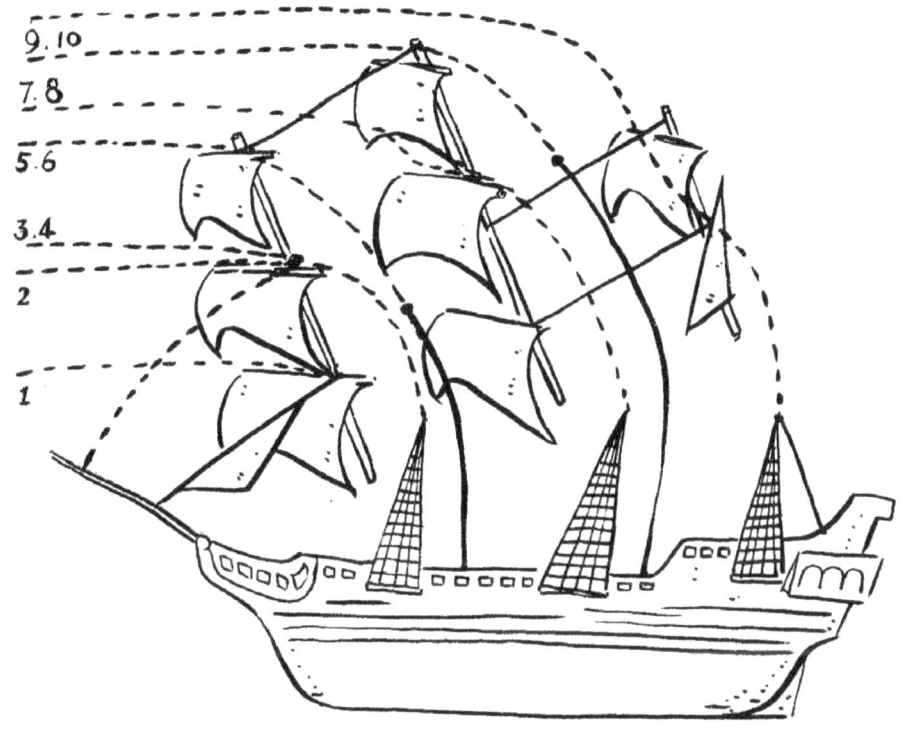

不知道大家看明白没有，实线是桅杆之间的固定线，可以事前黏好。虚线就是缆绳绳梯的延长线。在桅杆上装上几个小环，缆绳一头固定在船体，另一头用线延长从环里穿过。待桅杆固定以后，把缆绳延长线一根根拉直，绳梯和缆绳就可以就位，最后点胶固定在小环上，再剪去延长线。

算了下这样一共有10根延长线，线越多失败的可能性越大，因为桅杆会和线缠绕在一起，而你很难通过细小的瓶口用镊子理顺一团乱麻。

瓶子选用的是化学试剂瓶。因为船身大小是固定的，所以只能根据船体大小来选择瓶颈合适的瓶子了。

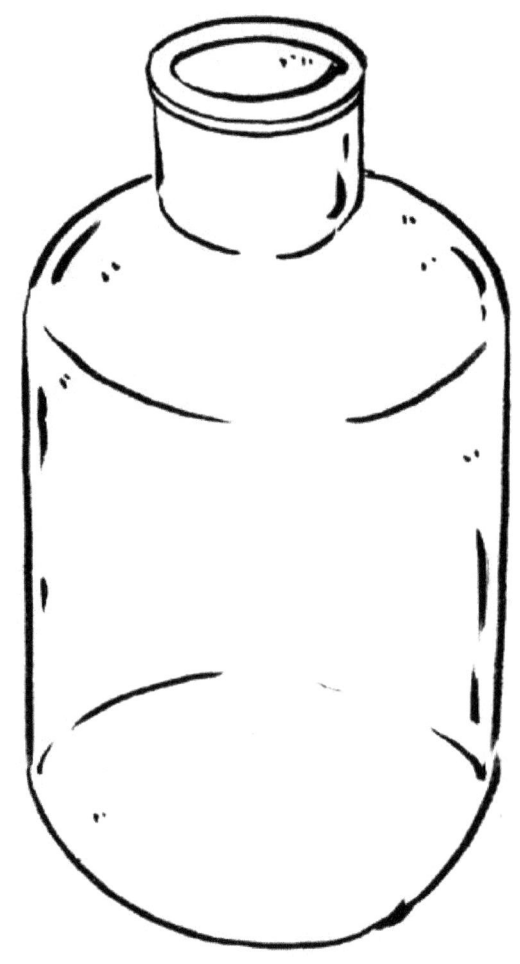

哪怕是一只小小的空瓶,也可以成为归航的港湾。吴工还要在这个空瓶里面创造出一片海来!

首先上场的是吴工的老朋友——透明环氧树脂。透明的环氧树脂加了一点深蓝色的色素,搅拌均匀以后,用滴管小心翼翼地滴在瓶子里面。

等到环氧树脂凝固以后，用白色的丙烯颜料随便涂抹，因为海的颜色并不是单一的蓝色，不但深浅不一，而且还有白色的浪花。

即便上了颜色，但是仍然不像大海，因为太平像一潭死水。接下来就是新朋友登场了——海浪造景膏。这是瓶像雪花膏一样的乳膏。把它刷在环氧树脂的表面，就会产生高低不平的被海风吹拂的水面效果。

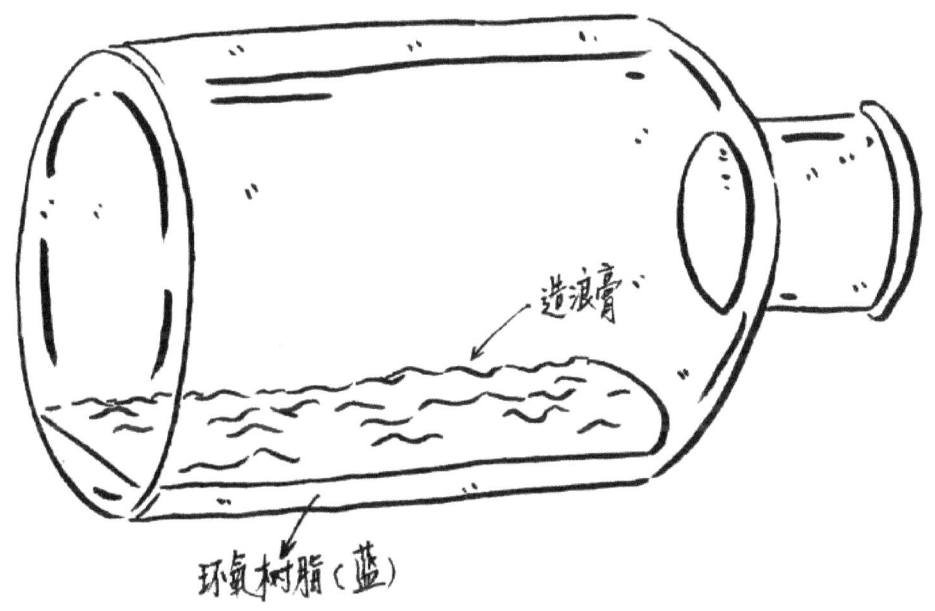

这时就可以把船放进去了。首先把桅杆全部拉起来，让船身先进入瓶中，放在没有凝固的海浪造景膏中，待造浪膏凝固后船身也被固定了。这时候就可以把桅杆和帆逐一放入。这需要极大的耐心，因为缆绳的线太多了，弄不好桅杆就会卷上线，又得让桅杆进进出出瓶口好几次。而在瓶子里面作业比较困难，只能单手用镊子和铁丝。缆绳就位以后需要固定好，高手是用镊子把缆绳打结，吴工没有这个本事，只能用胶水固定再剪去多余部分。用什么胶呢？如果这个胶干得快，那么还没有来得及点在既定位置就干了；如果干得慢，那么得用手拽着线一整天……吴工想到了UV胶。UV只有用紫外线照射才会固化。每根缆绳都用UV胶固定船身或桅杆。

瓶中船还需要一个底座。吴工买了一块木板和四个黄铜的海马钥匙坠，把海马竖起来嵌在木板上就可以了。

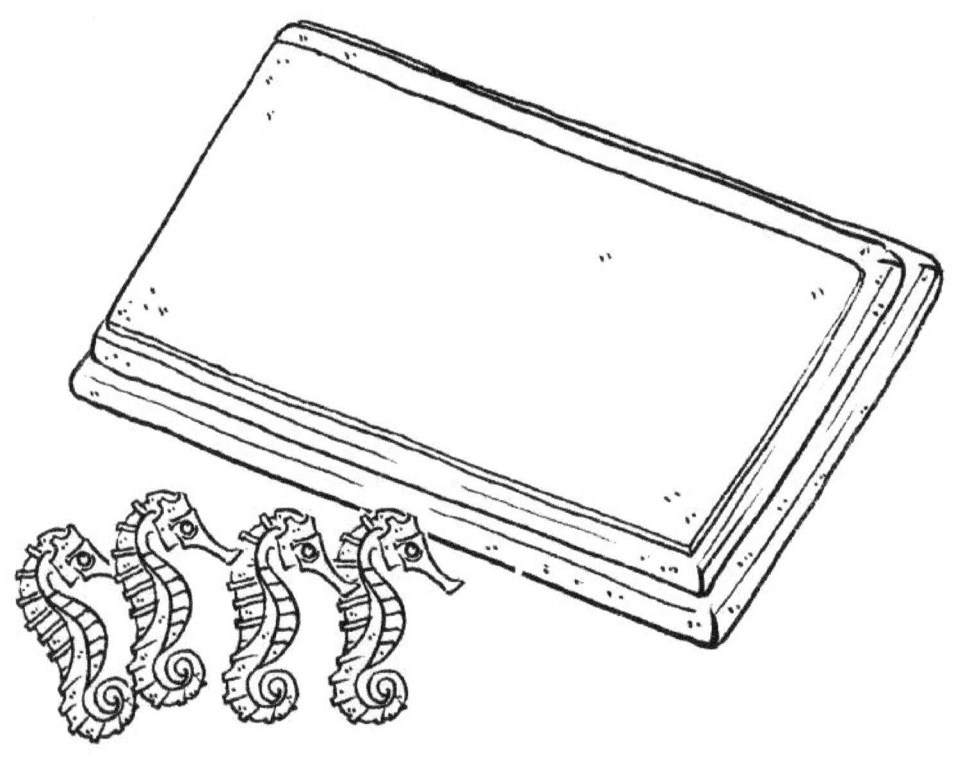

不过在镶嵌海马之前，木板还要喷漆上个色。之前在上海的家，前后有两个阳台，楼下还有个废旧的自行车库可以供吴工放毒。但是南京的新家房子很小，只有上海的一半大，而且一层八户人家，楼道像"重庆森林"一样，吴工动作稍微大一点肯定会被街坊邻居投诉。不过，吴工还是找到了一个好地方，在这座高楼的33层，是一个电梯也无法到达的楼层，当然去那里并不需要用魔法，爬楼梯就可以了……

这里就是楼顶的天台，视野开阔，人迹罕至，眼前就是巍巍的钟山、高耸入云的紫金大厦，还有蜿蜒的秦淮河，美景醉人。

在天台上给木板喷上黑漆，再嵌入四个站立的海马，底座就完工了。在这底座上放上瓶中的"黑珍珠"号，吴工在南京的第一个手工作品就成功了（见附录13）。

吴工就要在这里开始新的航行啦！

做一个瓶中船可能需要的工具：

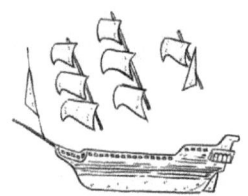
小比例船模

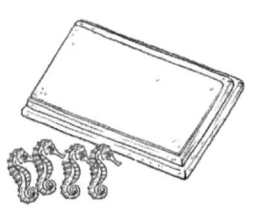
木底座

玻璃瓶

海浪造景膏

环氧树脂

喷漆

11 吴工的一平米

《西游记》中孙悟空修炼成七十二变的地方叫作"灵台方寸山，斜月三星洞"。灵台和方寸在古代都是"心"的代称，斜月三星画出来的也是"心"这个字，所以其实孙悟空修行的地方也就是在他心里，面积不过巴掌大，相比起来，吴工修炼的地方还稍微大一点。

从上海搬回南京，新家很小。为了给吴工繁多的收藏还有很多没有拆封的书籍找个容身之所，家人非常宽容地割让了半个客厅作为吴工的书房。吴工发现书柜书桌等家具摆好之后，靠窗口竟然还剩下长1.2m、宽0.8m的一块空间。

吴工大喜过望，因为常年做手工成瘾，屡戒屡犯，这个一平米的空间让吴工觉得捡了大便宜，就好像发现开发商漏算的面积一样开心。于是在网上买来了厚实的工作台、桌上吸尘器，还有一面洞洞墙挂上吴工的各种工具，这一平米就被因地制宜因陋就简地改造成了吴工自己的"斜月三星洞"。

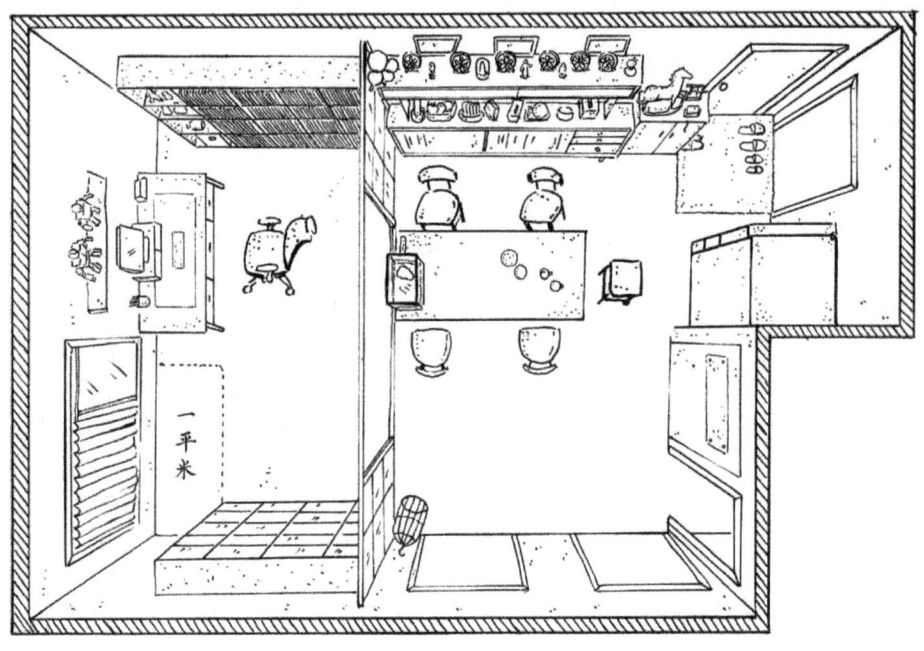

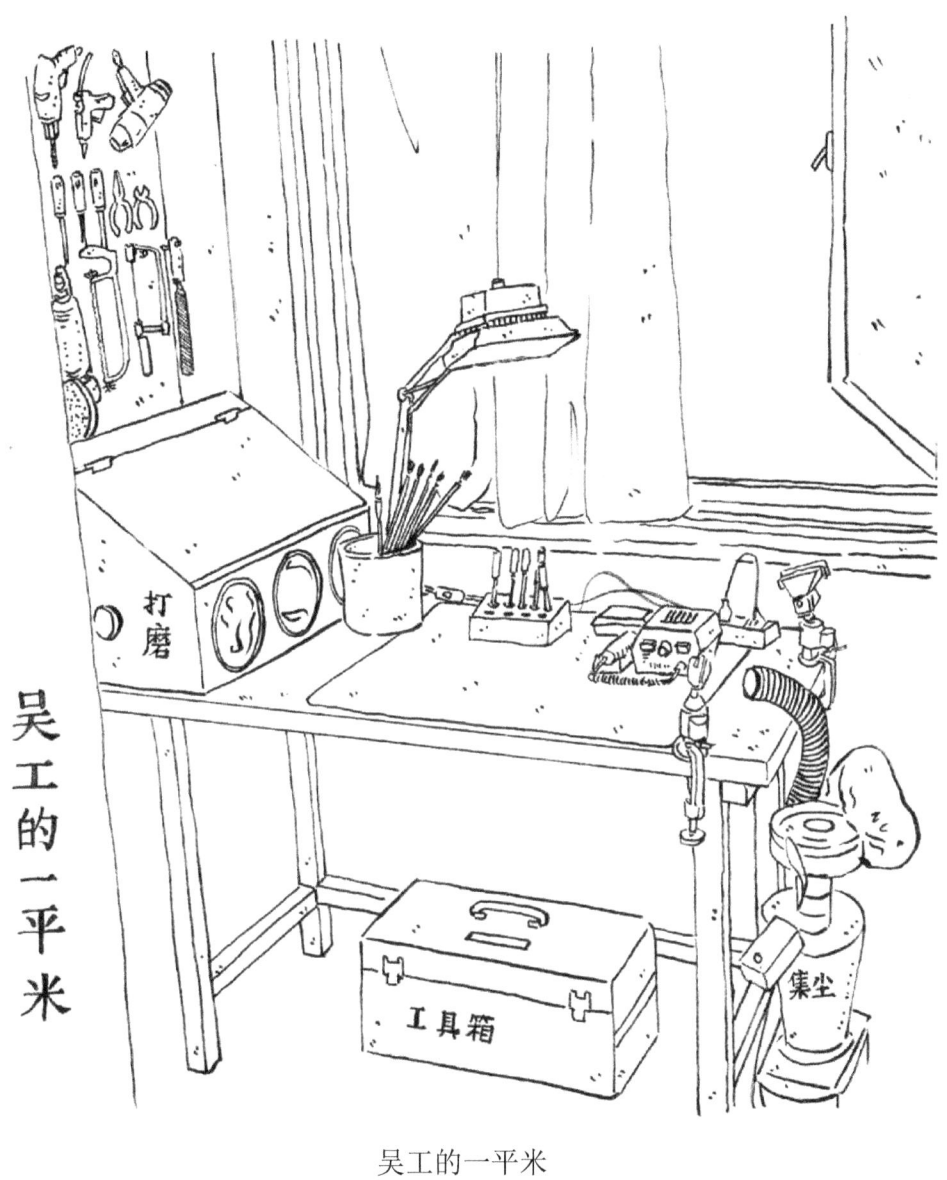

吴工的一平米

这一平米大多是被吴工的不同种类的工具占据了。

曾经有个国外专家做过研究，如果想成为某项技能的高手得经过1万小时的锤炼。1万小时是什么概念？如果一天练8个小时，一周练5天，那么需要5年的工夫！吴工喜欢探索各种各样的手工，但是平时还要上班糊口，哪里有那么多时间呢？古人说"工欲善其事必先利其器"。吴工发现有了合适的工具，可以弥补水平的不足，往往事半功倍。就好像是《天龙八部》里面的鸠摩智学会了小无相功以后，就能装模作样地打出少林七十二项绝技来。

从上海搬家到南京，快递费很贵，所能携带的工具必须精挑细选。吴工思忖了许久，带回的工具可谓精华中的精华，飞机中的战斗机。现在就按照使用频率跟大家介绍一下。

用得最多的要算韩国"世新"的雕刻机。不要小看这台打磨机，功率大，同轴度非常好，雕刻精细的东西非常给力。

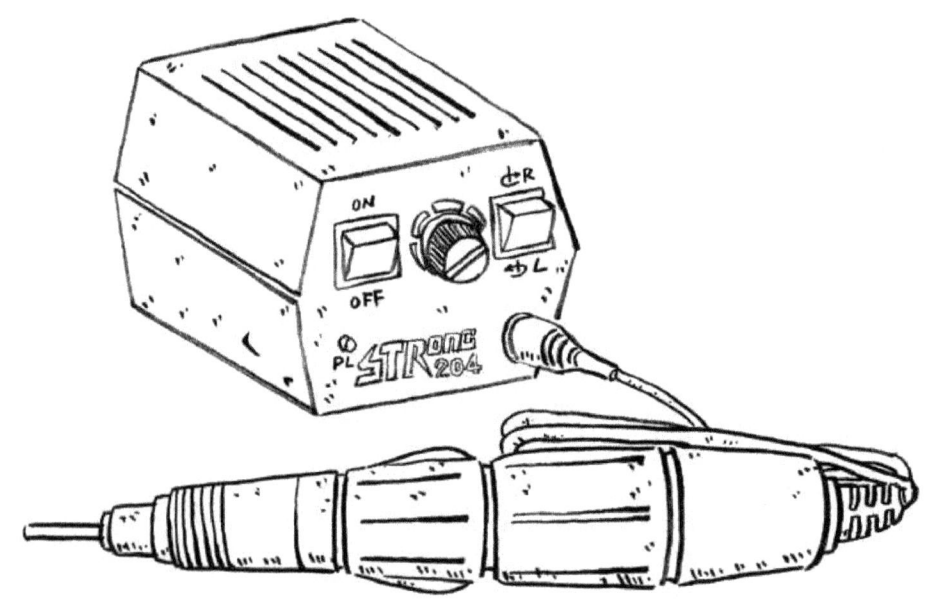

因为原材料简单易得的缘故，吴工用它刻画得最多的可能就是鸡蛋了。吴工曾经刻过一个鸡蛋送给小朋友幼儿园的一位外籍英语老师Lia。Lia来自中欧国家斯洛文尼亚，小朋友说不清她来自欧洲哪个国家，但是很坚定地告诉吴工，Lia说她国家里面有Love（Slovenia）。Lia的确是一个充满爱的老师，吴工有次做志愿者陪着孩子们去秋游，小朋友们非常调皮，其他老师不得不靠提高声量、板起面孔增强威慑力，只有Lia一直是带着微笑和孩子们说话，没有一点不耐烦的样子。老实说，吴工对自己的亲生儿子也做不到这个程度。但是Lia也有生气的时候，有一次她通过班主任在微信群里很生气地要求家长：她下午上英语课的时候，不准家长把孩子提前接走。她认为这样会把孩子课程的进度都破坏了。吴工非常钦佩这样一个有爱心有责任心的老师，孩子毕业的时候，吴工用雕刻笔雕刻了一幅她的肖像（见附录14），送给她作为纪念，吴工还开玩笑地提醒她，记得要放冰箱保存哦。

　　韩国世新的这套雕刻机是电动的，下面这套是手动的，只能靠吴工一双肉掌凭内力催动。

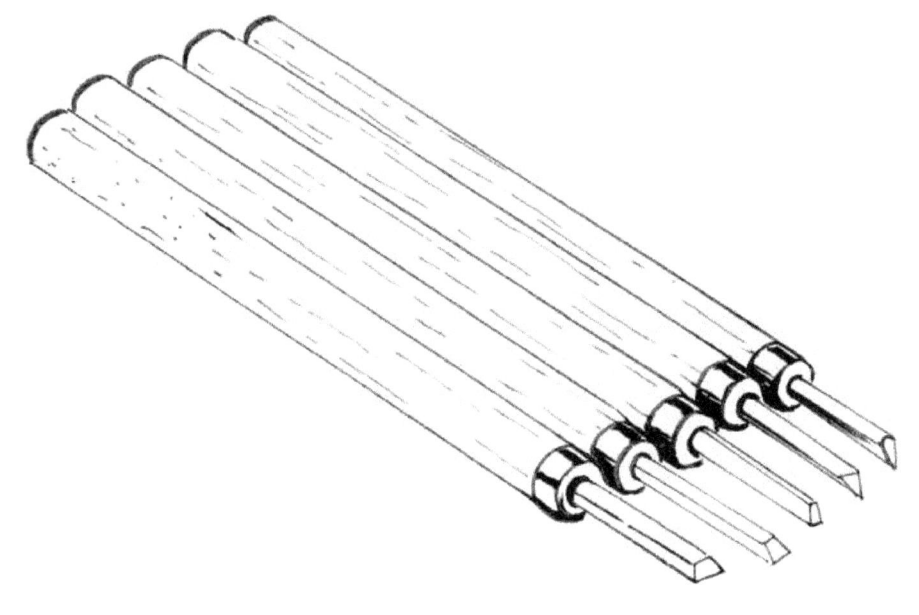

  这套雕刻刀吴工每年都要使用一次，大约已经用了7年了。这个习惯始于2014年8月10日的晚上，那晚吴工创作完成了人生第一个桃核作品（见附录15）。当时小朋友即将问世，吴工希望凭借自己几天的努力能够感动上苍，给这个小挂件开开光，祝福小朋友茁壮成长。就在吴工最后准备穿绳的那一刻，儿子提前20天迫不及待地出世了。吴工一度迷信地认为是桃核显灵了，因为小朋友成功地避开了处女座，还提前一年入学了。吴工联想到这孩子不会是桃太郎转世吧？于是吴工发愿每年都刻一个桃核，就这样认真地刻了7年，光荣地为国家处理了一堆干垃圾。

  这些雕刻刀都不方便携带，吴工出差的时候喜欢带上一支电动的便携雕刻笔，晚上在宿舍或者酒店一时技痒可以用来解解闷。

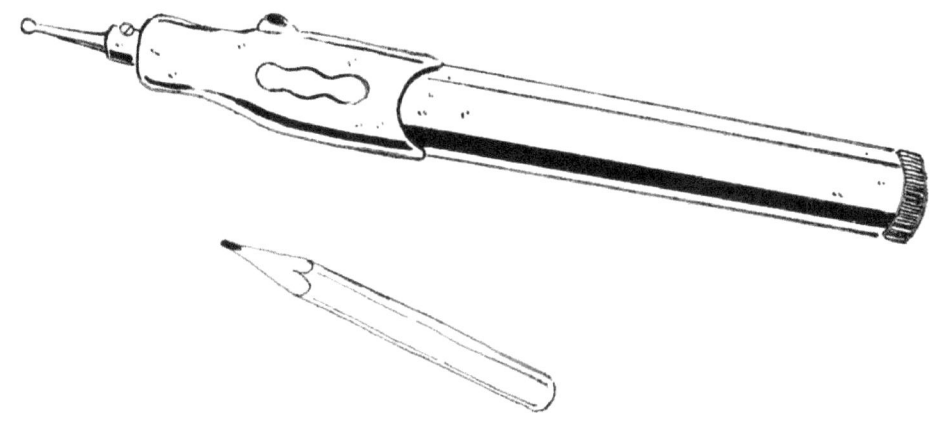

吴工有个同事举家去了美国，每次吴工去那里拜访客户，他们家两口子总是盛情款待，不但牺牲周末休息时间给吴工做全职司机，而且还大鱼大肉招待吴工，让吴工从胃里一直感激到心里。有一次临时被抓去美国出差，行程匆匆都来不及给老同事带点土特产，想到不久就要和他们相聚，却手中空空不免有些难堪。吴工正在犯愁的时候，忽然想起了随身携带的雕刻笔，于是急中生智在客户公司的花坛里面找了一块黑色的鹅卵石，带回酒店刻了一晚上，雕了一只老虎在石头上送予她留念（见附录16）。这真可谓"千里送石头，礼轻分量重"啊！

上面介绍的这些电动工具都是功率很小的，操作起来如闲庭信步、心旷神怡，但是遇到大件就啃不动了，这时就要祭出吴工的大杀器了：一千瓦的电磨。

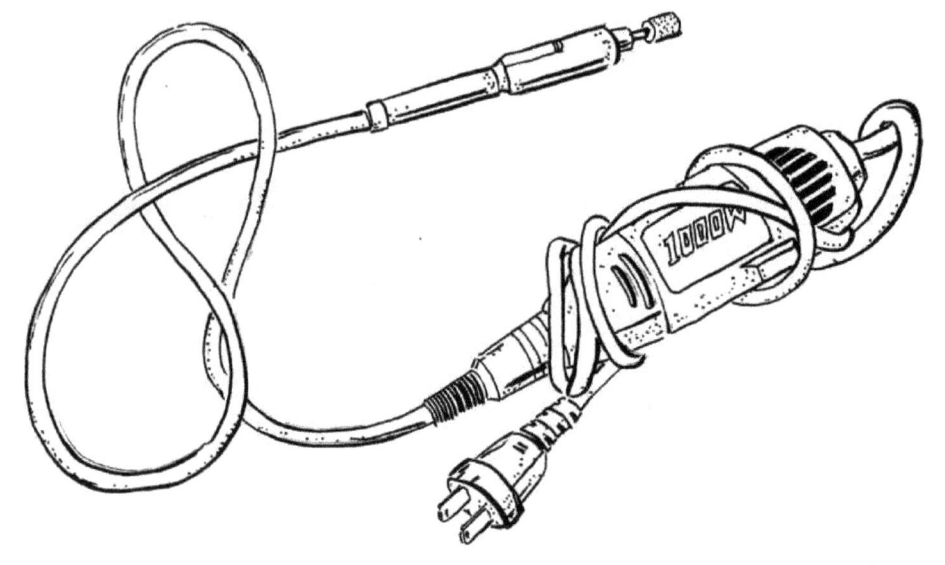

  这个电磨一旦开起来声音震天动地，吴工鼓足勇气运上十成功力才能把持得住，不到万不得已不会使用。从买来到现在已经快十年了，好像只用过三四次。最近一次使用是为了还人情债。吴工有个相识十多年的同事加好友，他的岳父是一位退休的大学美术教师，这位同事知道吴工酷爱美术作品，就请他的老丈人为吴工画了一幅油画。同事说他上班的时候带给吴工，吴工以为就是一幅画卷在包里就带过来了，谁承想画已经装裱到了画框里，足足有一平米见方。同事家距离公司快四十公里，他硬是扛着这幅画在早高峰的人潮中换了两辆地铁，艰苦跋涉了一个半小时才到达了公司。吴工被同事的真诚感动了，无以为报，也只能以真心回敬。吴工想到老先生画画应该也会需要砚台，于是选了一块"长生无极"的汉瓦残片，拿出了一千瓦的电磨打磨了一晚上，做了一块瓦当砚台（见附录17）。汉瓦质地紧密，打磨起来尘土飞扬，吸着一千多年前的粉尘，四周烟雾缭绕，觉得整个人都飘飘欲仙了，但是挺值得的。

吴工除了做泥瓦匠的工具，还有套木工的家什，就是下面的各种锯子，每种锯子都有它的作用。

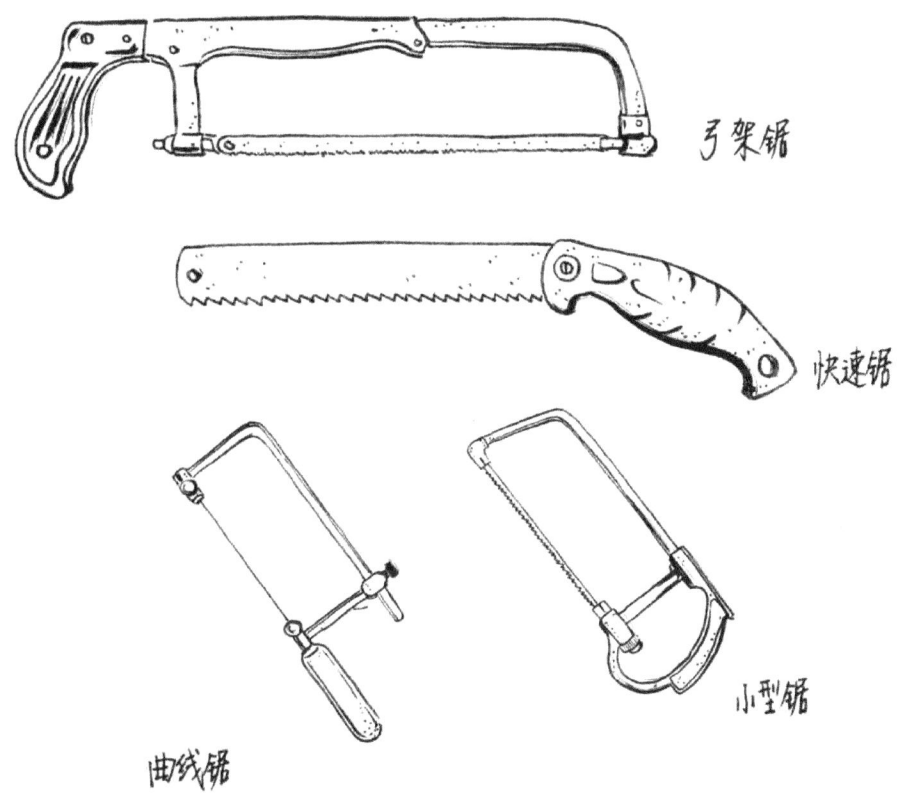

刚回到南京的时候，吴工发现城市虽小但是生活很便利，路边的共享自行车就可以解决交通出行的问题，再不用为堵车找停车位烦恼了。不论是小朋友学画画还是去爷爷奶奶家，都是10分钟自行车的距离。自行车是吴工童年最熟悉不过的交通工具了。小时候全家出行靠的就是自行车，吴工就是坐在父亲自行车的前杠上,在南京大街小巷穿梭。吴工还记得,为了省公交车票钱,父亲能骑几个小时,载着年幼的吴工从城市的这一头骑到那一边。随着吴工的长大,父亲载着吴工骑行的距离越来越短,很多时候到了有斜坡的地方就气喘吁吁,还要下车推行。那时候吴工只是以为自己变重了,现在才明白过来其实是父亲已经慢慢变老了。到了吴工上大学,父亲把他那辆永久牌28寸老款自行车重新整修了下,传到了吴工手里。童年的一幕幕,吴工也很想复制到小朋友身上,想象着自己能踩着单车载着小朋友,让杨柳风轻轻拂面,让路边摊的香味挑动鼻息,感受这座城市的烟火气。

但是问题来了,小朋友怎么坐共享单车呢?吴工为此开发了一块可以折叠的共享单车儿童座椅(见附录18),能够适用于所有型号的共享单车。这副儿童座椅就是用不同的锯子完成的,具体操作可以参考下面的草图。不过儿童座椅虽然研发成功了,吴工还是不敢上马路,毕竟在吴工的童年时代,马路上还有专用的自行车道,而且也没有助力车。

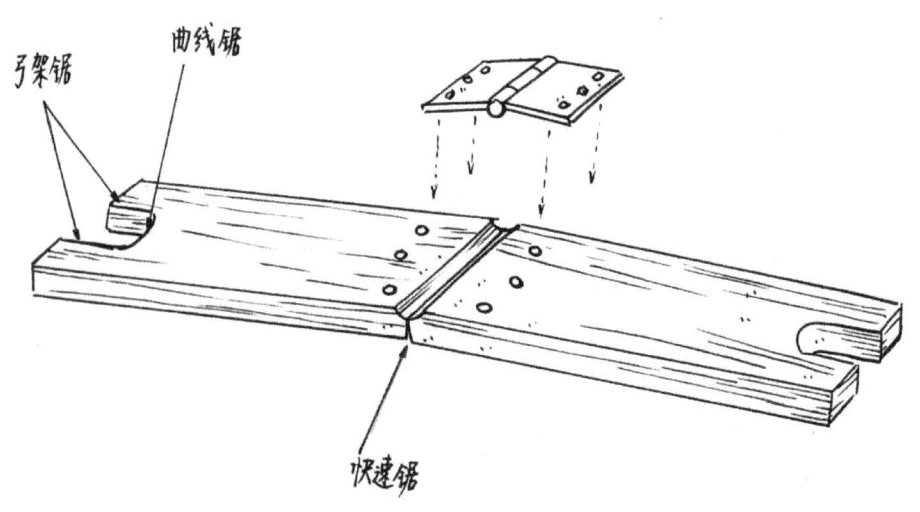

锯子锯好木料以后,一般还需要锉刀来修整。吴工有不少锉刀,细网格的是用来挫金属和塑料的,狼牙棒一样的是用来挫木头的。

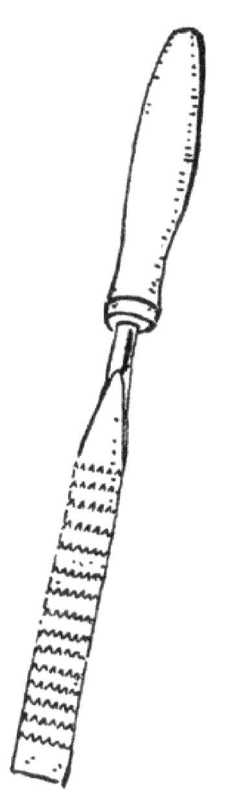

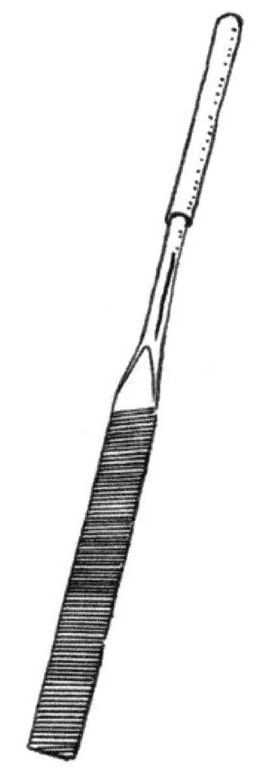

　　吴工曾经用锉刀做了一枚小纪念品送给老同学。吴工念书的时候一直承包班级黑板报工作，职业生涯从小学横跨到高中，有不少一生的好朋友也是放学后留下来出黑板报而结识的。有一位中学黑板报队友，她从小练习书法，字迹秀丽，她负责板书，吴工负责插图，我俩双剑合璧拿过好几次学校的奖项。一晃几十年过去了，一天她请吴工帮忙刻一枚印章。吴工还没有刻石头的能耐，但是想到当年一起吃粉笔灰的战友情，还是接单了。吴工用的是紫光檀的木料，据说是世界上密度最大最硬的木料。但是老实说写字并不是吴工的强项，担心篆刻出来的文字会在老同学面前丢脸，吴工决定在印纽上做点花样转移一下注意力。这时就要用到上面提到的木锉刀了，不同形状的木锉刀锉出来一个祥云大样，然后再用砂纸打磨光滑，最后的成品（见附录19）还算差强人意。

吴工除了是半吊子木匠，还是个业余皮匠，有一套入门的工具，可以简单应付一下结构不复杂的皮具制作。

2019年是小朋友在上海幼儿园的最后一个教师节，吴工想让小朋友做个实用一点的纪念品送给老师们，于是怂恿小朋友缝几个零钱包做礼物。这个可行性吴工是评估过的，网上有现成开好形状的皮革，针脚的孔洞已经用菱斩开到最大，小朋友只要简单地做双针缝线就可以了。不过任何东西在小朋友手上都可能成为杀伤性武器，吴工把两根针的尖头磨圆了，还给儿子戴上了护目镜。在吴工的威逼利诱下，这个小童工泱泱磨了一个礼拜才缝好4个钱包（见附录20）。两年过去了，也不知道这几个小钱包有没有损坏，如果要售后只能寄到南京来啦。

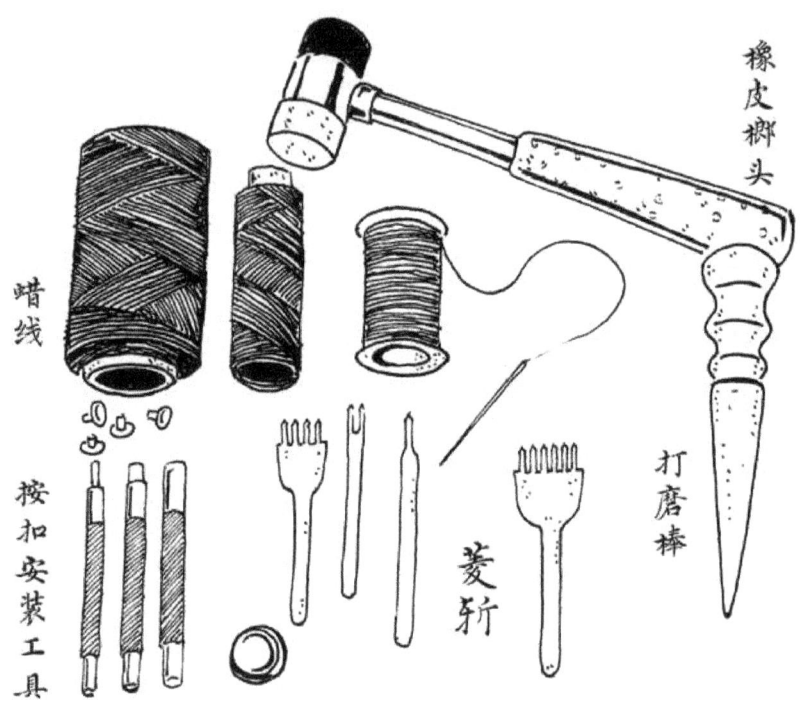

  吴工的一平米毗邻饭桌,稍不当心就要被家人投诉,如何保持居家卫生清洁一直是让吴工头痛的问题,而且弥漫的粉灰也影响个人健康。十多年的手工生涯大概自己的肺里已经住了好多家房客了:千年瓦当的粉末,牛羊角的粉末,琥珀的粉末,还有蛋壳的粉末,等等。不晓得吴工百年之后,是不是能烧出舍利子来呢?

  于公于私吴工都应该买套除尘设备了。下面这套设备正好能放在吴工的一平米空间里:除尘箱可以避免粉尘飞扬,螺旋式吸尘器可以吸走细小的粉末。

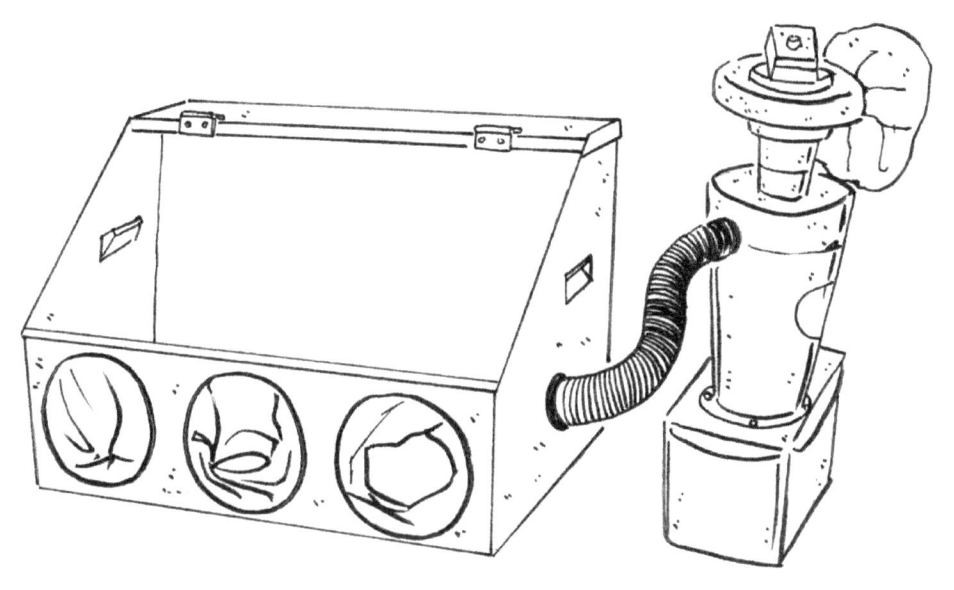

　　在这个除尘箱里吴工打磨得最多的就是琥珀原石了。琥珀原石表面粗糙、颜色暗沉，但是经过一遍遍的打磨，就能如玉石一样的温润和光彩。吴工很享受这种磨砺升华的过程，就仿佛是看着一个孩子从诞生到成长，你猜不透他会绽放出怎样的花朵。吴工刻得最费劲的可能就是一个琥珀的小海螺了。这个小海螺送给了一个高中同学，高中三年她一直坐在吴工的前排，经常为成绩差劲的吴工答疑解惑。成绩优异的她后来一直读到了博士，成为一名眼科专家。几年前吴工的小朋友眼睛长了倒睫刮伤角膜，于是时隔20年后吴工又去寻求老同学的帮助。尽管医生工作繁忙，她又是两个孩子的母亲，但还是不厌其烦地回答吴工的问题，提供治疗意见，甚至帮助吴工联系上海的医生进行手术。吴工觉得自己和孩子都很幸运，也感慨老天爷下的是一盘大棋，帮吴工安插了许多贵人。

医生不收红包，吴工只能送个小礼物了。这块看似粗糙的琥珀原石，就在打磨箱里面简单磨去粗糙的表皮后，吴工觉得这像是小海螺的形状，于是把它加工成了一个海螺。这也是打磨琥珀有意思的地方，每块原石的加工过程都像打开盲盒，充满了未知和挑战。（成品见附录21）

吴工的工具还有很多，但是吴工的一平米很小；吴工的想法很多，但是吴工的时间很少。尽管这样吴工还是挺满足的，毕竟"人生哪能多如意，万事但求半称心"。

12 养伤记

深夜，吴工从睡梦中突然醒来，努力睁开惺忪的眼睛，环顾四周，脑子一片空白，竟然想不起来自己究竟身在何处，一时间甚至怀疑还在梦中。消毒水的气味，泛黄的天花板，粗糙的床褥，还有耳畔奇怪频率的鼾声，不是家里，是工厂宿舍？还是酒店？此时窗外建筑工地斜射进来的灯光，冷冷地洒在床尾的双拐上。吴工忽然醒悟过来：自己已经住院一天了。

吴工顿时睡意全无，脑海像是被按下了快退键，一下子回到了两天前的那一幕。

那是"五一"劳动节，在南京高淳县石臼湖的河堤上，看着碧波荡漾的湖水，吴工心生欢喜，竟鬼使神差地跨过护栏跳了下去。在自由落体的半空中，不知道是下降时间长，还是吴工思路敏捷，吴工忽然意识到一个问题，河堤比预想的要高很多！从拳理上说，此时应该使出"就地十八滚"的招式，化解下冲的力道，但是河堤斜坡紧连着湖水，这一滚就怕是要落水了。说时迟那时快，吴工来不及多想，赶紧提了一口真气，绷紧脚踝护住脚腕。果然这招真的有效，吴工右脚后跟最先重重地落在地上，脚腕终于安然无恙，不过吴工没料到，随即而来的是脚后跟一阵撕心裂肺的疼痛，吴工一个趔趄，整个人歪倒了下去，胳膊肘重重地杵在河堤的水泥地上。

吴工骨折后于石臼湖边小憩,胳膊肘还挂着血迹

吴工斜坐在地上,疼得半天也起不来,摸摸右后脚跟发现已经塌陷了一块,不由得心一凉,知道多半是骨折了。这是吴工人生第一次骨折,想到自己从小顽皮不堪,爬高下低,上蹿下跳都全身而退,长大了看到别人骨折,还庆幸自己没有这样的遭遇,不承想今天让人生完整了。此时,夕阳斜照在石臼湖面,波光粼粼,远处芦苇荡漾,一幅田园美景,这些忽然让吴工坦然了,甚至觉得这一切就是自己意料之中的结果。

为什么是这样的心情?吴工自己也有点好奇。

从上海搬回南京已经大半年了,南京这个城市远不如上海繁华精致,但吴工生于斯长于斯。家门口不远就是洪武年间的古城墙,走在城墙下,行人不多,法国梧桐银杏树紫叶李郁郁葱葱,灰喜鹊穿梭林间,这是吴工喜欢的味道。在城墙角下追古抚今,想到它见证了六百年的沧海桑田,仿佛每块砖石都有说不完的故事。

吴工年轻时候心目中向往的大都市是上海那样,高楼林立,车水马龙,路上行人个个鲜衣怒马,于是吴工来到了上海。一晃十多年过去了,上海依旧繁华，但给吴工的感觉却总像是镜中花水中月，总觉得少了点什么。反而走在南京老城，看见那逼仄小巷口边下棋的老人们，炭火烤着烧饼的小铺，家门口盼着孙子来吃饭的爷爷奶奶，更让人踏实，觉得那才是生活，才是家的味道。

南京的房子虽然比上海小了很多，连客厅也没有，但是有属于吴工的一平米天地，推开窗就能看见秦淮河，每天都会有不同的美景。

从吴工家出发，沿着秦淮河向北走一公里多就是孩子的爷爷奶奶家。吴工每个周末会带上小朋友去爷爷奶奶家吃饭。像年夜饭一样丰盛的饭桌上，爷爷奶奶说着小朋友的趣事，满是皱纹的脸上堆满了笑容。

离家一两公里就是大吕老师的画室，吴工很幸运为小朋友找了个这么有学问的老师。每周的画画课是小朋友最喜欢的。

除了大吕老师，吴工还发掘了南京古生物博物馆的老师和自然博物组织"草木里"。他们的博学是吴工羡慕的，经常借小朋友的名义一起去接受再教育。

虽然在南京上班没有班车自驾也很堵，但是吴工发现骑着自行车穿越大街小巷去丈量四季更替人间烟火，别有一番风味。

吴工从来没什么大志向。记得刚毕业时，梦想就是有年薪十万的工作，现在已经超过了既定目标，觉得到了职业巅峰了。来南京的这大半年，虽然工作上不是太方便，好在上海总公司的兄弟姐妹们给力，补救了很多吴工做不了的事情。吴工有时候心急，脾气也不好，会和客户争几句，多亏客户通情达理不和吴工计较，让吴工还能不断往返上海南京间磕磕碰碰完成设计，有的客户还成为吴工的好友。

也幸亏回到南京，让吴工能见外婆的最后一面。她走的那天是吴工的生日。

九年半前的脑溢血让老外婆在精神上永远离开了吴工，留下一个没有神智的躯体让妈妈阿姨舅舅照顾，老外婆这一躺就是九年半。吴工知道这轻描淡写的一句话远远不能表述他们九年来吃的苦受的累。吴工从小就和外婆生活在一起，小时候什么要求外婆都会满足，人生中第一个变形金刚、第一件西服都是外婆送的。吴工心里觉得外婆选择吴工生日那天离开，可能是想送吴工最后一件终生难忘的礼物吧，她想让妈妈、阿姨他们可以好好安度晚年，不用再操劳了。

吴工觉得回到南京已经到了人生最圆满的时刻，一切都很完美。没百万年薪但有令人欣赏的同事；开不了宝马、奔驰，但那个放路边的旧车风吹日晒也不心疼；陋室虽小但离学校近，离孩子的爷爷奶奶近，去学画画打球也都近。还有什么要去争呢？夫唯不争，故天下莫能与之争。

深受中国传统文化"毒害"的吴工心里却一直不安。中国文化的精神总结下来就是"中庸"两个字，所谓"亢龙有悔，盈不可久也"；塞翁得了马，总担心失去什么。既然吴工自觉已经到了人生顶峰，那么接下来就要付出点什么作为代价了。有着工程师焦虑症的吴工一直在想这个代价会是什么……

所以当吴工坐在河堤斜坡上望着夕阳美景的时候，忽然释怀了，如果这是老天要吴工付出的代价，那么不管未来是瘸是拐，都是值得的。

既来之，则安之吧。

但是次日一早就要做手术了，这让吴工又感到有点紧张。没办法，医生说碎得太厉害了，得打上钉子把碎骨头攒拢。想到这里，吴工又睡不着了，脑海里浮现出很多金属骨架的英雄人物，吴工鼓励自己：明天这个时候就是他们中的一员了！

第二天一早，护士送来一套手术服，吴工发现骨科的手术服都是高开衩旗袍款的，还有点性感。不久医生又带来一个坏消息，要插尿管！虽然医生说一点都不痛，但是对吴工来说杀伤性不大、侮辱性极强！

手术是半麻，吴工一直是清醒的。到最后几个医生数钉子争论是11颗还是12颗的时候，吴工也好想起身去参与一下，一颗钉子好多钱呢，千万别数错了哦！

　　手术完成的第二天,吴工被用轮椅推去照X光。医院的大楼一半还在施工,护工大叔推着吴工越过沙堆,穿过钢筋,期间还翘着轮椅一边轮子像表演杂技一样,跨过一根结着冰的液氮管子,有惊无险地把吴工送到了X光检查室。吴工感觉像穿越了火线一样刺激。

　　吴工单脚蹦着爬上了X光机下面的床。机器启动了一下又关掉了,外面传来医生不太高兴的声音:"裤腿上是不是有拉链?拽上去一点!"吴工看了看自己穿的七分裤回答道:"没拉链啊!"医生不高兴了,大概心想你还顶嘴!一脸不高兴地跑出来看了吴工脚一眼,又默不作声地回去了。

  几小时后,吴工脚跟的X光照片出来了,才知道她说的拉链是怎么回事……

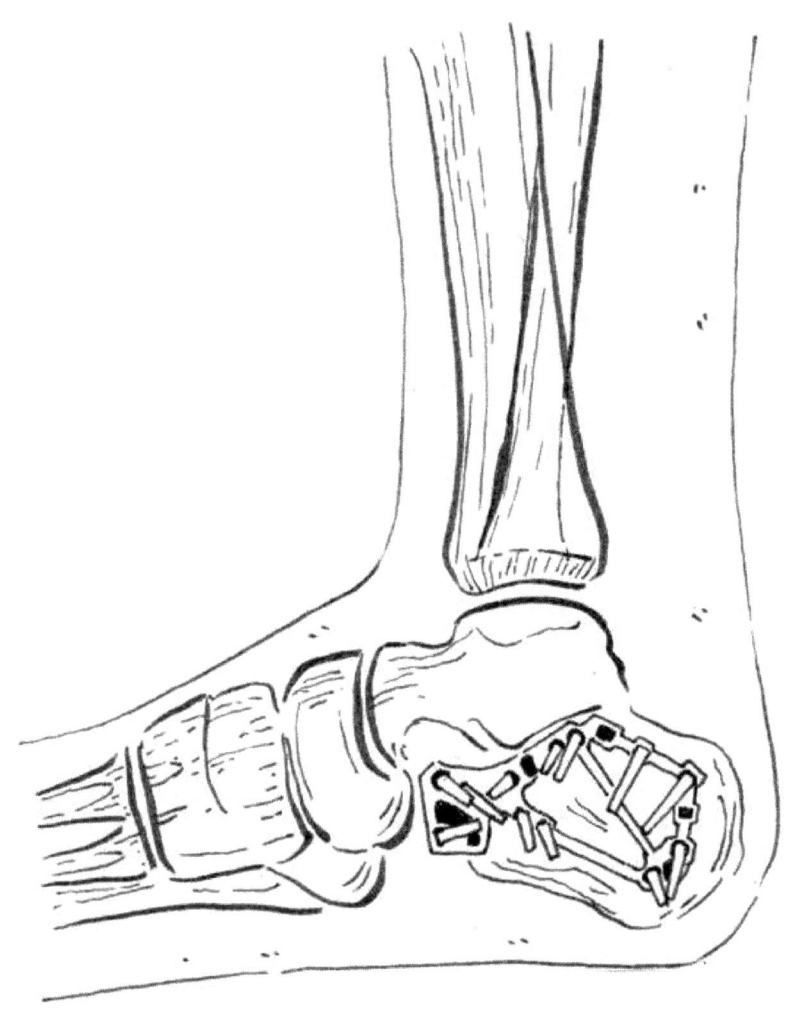

吴工当时"崇洋媚外",选的是进口钉子,不晓得是包裹金刚狼骨骼的那个艾德曼合金,还是美国队长盾牌那种外星球振金?

由于吴工用的是钉子,所以也不用打石膏了,透气轻便。但还是需要把脚抬高。如果躺平,那么一切都好。但要坐起来吃饭,就是个痛苦的事情了。小时候吴工在电视上看到革命先辈被反动派上老虎凳,当时还心里犯疑:坐板凳怎会痛苦?现在真的深有体会了。

说到吃饭,要说一下医院的病号饭。医院的病号饭都是自助点餐的,有一道菜是半只鸡汤,才16块钱。吴工在高消费的上海生活了18年,自作聪明地认为这个"半只"应该是虚指,可能就是半只鸡熬的汤,毕竟汤是主语,半只鸡是修饰词,所谓白马非马也。出于对16元单价的不信任,吴工怕不够吃，又点了道别的菜，心想在医院里面就一菜一汤简单点吧。谁知道吴工真是低估了家乡人民的淳朴和古道热肠：半只鸡汤就真的是半只鸡，从翅膀到脚趾严格地一分为二的半只，完整安静地浸泡在汤里。在医院的每一餐，吴工都光不了盘……

小朋友平时上课学习，不能来医院探望吴工，他亲手做了贺卡让妈妈转交给吴工（这里说贺卡好像用词不妥，但是吴工也不知道应该叫作什么）。当吴工从信封里面抽出贺卡（见附录22），不由得大笑起来，笑得伤口都要开线了。

在医院躺平着吃了睡睡了吃地过了两周以后，吴工终于出院了。

到了小区，吴工终于明白了，为什么中国有7%的残疾人，但马路上却很少看到。那实在是因为出门太不方便了。

单元楼门口只有楼梯没有斜坡，吴工真的想研发一个带喷气推进功能的双拐，能够"好风凭借力，送我上楼梯"。

住院的时候,吴工的所有资产都放在床头,一个以胳膊为半径的圆弧里面。在家不一样了,零零碎碎分布得太广。而用双拐最大的问题就是,腾不出双手拿东西,两只手要牢牢地撑着拐。但是只要思想不滑坡,办法总比困难多。吴工用个小塑料袋解决了这个难题,只是形象上有些不佳。

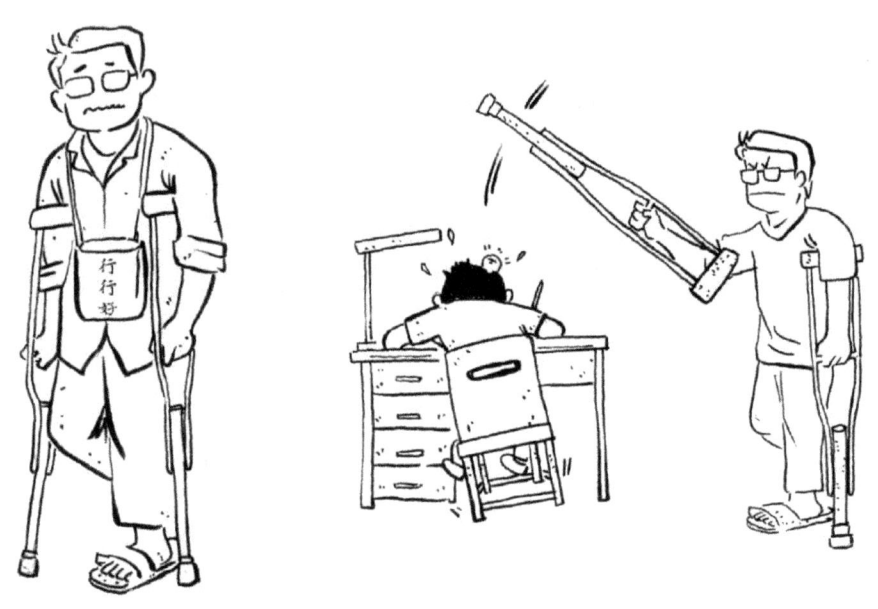

不过事物都有两面性,有时候拐杖也给教育孩子带来了便利。

在浴室就不敢用拐杖了,地上有了水,拐杖容易打滑。不过这也难不倒吴工,吴工利用了一个小板凳,实现了在浴室的闪躲腾挪。但是每步路线都需要精确计算,就像走华容道……

因为长期闲置右腿的缘故，吴工发现自己平衡能力越来越好了，不知道痊愈以后是不是可以练练民族舞。

有较真的读者读到这里，可能会问：写了好几页怎么还没有手工呢？吴工脚上虽然多了交织如画的十二颗钢钉，那也是医生的功劳呀，吴工的手工在哪里呢？老实说，虽然吴工在养伤期间脚肿得和馒头一样无力着地，只能天天斜倚在床上沙发上，但是还真的做了一件手工。这件作品一改吴工往日作品不接地气的文艺味，成功转型成为一件具有使用价值的产品，甚至有望申请实用新型的专利。

这件手工的设计初衷，还是为了解决撑拐时候拿东西的困扰。如前文所述，拄拐时候靠双手用力，无法再携带物品，脖子上挂只塑料袋可以解决这个问题，但吴工好歹在小区也是个有头有脸的中年人，这样的形象走出家门，未免让邻居耻笑。用什么能替代双手呢？吴工想到了西方经典童话《彼得·潘》里的虎克船长，以及中国传统文学《碧血剑》中的何铁手，古今中外大家的共识就是，钩子可以代替双手部分功能。吴工于是在其中一只拐上安装了一个铁钩，如下图：

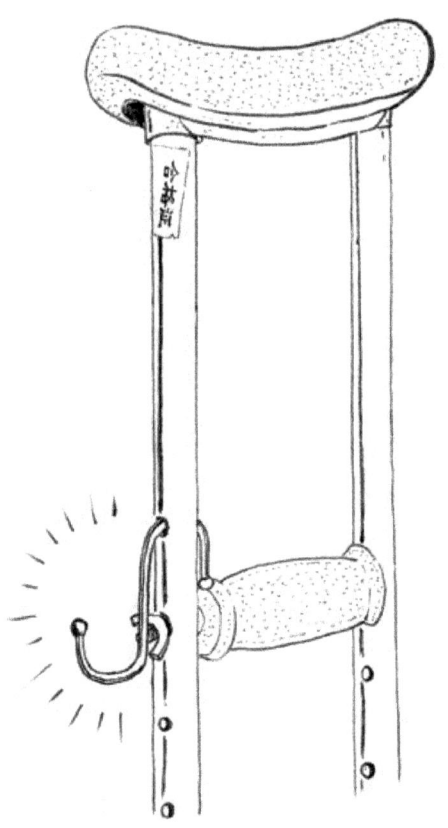

有了这个铁钩,可以带着手机上厕所;

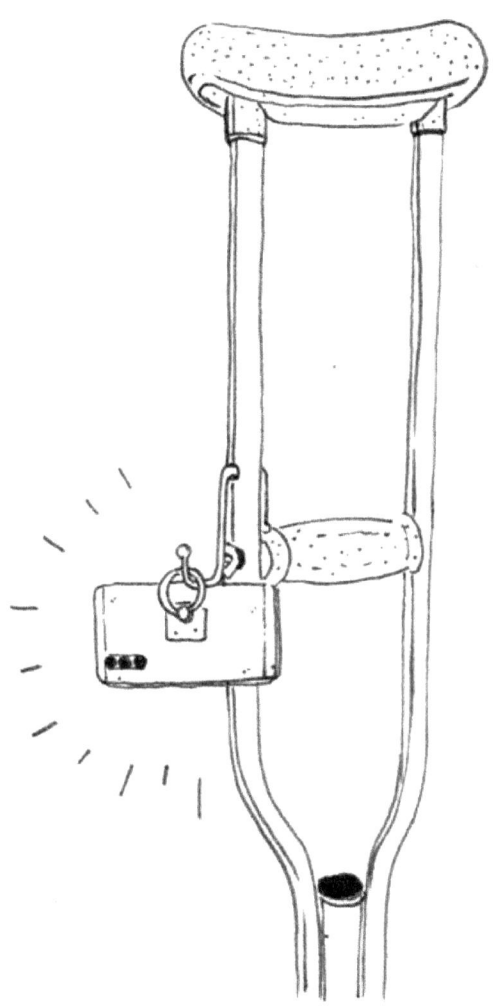

带着X光片去医院复诊；

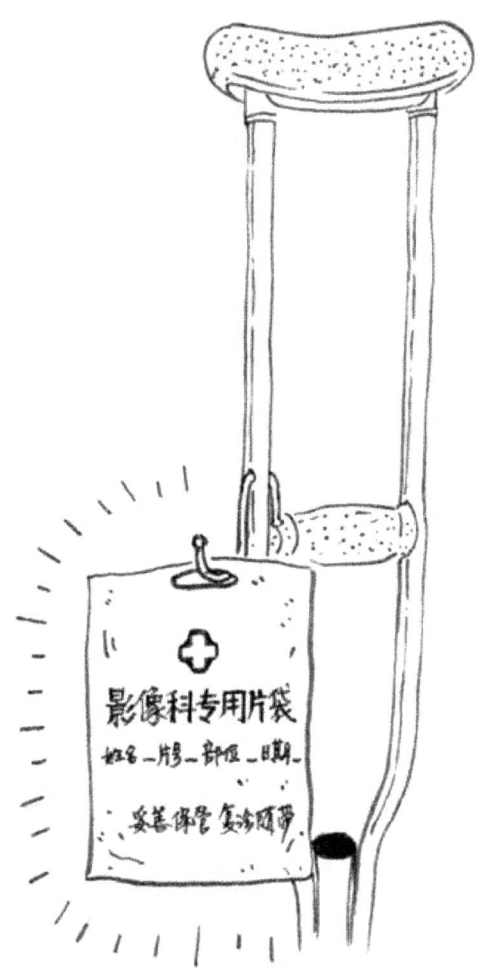

还能带着折叠凳去排队测核酸;

　　这副带着铁钩的拐杖伴随着吴工度过了近四个月的时光，拐杖的握把已经摸出了包浆，吴工的胳肢窝也磨出了老茧。不过这副拐杖的使命还没有结束，等再过一年开刀挖走钉子，还得服役好几个月。之后会不会继续跛下去？吴工其实并不太在意，因为生活的那些琐碎的美好，并不会因为瘸了脚而消失：秦淮河畔依旧会碧水荡漾柳如眉；孩子的爷爷奶奶依旧会摆上丰盛的饭菜等着我们一家的到来；小朋友依旧可以伴随着爸妈的慢慢老去而快乐地长大。更重要的是，吴工依旧可以用双手创造一些不当吃不当用的作品来。

13 第一次寒假作业

凡事都有第一次,吴工当了小学生家长的第一个寒假,就被寒假作业打击得猝不及防。

记得吴工小时候接受的填鸭式应试教育就是:当你写完整整一本《过好寒假》的时候,假期就到头了,家长们该干吗就干吗,什么也不耽搁。以前一直不明白,这厚厚一本作业越做越烦,怎么会和"过好寒假"扯上关系,长大以后才恍然大悟,原来"过好寒假"是对家长说的……

时代不同了,现在双减了,小朋友书包空空放假回家,期末考试也取消了,把家长们想夸耀"我当年可是门门都……"的机会也剥夺了。不过老师还是留了寒假作业,但显然已经不是"过好寒假"的风格,这些作业与其说是留给学生倒不如说是给家长的。好在吴工机智,都一一化解,完成之余还有些许洋洋自得。

数学作业:超级口算机器人

吴工小时候最费钱的业余爱好就是收集机器人贴纸了。在收集的过程中,吴工逐渐发现了规律,很多机器人贴纸上面都写着:超ロボット生命体。

　　小时候的吴工不懂日文，隐约地觉得这个"ボ"字就是汉字的"术"，而"算术"两个字是紧密相连的，它们不可分割地牢牢印在算术书上。这不禁让吴工陷入了深深的思考：难道这些机器人都擅长口算吗？不管怎么样，这些看起来非常酷的机器人贴纸启蒙了吴工，让吴工从小就立志要当一个发明机器人的科学家。30多年过去了，很遗憾吴工只是个光荣的打工人，离科学家相去甚远，但是也被迫发明了一个超级口算机器人。

　　故事要从放假前说起……

　　吴工接到了数学老师布置的一份作业：

设计一套便于探究10以内（也可以拓展到20）的加减法教具。

按照老师给的范例，应该就是用速冻饺子包装盒放几块积木就能搞定的创作。但是就这样应付过去吗？吴工想到小朋友比较调皮，几乎天天上班级黑名单，而且数学老师之前还打电话来提醒要注意小朋友的课堂纪律问题。吴工深深懂得养不教父之过、子债父偿的道理，此时吴工身后已没有退路，只能燃烧小宇宙全力以赴做一个加减法教具，力争替儿子给老师留个好印象！

抛弃了速冻饺子包装盒方案的吴工陷入了思考：一年级已经过半了，小朋友应该不会不理解10以内是怎么运算的了吧……所以吴工的设计重点不是让小朋友怎么理解10以内加减，而是要能让小朋友爱上口算，迷上口算，天天口算，一天不口算就难受。

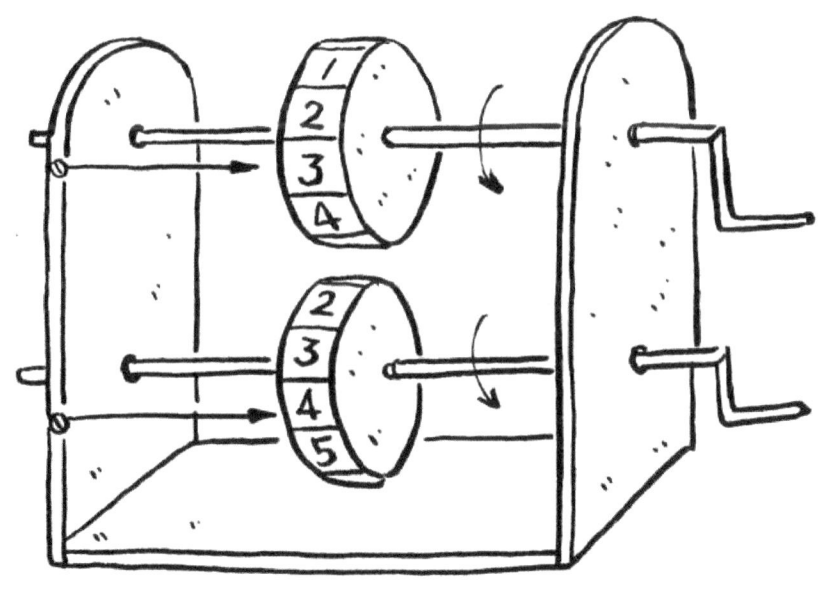

吴工最初的方案是这样的：

两个滚筒分别写着1~10的数字，两只手一起摇手柄，就好像福彩摇号一样，停下来指针指到哪儿，就把两个数相加，比比谁算得快。但是这个设计终归还是简陋了一点，而且看起来也不怎么好玩。怎么能提高趣味性呢？看着香港片长大的吴工想到了港剧里面常出现的老虎机。

一拉摇柄就可以跳出来两行随机的数字，中间还带个符号位，小朋友不就能做加减法了吗？但是制造和改装老虎机是违法行为，吴工怎么也找不到卖家。

好吧，这是要逼吴工直接变成超级赛亚人呀！经过几个昼夜的思考，吴工的2.0版设计图出炉了。

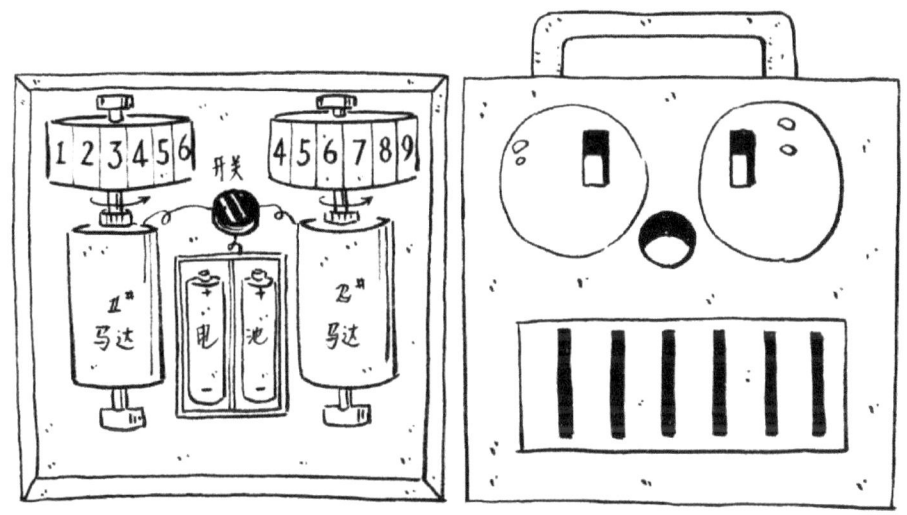

2.0版的设计直接进阶到电气时代，吴工摒弃了手摇柄的传统作业模式，改用了干电池加小马达，实现全面自动化。因为时间紧任务重，吴工决定全部用乐高积木搭建内部，用一个木头盒子作为外框。

木盒的外盖被设计成了机器人的外形。眼睛的地方挖开窗露出转轮的数字，鼻子就是触发的开关。只要一按动鼻子，转轮就会飞转，停下来的时候小朋友就可以做加减法，20以内都行。

做完了这个超级口算机器人（成品见附录23），吴工想，应该每个小朋友都会忍不住去算上百八十道口算题吧，想到这里吴工不由得不怀好意地笑出了声。

语文作业：我最喜欢的汉字

区教育局也布置了一个语文作业：挑选我最喜欢的汉字，并且写一篇作文。吴工看到这个题目有些犯难，小朋友才一年级，拼音才刚刚学会，难道交一篇全是拼音的文章吗？这不把老师眼都看花了吗？明显又是到了家长比拼时间，重担当然又落在吴工肩上。

说到汉字，吴工最喜欢的一本讲汉字的书是《汉字王国》。这本书的作者是一位瑞典女作家——林西莉女士。20世纪60年代，林西莉女士在北京大学学习汉语，并在中央音乐学院学习古琴，回国之后一直从事汉语教学。她花了8年的时间完成了这本书，她觉得与其让学生去死记硬背每个汉字，倒不如让学生去了解汉字本源的故事，因为汉字本身就是从一个个有含义的图画演变过来的。这本书收集了一些常见的汉字，她从这些汉字谈到了它们的起源，谈到了中国古代人的生活风貌，她对每个汉字都进行了深入的探讨，探寻每个汉字的美。吴工一直觉得这才应该是让孩子爱上汉字的正确方法。流沙河老先生《正体字回家》也是一本吴工喜欢的讲汉字的书。不过这本书稍微激进一些，流沙河老先生认为有很多简化字让汉字变得无源可循甚至有些莫名其妙，孩子们只能死记硬背。于是老先生像破案一样，把所有简化字的前生今世逐一剖析在读者面前，让大家了解这些汉字演变的历史。看完每个字的故事，读者大抵都会由衷地感慨一声："哦，原来是这样的呀！"

有了这两本书垫底，吴工自认为可以写出一篇有意思的作文来。虽然吴工大可以自己闭门造车写上一篇假托小朋友经历的故事，但是吴工还是希望能尽力延长小朋友内心童真的保质期。所以吴工决定自己导演一场真人秀，让小朋友亲身参与一下吴工想要描写的那个汉字的故事。

于是周末的一天,吴工带着小朋友去了位于南京城南的瞻园也是太平天国博物馆。在博物馆大门口,吴工指着郭沫若先生题写的匾额问小朋友,这个"国"字写得对不对?

小朋友果然发现问题,国里面不是"玉"而是个"王"!

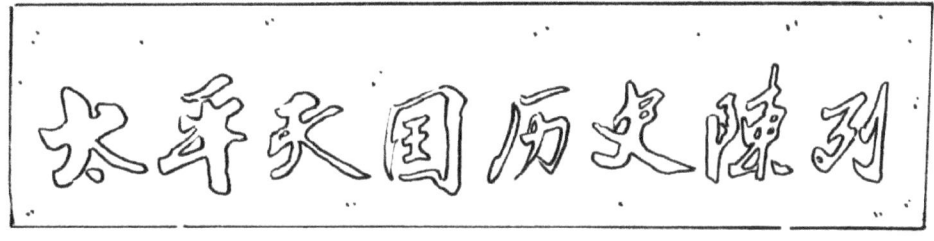

是不是写错了呢?还是那一点被风吹掉了呢?来,来,给你讲讲"国"字的变化吧。吴工这就抖起了书袋子。从前,国是这样写的:國。"戈"是代表士兵的武器;"口"是代表一座城;"口"下面的"一"代表护城河;最外面的"大方口"代表国家的边界。到了清代,有个叫作洪秀全的人带领了很多老百姓反抗清朝的统治,他想建立一个叫作太平天国的国家,因为他封了上千个王,他觉得国家是王的天下,所以他自己创造了一个"国"字。可是他死了之后,大家又继续使用原来的"國"字了。

但是你知道为什么又变成现在这个"国"了呢?这里要再讲一个故事。2000年的时候,有西方人总结了影响过去1000年的100件大事,放在第一位的你一定猜不到,竟然是:

1455年第一本活字印刷的《圣经》面世!

这并不是从宗教的意义来评价这个事件,而是西方人认为活字印刷使得知识的传播成为可能,知识不再被权贵阶级所垄断,知识开始在普通民众中间猛烈地激荡,从而绽开绚烂的花朵,使其后的文艺复兴、工业革命成为可能。你可能觉得奇怪，我们宋朝就有活字印刷了啊，为什么没有这么大的影响呢？中国近代很多学者一直在思考这个问题，他们认为汉字结构复杂、数量庞大，需要10年乃至更长的时间才能被人熟练掌握，才能真正意义上读书学习知识，所以知识始终只是局限在少数人手中，民智难开，国家落后。不像26个拉丁字母，普通人只要学会拼读就可以读书看报。面对近代中国的积贫积弱，从"五四"时期开始就有人主张汉字拉丁字母化，也有温和派主张汉字简化。当然也有人反对简化，譬如流沙河老先生。他所写的《正体字回家》就认为简化字减少了笔画，破坏了文字的内涵，反而让人不能望文生义，只能望字兴叹，小朋友更加难以记住。

这两种说法究竟哪个对呢？吴工学问不够，不能判定。但是吴工知道这两个观点虽然截然不同，但它们都有一个共同点：都是基于对国家对民族的热爱。

回到家，吴工也给小朋友读了另一本绘本《征服者罗比尔》。这是法国科幻作家儒勒·凡尔纳写的关于第一个飞上天空的人类飞行器的故事，虽然这个故事放在现在已经算不得科幻了，但是这个绘本里面有句话让吴工印象深刻：

"……尽管人们用国境线分隔出一个个国家，但是在高高的天空中，你们会发现世界其实是不分彼此的，所有人应该共同思考，共同工作……"

这句话简单说就是"山川异域，风月同天"，再简单说就是"人类命运共同体"。

这也许能让小朋友更全面地理解"国"这个概念。国和国的界线有时候需要坚守，有时候又应该忽略……

吴工用这个故事成功地对小朋友进行了一场说教，回到家心安理得地替小朋友把今天的经历写成一篇作文，题目就是《我爱我的"国"》。

科学课作业：废塑料瓶的创作

这是一年级科学课的作业，老师要求用塑料瓶进行创作，题材不限。这对吴工来说不是太难，还在小朋友吃奶的时候，吴工就用这种奶粉盒做了3个交通工具给小朋友当玩具。

类似这样的作业大多是家长代劳的，吴工也是随大流的人，不能免俗。这回要做点什么呢？吴工思考的第一个问题就是文艺作品为谁服务的问题！吴工觉得对一个一年级的小朋友来说，培养对科学的好奇心远比灌输科学知识重要得多。虽然这个作业是家长代劳，但是也希望它能让小朋友产生对科学的兴趣，这才是吴工的目的，这也应该是小学生科学课的目的。

既然是科学课作业，就不要做小汽车小动物了，那就做一艘火箭吧。毕业于南京某航空院校的吴工，本科第一学期的必修课就是《航空航天概论》，对于火箭的结构并不陌生。

逃逸塔是为了载人飞船设计的，在火箭点火后的几百秒，如果火箭出现故障，宇航员能弹射到逃逸塔，逃逸塔自带发动机，可以迅速脱离火箭，降落到地面。

所以一旦火箭正常运行，逃逸塔就是累赘了，会自动脱离火箭。

整流罩是罩在火箭运输的飞船或者卫星外面，防止大气层的摩擦。整流罩最后也会脱离火箭，不然飞船或者卫星就出不来了。

火箭还分**一级火箭、二级火箭和助推器**，它们在飞行过程中分别脱离。一路飞一路丢，丢到最后就剩下火箭运载的卫星或者飞船到达目的地。

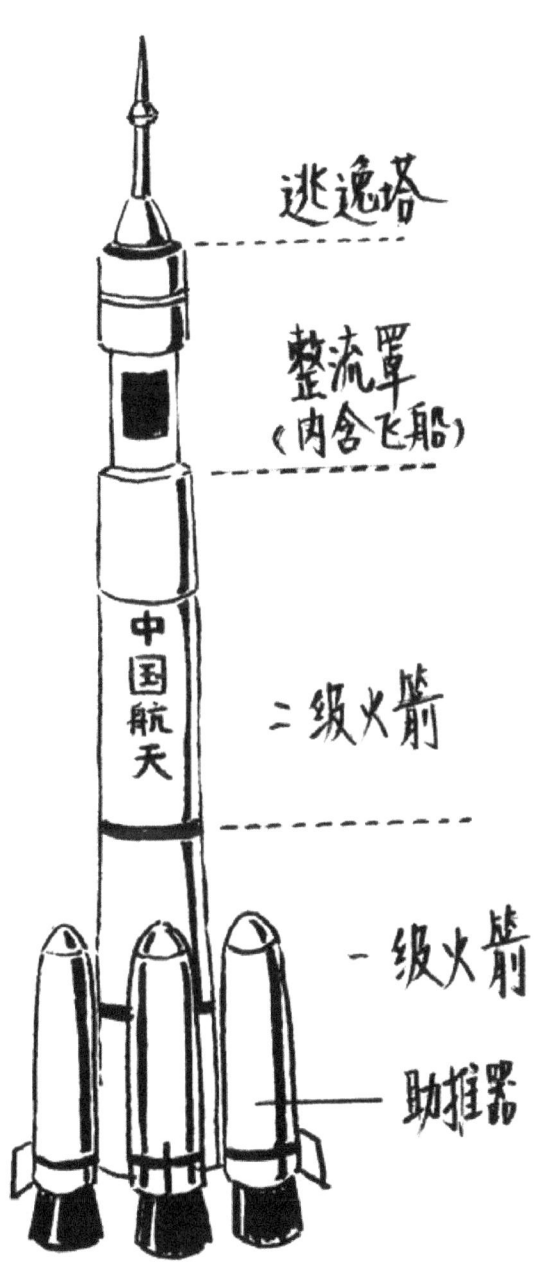

这些名词很枯燥，过程也会搞混。吴工想：小朋友拿着模型上台介绍的时候，如果模型也能模拟火箭运行，应该会给同学们留下深刻的印象。所以这次科学课的作业要用好几个瓶子来完成，这样才能实现火箭的一级级推进。

虽说老师的本意是用家里废弃的塑料瓶废物利用，但是谁家没事囤着这么多空瓶子呢？吴工去了超市，按照心目中的火箭蓝图，选购了比例合适的矿泉水（瓶）。做助推器的塑料瓶比较费钱，选来选去只有酸奶瓶大小合适，一下还得买四瓶，心疼了半天。

花了一天时间，吴工喝光了三大瓶纯净水和四瓶酸奶，中间还去了好几趟厕所，吴工觉得这个作业做下来肠胃有点吃不消了。

忙了一晚上，吴工用这些空塑料瓶组成了一个"长征二号"火箭！不过等等，还缺少了飞船！不然火箭到最后什么都丢光了，连飞船都不带，不是白跑一趟了？这难不倒吴工，吴工用小朋友的积木和小朋友一起做了个简易

飞船，还能折叠起来放在塑料瓶整流罩里面！

写在后面的话

吴工每天下班回家都要路过一个中学，家长拥在门口黑压压的一片，自行车、电瓶车、小汽车各种车辆拥堵，每次都要很艰难地在车辆缝隙间跋涉。从学校里面走出来的学生常常无精打采，从这些孩子脸上看不到少年应该有的快乐和张扬，家长们迎面第一句话通常是：今天考得怎样？今天作业做完了吗……吴工知道自己若干年后也会成为这些家长中的一员。也许能够帮助孩子们走过这段艰难时光的，只有他们心中的希望了吧？

也许你某一天做的某一件小事，会在他们的心里埋下梦想的种子。

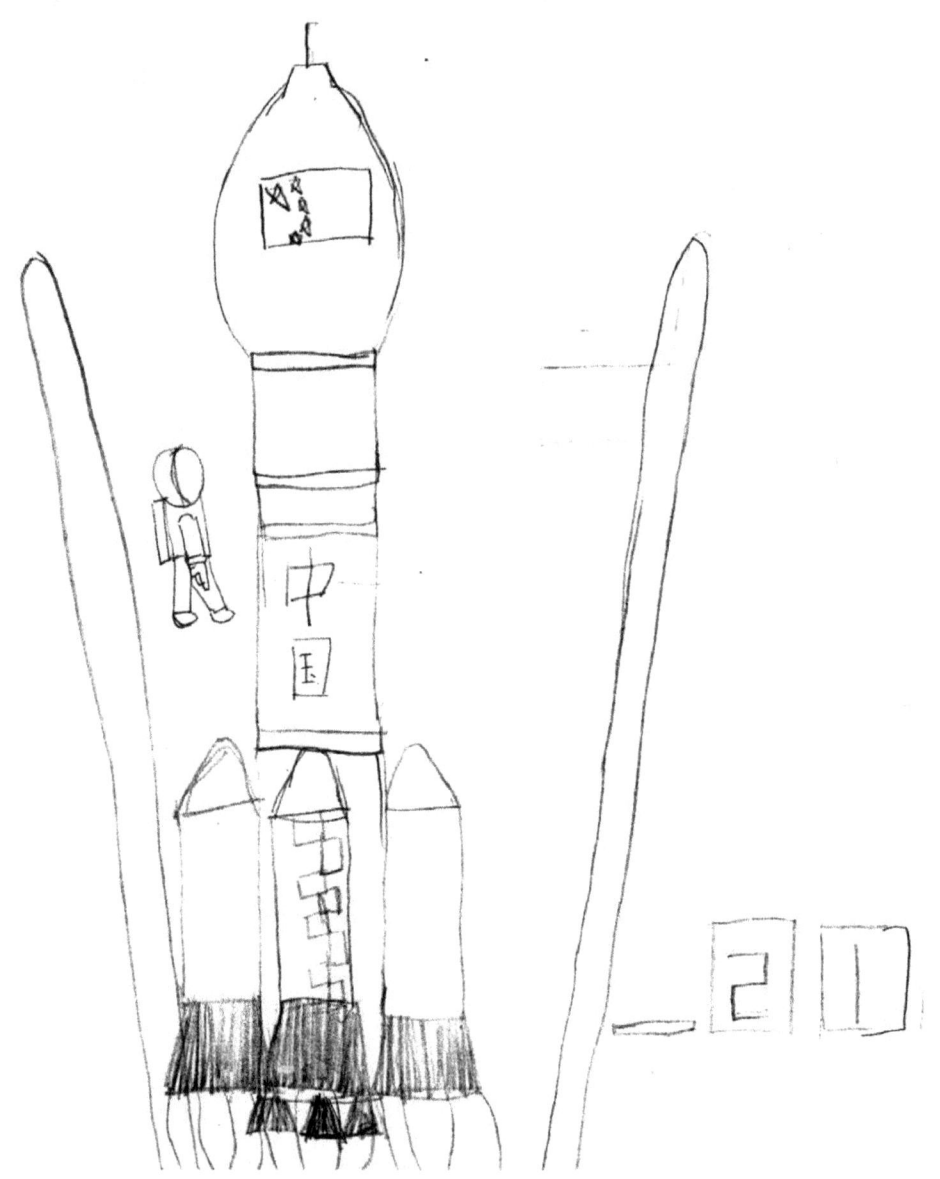

小朋友的画

14 一把麻烦的木梳

算起来吴工也是名门之后。

吴工的外曾祖父徐志澄曾于1923年集资创办了衢州地区第一所私立中学——志澄初级中学,并任国文和英文教员。吴工的外祖父传承了教书育人的家风,新中国成立后在南京医学院也就是现在南京医科大学教授病理生理学,但是很不幸没过多久,便在接下来的浩劫中被错划成了"右派",这项黑帽子也波及了他的子女。吴工的母亲虽然从小成绩优异,但在学校因为出身备受排斥,不得不初中毕业就去工厂做工人养家糊口。其他几个阿姨、舅舅境况也大多如此,都没有机会踏入高等学府。

好不容易等到"文革"结束,外公得以平反,但对于我母亲那一辈人来说最好的年华已经逝去了。历史上的一粒沙,对一个家庭来说就好像是一座沉重的山。

外公外婆年老以后一直由母亲和她姊妹照顾生活起居。外公晚年的生活就是论文审稿和做剪报。为了核对文章一个疑点,八十多岁了还常常一个人跑到学校图书馆查资料。他每次都要被母亲她们埋怨:"审稿费就几十块钱,你一个老头在路上被撞了怎么办?"至于外公的剪报爱好,也不受母亲她们待见。外公通常订两份一样的报纸,看到精彩的内容,他会分门别类剪下来,贴在厚厚的本子上,有时候忙得吃饭也顾不上。母亲每天抽空从家里赶过来照顾外公外婆起居,催了几次不来吃饭,就火上来了,"天天忙这些东西,饭也不吃!这些东西谁要看!你死了留给谁?"外公也不知道是耳背还是装作没听见,在母亲的骂声中,依旧我行我素。

外公去世的时候,十来本剪贴本一起随他火化了。吴工留下了一本《唐诗节选》的剪贴本作为纪念。打开这本节选,每首古诗旁边留白处都有外公从报纸上剪下的图画做插图,有时候外公还会写上好几行对这首诗的心得体会。吴工忽然觉得外公很可怜,他的这些情怀学识没有人能理解,在他人生的最后几十年，虽然衣食无忧有子女照顾起居，但是他一直孤独地和自己在对话。

吴工耳边一直萦绕着母亲的那句气话，"你死了留给谁？"是啊，外公这样一个老一辈的知识分子，他应该对自己的子女有很多的期许，但是时代弄人。这些希望应该大多破灭了，在精神上他留给母亲什么了呢？

母亲显然不像个知识分子，她会在菜市场和人锱铢必较，在家里干起内务风风火火。九年前外婆中风倒地后成了植物人，先后送了好几家养老院，但是母亲都嫌护工照顾不周，索性把外婆接回家里。一个房间是外公，一个房间是卧床的外婆。外婆不能进食，大小便不能自理，全靠胃管尿管。原本是请熟识的护士来帮忙，但是母亲觉得太麻烦人家了，就自己逐一都学会了，甚至粪便也是用手抠出来。她和舅舅阿姨轮流值班，经常通宵陪护在外婆旁边。这样的日子持续了快十年，母亲老了很多，外婆连褥疮也没生过。

在这几年中，吴工的孩子在上海出生了，母亲的担子也翻番了，她每隔一个月就来上海常驻一个月帮助吴工照顾孩子。回到南京的那个月，本是和阿姨舅舅轮流值班照顾外婆，但是母亲觉得自己旷工到上海的日子里给他们添麻烦了，所以经常主动连值几天班，希望抵掉扣去的工分。这些年的除夕母亲都是主动要求在外婆家度过的。

2015年，吴工拿到驾照回南京买了车，难得回家一趟，父母也一起去了4S店。吴工技术不熟，请了代驾师傅开车回上海，代驾师傅说顺路把父母送回去，父母连连摆手说上海路途远，早点上路，不要再绕路了，自己坐公共汽车回家也很方便。代驾师傅路上很感慨地对吴工说："你的父母是老实人，不愿意给别人添麻烦。"师傅的一番话仿佛道出了吴工一直总结又总结不出的东西。是啊，母亲的特点不就是不愿给人添麻烦吗？

2020年12月，钢琴家傅聪去世了，吴工读到了傅聪先生的父亲傅雷先生去世的经过。傅雷先生在"文革"中不堪其辱，决定和妻子结束生命，他们不但把保姆的工钱预支好，而且上吊前在脚下放了棉被，生怕自己尸体落下发出响声惊扰了楼下熟睡的邻居！吴工忽然领悟到"不给别人添麻烦"似乎就是这代知识分子的家风，可能外公没有想过，也许知识学历不能传承，但是有些看不见的东西却在代代延续。

外婆还在卧床的时候，母亲奔波两地，两鬓日渐斑白。吴工一直想，如果有一天母亲倒下了，自己该怎么办？母亲这些年的操劳就已经为吴工树立了一个答案。在孩子小学报名的前一年，吴工从上海迁回了南京。但是孩子的上海户口是不能在南京就读公办学校的。怎么办？托人找关系，吴工也没有门路，想想也会麻烦人家。算了吧，还是把孩子户口迁回南京，与其绞尽脑汁提心吊胆地算计着过日子，不如坦坦荡荡地不去钻空子。吴工发现自己不知不觉也变成了个怕给别人添麻烦的人。

2021年外婆去世，母亲和她的姊妹没有操办什么仪式，只通知了几个亲戚就简简单单地送外婆去了殡仪馆火化。外婆家保姆不理解地说，你们城里人死个人还不如我们农村死条狗啊！母亲则平静地回答："人都走了，就不麻烦了。"吴工有些自私残忍地认为，母亲照顾了外婆快10年，这下终于可以解脱了。在殡仪馆，母亲哭了，她喃喃自语道，妈妈，我再也不能喊妈妈了。吴工和她一起落泪了。

母亲的生日是2月18日，很快就要到了，吴工想送个礼物给她。母亲生长于一个物资匮乏的时代，生活的艰辛让她异常地勤俭，觉得花在她身上的钱如果不是生活必需，那都是浪费。给她买衣服，她说有外婆留下的衣服还挺新还可以穿；给她买鞋子，她说之前的旧鞋补一补还能穿好几年……每次她都是几近哀求地对吴工说，你们正是要花钱的时候，别再为我花钱了。吴工知道，如果再买礼物送给她，她可能会揪心大半年。吴工做了很多乱七八糟的东西给朋友给同事，却没有认真做一样给自己的母亲，所以决定在她生日之前亲手做一个礼物。

很早的时候看过一部纪录片，讲述了一位台湾老兵年轻的时候离开家乡，没想到一别就是40年，待重新回到故土，家人已经阴阳相隔。在片尾他从怀里掏出一把包得很仔细的木梳告诉记者，这是他最珍贵的东西，是妈妈用过的。他非常爱惜，因为上面有妈妈的味道。这个片段一直深深地印在吴工的脑海里面，第一个想到的就是做一把梳子送给母亲。

梳子最难做的是梳齿的部分，好在淘宝上已经有开好梳齿的DIY材料。吴工选的梳子的材质是紫光檀，拿到手的是一块方形带梳齿的木料。方形的梳子背需要锯成弧形，否则就是刮痧板了。在阳台支起个简易工作台：用万向台钳夹住木梳固定在板凳上，然后用钢丝锯出弧线。

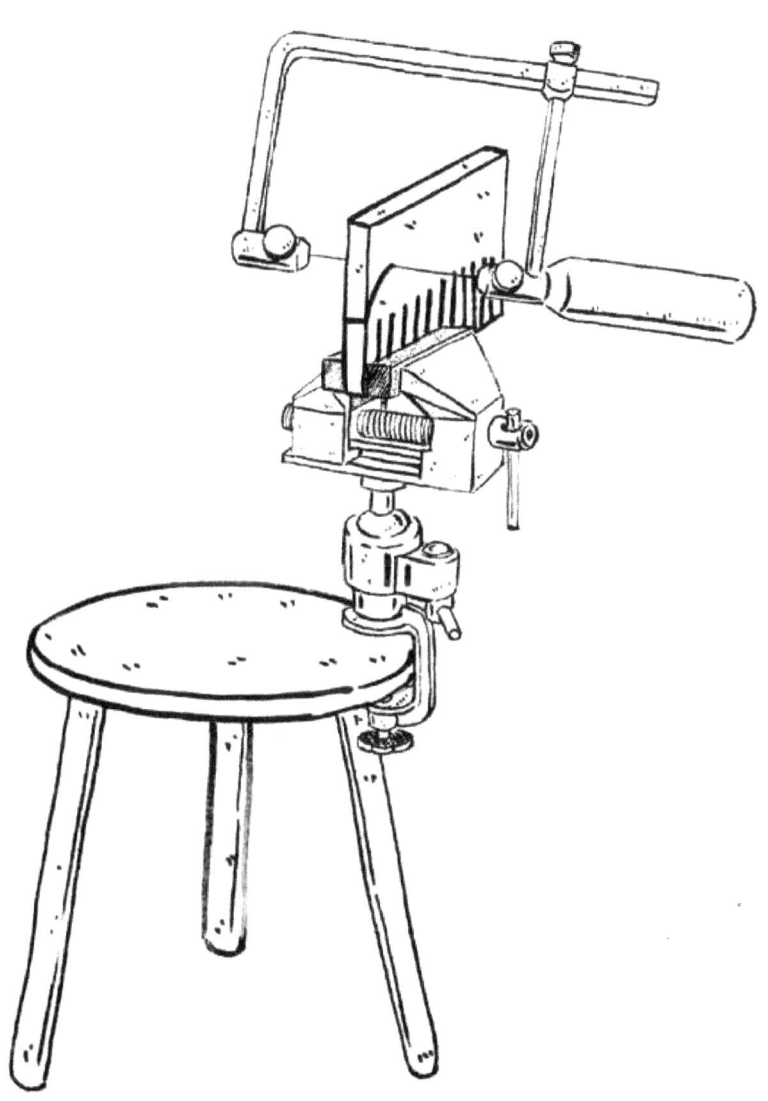

弧线锯好了之后，再用木锉刀修平整，就是一把木梳的形状了。

光锯个梳背弧度再打磨下梳齿，显得太敷衍了，吴工还是想做点装饰在梳子上。中国古代有螺钿的工艺，也就是把贝壳打磨成薄片以后拼成图案，镶嵌或者粘贴在木器或漆器上面。"钿"这个字的意思就是在器物上镶嵌宝石贝壳金属。

螺钿的工艺分为两种，一种是厚螺钿。贝壳薄片具有一定厚度，需要在器物上挖槽进行镶嵌。螺钿的厚度会略高于木器表面，形成浮雕的效果。另外一种是薄螺钿。一般是在器具上刷一层漆，待漆似干非干的时候，把薄薄的贝壳片贴在上面组成图案，然后再涂漆于镶嵌好的器物表面，待漆固化再涂一层。反复几次之后会形成一层较厚的漆面，最后打磨漆面直至能显出螺钿的图案为止，这样螺钿图案就和漆面在一个平面上。

在上述工艺中，薄螺钿是要用大漆涂刷的。大漆来自漆树树皮割开的分泌物，在中国有悠久的历史，庄子就是楚国看管漆园的小吏。但是不幸的是，百分之九十的人都会对大漆过敏。这个工艺属于有毒化工范畴了，而且冬天大漆固化更慢，超出了吴工的免疫能力以及时间预算。还是采用厚螺钿镶嵌的工艺，稍作变通。

螺钿的原料是贝壳海螺甚至是砗磲的切片，用五彩鲍鱼的贝壳可以达到斑斓炫目的效果；用珍珠蚌的壳可以达到白色素雅的效果。吴工比较喜欢那种看似平淡素白但是却能隐隐显出五色光芒的感觉，觉得这就像母亲的为人一样。

吴工想用螺钿片拼一朵同样象征着吉祥如意的莲花，不过网上没有现成的图案，看了很多图片之后，自己设计了一个。

因为是工程师的缘故,吴工事先推演了一遍整个过程:先把贝壳打磨成十一个花瓣,然后把花瓣形状雕刻在梳子上,进行镶嵌。吴工仔细权衡了一番,觉得会输在刻花瓣到梳子上这个环节:图案太小,吴工水平还做不到刀法流畅。不过还好卖梳子的可以帮忙用激光刻图案。

吴工算了算时间,如果把锯好的梳子寄给卖家,等他刻好再寄来,至少要五天,吴工等不了那么多天,干脆就重新下单再买块梳子木料带上图案,这样时间最短,缺点是得再锯一把了……

两天后吴工收到了刻好莲花图案的梳子木料,不过也是方的,还得再重复一遍前几天的工作。锯好了梳子,接下来把莲花的图案分解开来贴在螺钿片上,就准备开工做花瓣了。按照传统工艺是用钢丝锯把图案从螺钿片上锯下来的,吴工手上可没有这个功夫,另辟蹊径吧。

最早的想法是用圆形的打磨头，沿着花瓣边磨下来。

但是这样很痛苦，打磨以后打印纸的毛边让你看不清边缘在哪里……磨一个出来，要修很多次才能和刻的凹槽匹配起来。

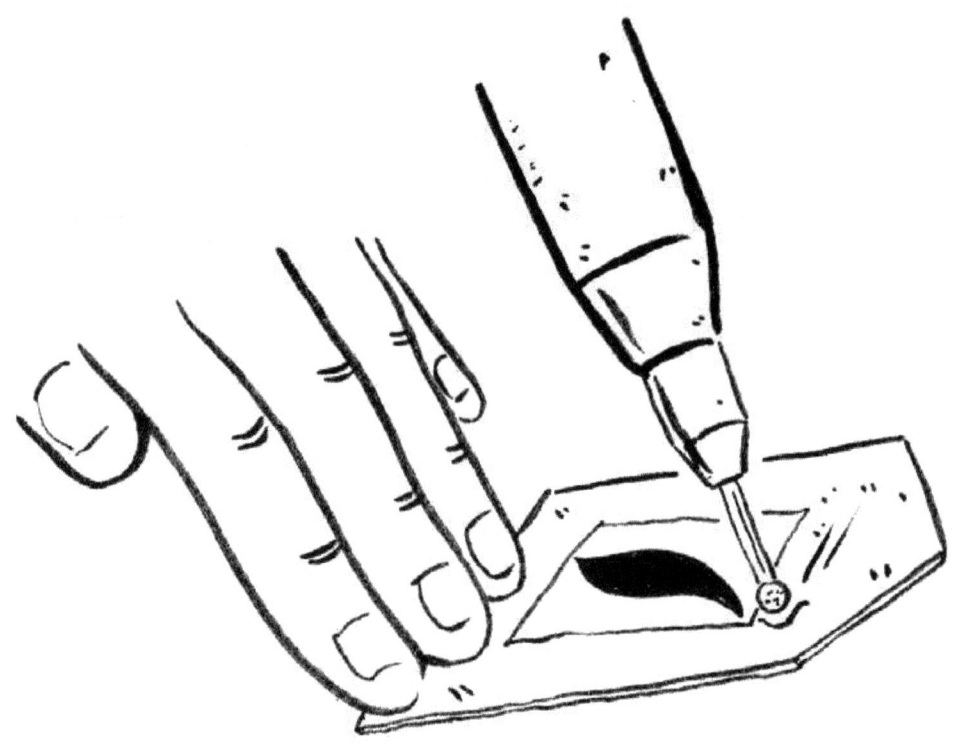

吴工思考了一下，决定改良工艺：把打印出来的花瓣直接沿着轮廓剪下来，不留白边，然后把螺钿片敲碎，找到大小相似的碎片把花瓣图样粘在上面，最后用圆柱形打磨头直接沿着花瓣边缘磨出需要的形状。

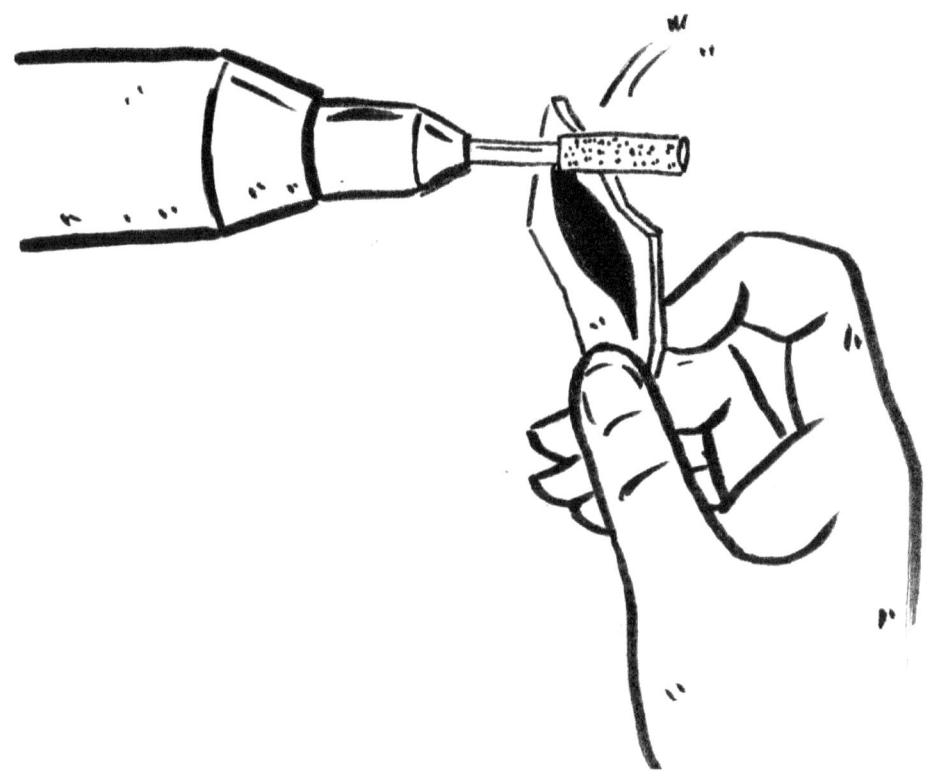

  这样速度可以快一点，但是雕刻机刻出的图案比预期的要小一点，所以屏息凝神磨出一个个花瓣以后还是要修正多次才能匹配，而且很容易就打磨过头了。花瓣太小，只能用指甲捏着，吴工是个急性子，为了保证质量，每个晚上强迫自己只能磨两片。

  时间一天天过去，中间还出差了一周，回家第一件事就是完成两片的作业。

最后终于在两周后的一天全部完工了。

将花瓣摆上去看看效果。

在粘贴花瓣之前，要打磨梳齿，没有什么捷径，就是把砂纸剪成条状来回打磨。砂纸号要从粗到细：300号、600号、1000号。折腾了一晚上，打磨完毕。

为了健康环保，吴工想用鱼鳔胶把花瓣粘在凹槽里面。鱼鳔胶是用鱼鳔熬出来的，干了以后非常坚固，以前做家具就用这种胶水。吴工把鱼鳔胶熬好以后把花瓣逐一粘贴，再等了一天让鱼鳔胶彻底固化后，开始打磨。眼看成功在即，但是悲剧发生了，可能吴工鱼鳔胶加水太多了，花瓣没黏牢，一打磨震动就掉了，而且还断了。

吴工只能强忍着悲痛，再打磨一个花瓣，顾不得环保用强力胶黏上，再次打磨。但是这样就有个问题，镶嵌的凹槽被打磨了两次变浅了，花瓣也会被打磨得更薄，有些部分变得透明，失去原来五彩的光芒了。

吴工开始纠结是不是就这样带着遗憾算了吧，过程太痛苦，时间也不多了！但一想到在过去的几年里年逾七旬的母亲奔波于南京上海两地，一边是南京卧床的外婆，一边是在上海的孙子，本来是颐享天年的年纪还在为吴工操劳，看她头发日渐斑白却从未听她抱怨什么。而吴工能做的，只是一把不值钱的梳子，现在这把还不能做到心里的完美，就这样将就着送给她吗？

重做一把吧！

重新下单订购了刻好花纹的木料，开弧线，打磨梳齿，上面的工序又重复了一遍，又花了快两周时间，吴工终于在母亲生日那天，送出了这把梳子（成品见附录24）。算上第一把半成品，吴工在一个月内一共做了三把梳子，让她知道又要批评吴工乱花钱了。

吴工已经到了不惑之年，未来的人生将怎么样，应该不会有什么疑惑了。既不会腰缠万贯也不会练成绝世的武功，年轻时候所有的憧憬和梦想逐个沉淀过滤，最后剩下的就只是一个朴素的愿望：希望家人平平安安。

吴工的家庭氛围传统含蓄甚至有些沉闷，给母亲一个拥抱说"我爱你"，实在说不出口，只会让家人以为精神出了问题。就引用大桥卓弥的《谢谢》歌词，作为这篇文章的结尾说出吴工心里最想说的话吧。

我成长为您所期待的样子了吗？谢谢您！

如今我也已渐渐长大，今后我会支撑起这个家

是该让上了年纪的你安度晚年了，我可以担负起这个家了

"感谢生我养我的你"如今我能挺起胸膛毫不犹豫地说出来

我成长为你所期待的样子了吗？

我想着这件事，此时此刻想从心底说声

谢谢你

做一把木梳可能需要的工具：

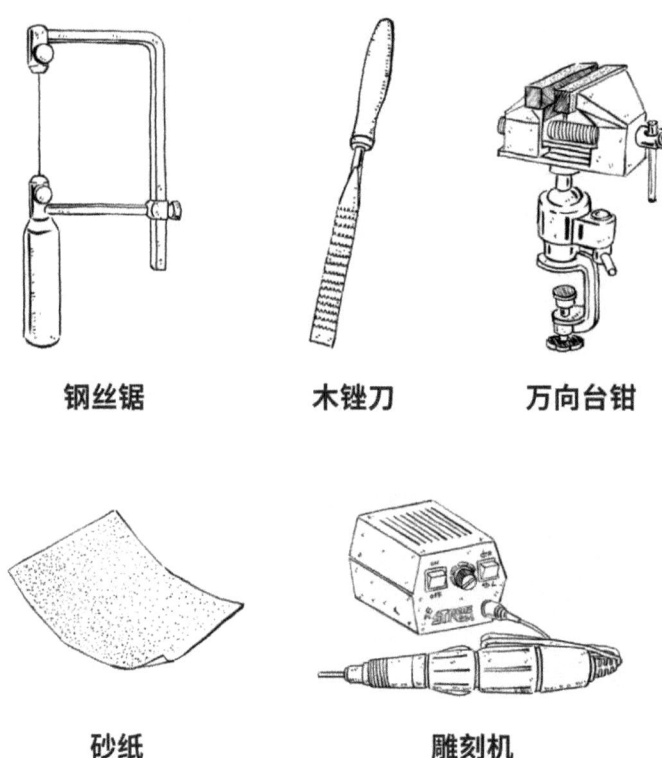

钢丝锯　　木锉刀　　万向台钳

砂纸　　雕刻机

15 老吴的手艺

吴工虽然已过不惑之年,在单位也常被人称作老吴,但本文的主人公是一位真正的老吴,他就是吴工的父亲。

吴工的父亲也是一个老工程师,说起来也是老吴工了。老吴在一家国营电信厂勤勤恳恳地工作了几十年,从刚毕业的毛头小伙子一直熬成了谢顶老大爷。在吴工的童年时代,物质生活极度不丰富,买自行车要自行车票,买个鸡蛋糕要副食品票,几乎每个成年人都是被逼出来的能工巧匠,老吴也是。家里的桌子椅子都是自己打的;电视机也是由单位批发来的零件自己组装的;就连家门锁的钥匙也是他自己用锉刀配的。在吴工的眼里,好像没有什么他解决不了的问题,也没有什么他做不出来的东西。

老吴说他小时候家里穷,兄弟又多,父母也记不清他的生日,他隐约听说自己仿佛是8月21号出生的,于是就用这个日期报了户口。但是通过这么多年共同生活对他的了解,吴工觉得这个传言应该有几天的误差,他极大可能是处女座,因为他太过分地追求完美了。

老吴要求很严格，从小到大吴工好像没有做什么能被他肯定的事情，他总是能找到不够完善的地方给吴工泼冷水，对吴工最高的评语大概就是"还可以"或是"马马虎虎"了。吴工一直觉得成年以后的怯场不自信，应该很大程度要归罪于疑似处女座的老吴。他的严格不但对吴工，对母亲亦是如此，就连每次叠衣服、被子，如果没有角对角缝对缝地折整齐，也要被老吴批评："做事拆烂污。"他常常挂在嘴边的一句话就是："要么不做，要做就好好做。"这句话不是双标，老吴对自己也是同样的高要求。

有一次小学自然课要交一件科技作品，吴工找来一本杂志刊载的"圆珠笔潜水艇小制作"，请老吴也依样画葫芦做一个。这艘潜水艇的设计吴工至今还记得，现在想来可能就是杂志编辑拍脑袋瞎掰的：圆珠笔一头安了一个螺旋桨，笔杆里面用牛皮筋和螺旋桨相连。理论上说只要拧几圈皮筋旋上劲，放在水里一撒手就能像离弦的箭一样劈波斩浪了。

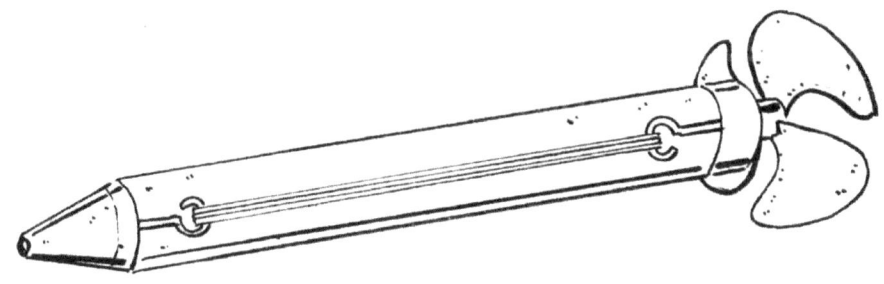

这艘潜水艇最难做的部分应该就是螺旋桨了，老吴用白铁皮剪出了三片桨叶，再把它们焊在一个钩子上，安装在笔杆的尾部，笔杆里面再钩上皮筋，看起来非常精巧细致，比杂志上画的还好。吴工本来想，这样就可以拿到学

校交差了，但是老吴执着地希望他做的潜水艇也能够下五洋捉鳖，非要放在脸盆里试一试。科研道路都是曲折的，第一次下水，螺旋桨太小动力不足，潜水艇原地不动。老吴于是又做了一个大号的螺旋桨，结果分量变沉了皮筋带不动，扑棱几下就沉底了。就这样，他反反复复做了好几副螺旋桨，调整牛皮筋的长度，竭力想在螺旋桨大小和潜艇的动力之间找到一个平衡点，整整忙乎了一天都没有成功。那个年代还没有双休日，眼看第二天还要上班上学，他最后只好怏怏不乐地放弃了。这是一件老吴罕有的不成功的案例，给吴工留下了深刻印象。

吴工后来毕业到上海工作，被老吴耳提面命的机会少了很多，一下觉得天都是蓝蓝的。逢年过节吴工也会回南京探望父母。有一次国庆节想到漫漫长假无以消磨时光，就买了一套全龙骨的古代帆船模型带回家。这套帆船模型是参照哥伦布的"尼娜"号，按照50：1的比例缩小的，材料是裁好尺寸的木条木片。和古代帆船的制造方法差不多：先要搭出龙骨；然后把一片片木条用水浸润变软以后，贴在船身龙骨轮廓上，形成弯曲的弧线；最后再剪切多余部分打磨船身。最麻烦的还是缆绳，和真正的帆船一样，桅杆船帆的缆绳如蛛网密布，而且还需要自己打结缝纫。

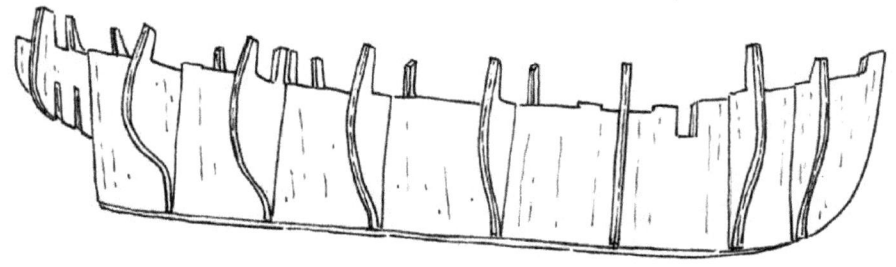

1

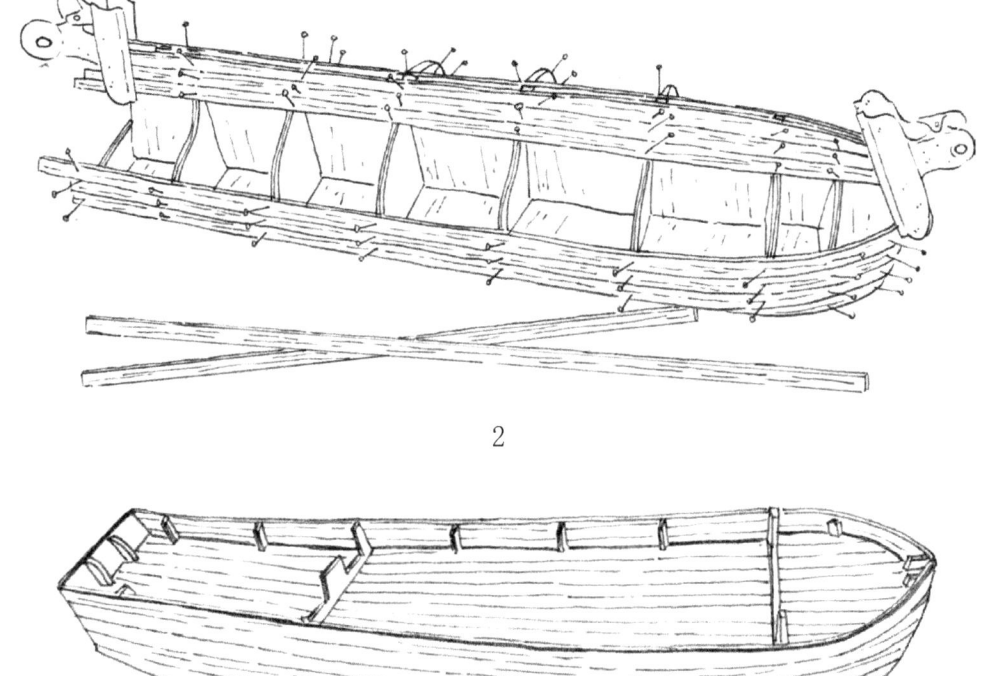

2

3

吴工显然是高估了自己的耐心和假期的时间,还没有来得及把龙骨贴完木条,就要回上海上班了,于是这个浩大的工程就只能交给老吴了。开始老吴还不情愿,可能是几十年前做皮筋潜水艇的阴影还在,或者是做一艘不能吃不能用的帆船模型显然和他务实接地气的风格很不符。但是吴工提醒他要是不做完就浪费钱了!老吴还是挺节约的一个人,听到这句话二话不说就接手了这个烂尾工程。

一个月以后,老吴发来了竣工的照片(见附录25)。母亲说父亲专门腾空了一张桌子,把帆船的设计图贴在了墙上。每天忙得饭也不吃。做船帆的时候,老吴让母亲用缝纫机在帆布上缝线,又嫌母亲做得粗糙,返工了好几次，弄得母亲都光火了，责怪吴工祸害家人。但是吴工还是心中窃喜，耐心是吴工的短板，找到老吴这个代工是明智的！

有了老吴接盘以后，吴工开始有点膨胀了，两年后打着丰富老吴退休生活的幌子，又买来一套海盗船寄回老家。这是老吴做的第二艘木船，显然他的技术已经精湛起来。他说之前那艘"尼娜"号没有实现电气化是他的遗憾，这艘海盗船要弥补一下。两个月后第二艘船也做好了。吴工看了他发来的照片，吃惊地发现，不但帆船的甲板上的灯可以发光，就连船身舷窗里面也透着灯光（见附录26）。这些灯都是LED小灯珠做的，所有的电源线在船身的内部汇总到龙骨上的两个金属凸点。而帆船的展示支架里面藏了电源，在支架和船身龙骨接触的部分，老吴用两个小铜片做了正负电极。也就是说当船放在支架上就会被通电发光。吴工除了赞叹就剩下感叹了。

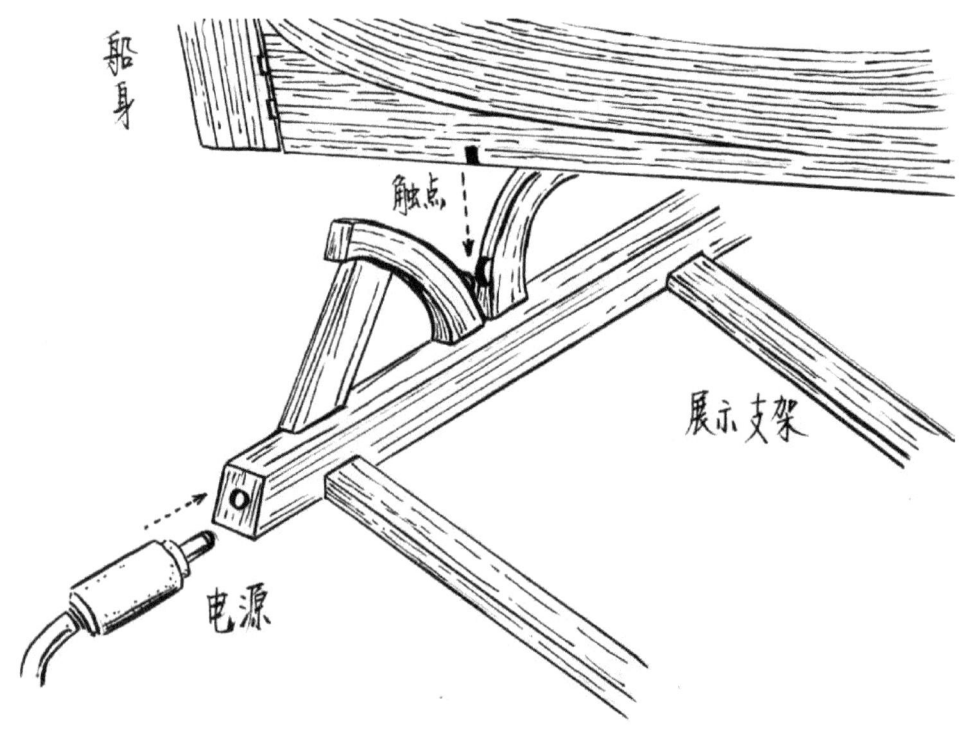

他们老两口也经常从南京来上海视察吴工的生活。有一次他们从南京赶来，一见面老吴就从旅行包里面掏出几副折叠衣架递给吴工，他说早就发现吴工的衣架很差劲，以后就换这个吧！母亲在一旁补充道，这几副衣架是他自己做的。他看到楼下阳台上有个塑料折叠衣架蛮方便的，于是观察研究了半天，还画了图纸。正好小区施工有几副废弃的脚手架，他拆了几根竹竿回家，又是锯又是钻孔刷漆，忙了好几天做了两副带到上海来。

老吴做的折叠衣架，展开就是个长方形，收起来则只有展开的三分之一大小，非常便携。每个活动关节部分都用金属气眼固定，并且用蜡线拴牢夹子，据说这些小零件都是老吴从小区门口的修鞋摊买的，很耐用。他还仔细打磨了圆角，刷上了清漆显得不那么锐利割手。衣架的挂衣钩部分更是精彩，追求完美的老吴显然希望这个钩子是可以折叠并且能360。旋转的，否则他一定会辗转难眠。根据他的介绍，这只能旋转的衣钩底座是用一个黄铜螺栓锉出来的（见附录27）。

这几个衣架跟随吴工走南闯北快要10年了，吴工带着它去过工厂宿舍吃过苦，带着它出国开会见过世面，也带着它去外地旅游散过心。它一直完好无损经久耐用。吴工感觉它们能服役到自己退休，再传给儿子继续使用。

每年春节吴工都会从上海回到南京老家。有一次临近假期结束，老吴心血来潮说要做几个他小时候的美食——常州米糕给吴工带回上海。他轻描淡写地说，就马马虎虎做几块给你带走，上班时候省得买早饭了。但是吴工知道他做事情不会真的马虎。

老吴说要做一个三色米糕。他分别用菠菜汁、南瓜汁和紫薯汁调了绿黄紫三种颜色的米粉。接着又找了一个空饼干罐子，剪下了铁皮弯成一个圆筒。然后又用剩下的铁皮做了几个隔挡，把圆筒等分成三份，成了一个奔驰标志的造型，这是米糕的模具。在上锅蒸煮之前，他又去江边采摘了一些芦苇叶，在笼屉里铺上一层。据说这是家乡米糕的灵魂，蒸出来的米糕会有叶子的清香，还不粘锅。芦苇叶上放上刚才做好的奔驰模具，每一个120。的扇形隔里先铺上一层不同颜色的米粉。米粉上放上母亲自己熬的红豆沙做馅，然后再盖上一层米粉。这还不算完，米糕的表面还需要放上葡萄干、蜜枣、碧根果等各色干果，豪华得像新疆切糕。最后再放进大锅开始蒸。可惜老吴离开家乡的时候年龄太小，没有得到爷爷奶奶的真传，菠菜汁一加热就成了淡黄色，并没有三色的效果。不过这点小遗憾可能除了他自己大概没别人会在乎吧？

有了小朋友以后，吴工父母隔一个月就要来上海长住一段时间帮忙照顾孙子。吴工发现老吴有了孙子以后性情大变，对小朋友的表扬一点也不吝啬。小朋友背句古诗夸记性好，做道算术题要夸头脑聪明。小朋友骑他脑袋上，他也不愠不怒。吴工有些看不惯，心想自己小时候老吴一句表扬话也没有，原来是零存整取，到今天一起提出来给孙子了啊！

小朋友上幼儿园的时候，吴工在家养了一大盒蚕宝宝给小朋友观察。蚕宝宝快要上山结茧的时候，吴工发愁了，心想要不要用树枝搭几个架子呢？这好大的工程啊！一天下班回来，小朋友报告说："爷爷把蚕宝宝结茧的房间都做好了！"吴工欣喜过望，跑去一看，果然！而且还是单人间！原来爷爷用废纸卷了百八十个小卷，每个小卷里放了一只蚕宝宝，蚕宝宝们从集体宿舍住上了经济适用房。吴工舒了一口气，觉得小朋友的爷爷又帮自己解决了大问题。吃晚饭的时候，小朋友忽然把掉地上的饭粒一粒粒捡起来，说要当作胶水去做手工。吴工连忙制止：多不卫生啊！可小朋友说看爷爷就是这样做的。吴工第一个念头就是想：爷爷太节约了吧，胶水也没多少钱啊！但当吴工将视线转向了蚕宝宝的单人间的时候，忽然恍然大悟，原来爷爷是怕胶水毒死蚕宝宝啊。与其说优秀的工程师都是考虑全面的人，不如说他们更像是悲观和焦虑的人。

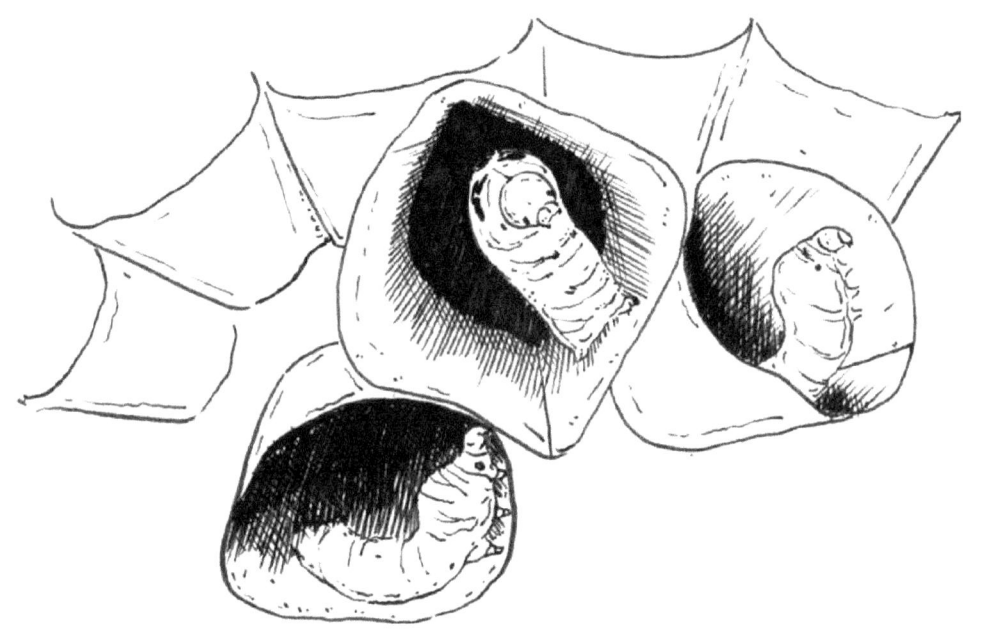

　　吴工曾经以为自己不是处女座，按理应该不会成为父亲那样苛刻、过分追求完美的人。但是随着吴工在工程师这个岗位越干越久，吴工发现自己好像也和老吴越来越像，也越来越理解了老吴。和父亲当年一样，选择做工程师这个职业，大都是无权无势的普通人家，这个职业虽然收入谈不上丰厚，但是可以靠自己的劳动换来一份相对公正的收获。而正因为无权无势，能依靠并安身立命的唯有"认真"二字，对工作不马虎不敷衍，久而久之这种态度浸润到了生活中。而工程师的责任和谨慎，让他对做出的每个决定都小心翼翼，总是会事先在脑海里面反复推演有没有副作用，于是一盆盆冷水就应声而出，这也让吴工从小就被批评得多表扬得少。不过凡事都有两面，虽然吴工成为一个不怎么自信的人，但是这点性格缺陷让吴工在工作上能三思而后行，待人接物能讷于言敏于行，对于以工程师为业的吴工来说也未尝不是件好事。

在被邀写这本书的时候,吴工曾经兴奋地把这消息告诉老吴,结果老吴还是习惯性地一盆冷水浇过来:"你这些东西不伦不类的,不像手工也不像文学故事,谁会买来看啊?"如果读者您读到了这里,那么吴工要谢谢您,因为证明老吴他这次是多虑了。

16 我在家里修文物

吴工从小就爱收藏不能吃不能用的东西。小学的时候特别喜欢收集泡泡糖纸,那时候的泡泡糖包装纸上有《西游记》人物、十二生肖、米老鼠唐老鸭,每套十几个图案,光靠吴工一己之力是吃不过来的,除了和其他小朋友交换以外,再就是靠在马路上捡垃圾了。其实这些糖纸上的图案大都没有得到正版授权,很多都是野生画家自己临摹的,不但画风粗糙,而且还不太卫生,吴工长大以后有了正常的审美和卫生习惯,这个爱好就无疾而终了。

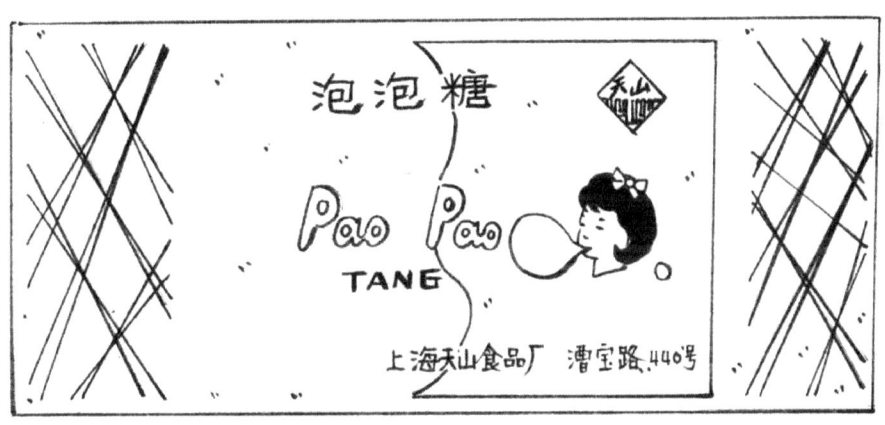

20世纪90年代初吴工刚刚上中学,变形金刚风靡全国,吴工开始消费升级,转而收集变形金刚贴纸了。当时贴纸分成两种,一种是2毛钱的,大概只有作业本大小;还有一种是5毛钱的,大概是A4纸那么大。不要小看这5毛钱,吴工念书的时候,一个月的零花钱也不会超过5块钱,5毛钱买张贴纸也是要盘算蛮久的。不过幸运的是,学校门口卖贴纸的大爷一周才更新一次品种,所以每个月花费并不是太多。

班上不少同学都是志同道合的贴友，大家经常一起交流心得，互通有无，其中有一位同学成了吴工一辈子的朋友。他姓蓝，蓝采和的蓝，因为看起来比大家都年长和成熟一点，大家都喊他老蓝。老蓝个子不高，但是皮肤黝黑很结实，眼睛不大，但是精光内敛很有神，一副非常老成干练的样子，记得初中入学第一天就被老师一眼相中做了劳动委员。老蓝很简朴，小学的校服一直到初中二年级还在穿着，但是买起贴纸他一点也不手软，曾经花一块钱买了一张比邮票大不了多少的稀缺贴纸，这在贴友中是相当让人震撼的，不亚于现在买了一套陆家嘴的"滨江一号"而且还是全款的。

老蓝为人很仗义。有一回江湖上传言，在两公里外的一所小学门口惊现了绝世好贴。这个消息不胫而走，不少贴友都按捺不住激动的心情，一到放学时间，就骑着脚踏车飞一般地冲出校门。吴工没有单车，只能眼巴巴地望着他们远去的背影干着急。这时老蓝推着他那辆破旧的自行车过来，二话不说拉着吴工坐上了他的自行车后架，也一起加入了扫货冲刺的车流中。但是吴工小时候体重超标，加上老蓝的车子实在太破旧，路上遇到了几个土坎，颠了几下，车辐辘不堪重负，一下绷断了好几根钢丝。直到夕阳西下，当吴工和老蓝推着自行车，拖着被落日拉长的身影气喘吁吁地赶到交易地点的时候，贴纸早就被一抢而光了。不过吴工虽然没有抢到贴纸，却交上了老蓝这个朋友，也算是"失之东隅，收之桑榆"了。

初中毕业以后，吴工和老蓝考上了不同的高中，但也还保持着联系。后来听说他没有考大学，从高二开始就准备参加法律专业的自考，吴工知道了有些讶异，毕竟这和大多数人的选择是不同的。转眼又是好几年过去了，吴工已经是大三了，而老蓝以法律工作者的身份从事街道法律工作也已三年多了。暑假的时候学校要求自己联系单位进行社会实践，算作学分的一部分。吴工想到了老蓝，心想找他敲个公章不是很容易吗？吴工找到老蓝，他说街道法律援助的工作比较轻松，他准备边工作边考律师证。吴工原本以为在他那儿实践，就是在办公室吹吹牛，挨到下班就行了，谁知道老蓝认真地说，你反正也是闲着，我们可以合伙在门口卖点小东西。吴工愣住了，不知道该怎么回答。必须承认，老蓝的提议才是真正的社会实践，让一个读了快20年的书，一直把学习当作人生头等大事的人，走出象牙塔踏入社会，去体验人情冷暖、世态炎凉，在社会这个大课堂学习书本以外的东西。但吴工始终不敢迈出那一步，既有胆怯懦弱，也有读书人的面子作祟，最后吴工回绝了老蓝，也结束了在他那里的社会实践。

后来吴工去了上海工作，和老蓝也联系渐少。很多年过去了，直到有一天从广播里面听到了一则法制节目，节目最后，主持人请来律师做点评，竟然听到了老蓝的名字。这一下又勾起了吴工的好奇心，和老蓝重新联系上，原来他现在已经是一家律师事务所的合伙人了。吴工不禁感慨，那个年代总觉得读书考大学就是唯一的道路，大家都挤在这一条赛道上拼命奔跑。但其实每个人的人生怎么能相互拷贝复制呢？可以说吴工和老蓝在十多年前彼此选择了两条不同的道路，吴工在这条既定的赛道上继续前行，走的是一条安全平稳的道路，这条道路按部就班、风平浪静；而老蓝选择的是另外一条道路，在社会这个大熔炉中历练成金，有风雨也会见到彩虹。这两条道路究竟哪条更好，恐怕无法比较，只能说适合自己的便是最好的。

吴工问到他童年的爱好是否还在？毕竟吴工到现在还保留着中学收集的所有贴纸呢。老蓝笑笑摇摇头，说贴纸早就不知道扔到哪里去了，现在他的爱好是收藏古玩了。老蓝总是在收藏领域胜吴工一筹！

老蓝也看吴工的公众号，知道吴工平时喜欢捣鼓一些小手工，就问吴工，他有一副散了架的晚清民国红木花架，能不能帮忙修修？吴工从来没有修过文物，心里有些紧张，生怕搞坏了赔不起。老蓝看出了吴工的犹豫，说不要紧，反正收来的时候也是坏的，就当练手好了。吴工想起了小时候弄坏人家自行车的事情，欠的债终究要还的，便不再犹豫一口答应下来。

几天后吴工收到了一个包裹，打开一看就是这个样子：

吴工简单画了一个草图,这个花架还缺了一个重要的部件,否则是组合不起来的。显然老蓝也是知道的,他在包裹里面附了一块老的红木抽屉板,并嘱咐吴工,缺的零件就用这块红木板来做。

这个缺失的部件是一个圆环。如果吴工有个车床，处理这个部分就很简单，但是吴工只有一双肉掌和一把锯子。若是在木头上用圆规画一个圆，画的线锯着锯着恐怕就看不见了，所以吴工需要一个稳定的基准。吴工在五金店定做了一个圆心带孔的不锈钢圆盘，把圆盘固定在红木抽屉板上，然后按照圆盘的外沿用曲线锯锯掉多余部分，再用锉刀沿着圆盘的圆弧修正。用这个不锈钢圆盘还有个好处是，不用担心会失手多锉掉一点。

在冬天的夜晚，吴工在阳台搭起了工作台，吸着西北风奋力地锯着、锉着、打磨着，企望能达到心里那个标准的圆。

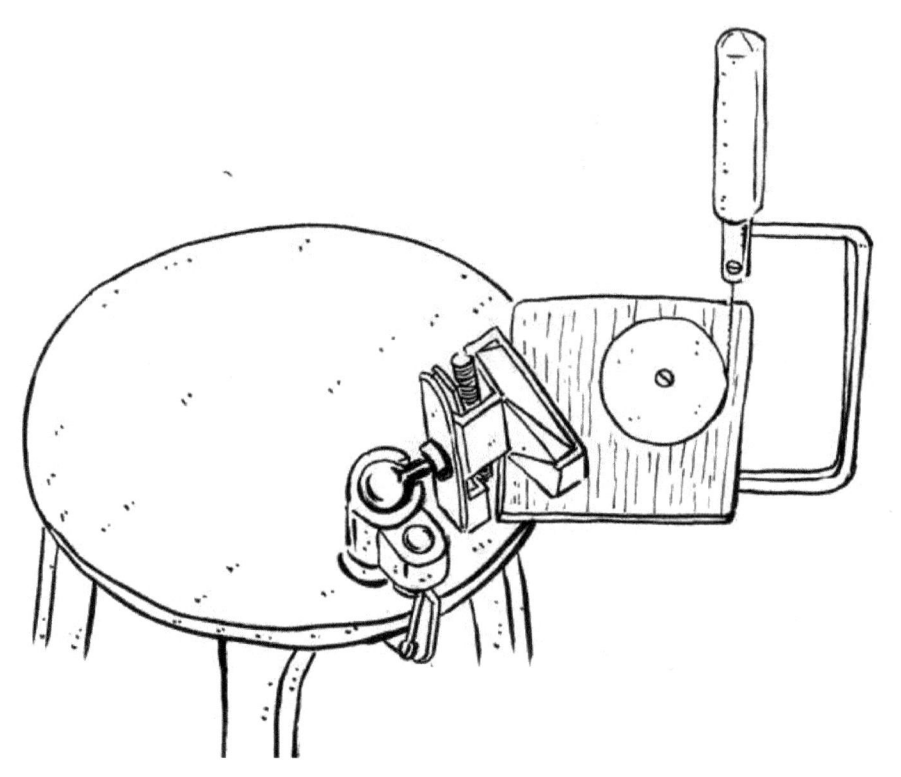

　　花了几个晚上做好这个圆盘,用的材料虽然也是老红木,但是经过这么锯呀锉呀的折腾,老红木的包浆已经遗失殆尽,怎么也达不到原来的光泽了。包浆是什么,谁也说不清,有人说是污垢的累积,在吴工看来,包浆是时间的礼物。吴工用细砂纸打磨了上百遍,再打上蜂蜡和一点点核桃油。虽然放在台灯和自然光下,还有些许色差,但是已经很接近了。

　　这个红木花架是上下两个圆盘,五条腿支撑,要把它们粘在一起更难。因为腿和圆盘连接的地方虽然有卡槽,但是并不像乐高积木严丝合缝,而且年代久远,早就变得松松垮垮,如果稍微黏合不对位,花架就倾斜了。吴工做了一个简易的支撑治具来固定花架的大小圆盘的相对位置，并且保证几条腿在一个水平面上。

如果同时去粘花架的五条腿，会有两个问题。第一，那个支撑的治具会取不出来。第二，五条腿同时保持水平面，调整起来会很不容易。于是吴工分了两次进行黏结，第一次用治具支撑在圆盘中央黏结三条腿；待固定以后取出支撑物再黏上剩下的两条。因为用的是木工乳胶加上鱼鳔胶，又值冬季，胶水难以固化。整整花了三天时间才完全固定，但总算没有辜负老蓝所托（修复后的成品见附录28）。不过吴工对自己的手艺还是不放心，千叮万嘱老蓝，轻拿轻放，最好别用……

吴工也经常向老蓝请教一些关于古玩的知识。有一次吴工看网上的一个茶壶外形别致，就把图片发给老蓝，随口问了几句。老蓝立刻回复道："紫砂烧制有一定的收缩率，如果茶壶造型奇特，要么就是兑了化学添加剂，要么就是你买不起的大师的作品。别买了，我送你一把20世纪80年代的壶。"吴工连忙谢绝，饮品吴工只喝可乐，要来茶壶有什么用呢？但是老蓝是个意志坚定的人，不管吴工怎么百般推辞，第三天吴工还是收到了他发来的快递。

但天有不测风云，打开包裹一看，壶碎了。

吴工捧着碎片满怀愧疚，因为自己的一句戏言不但让老友割爱，还毁了这把好端端的壶。吴工想：有什么办法能修复如初呢？吴工想到了传统的"金缮"工艺。这是一种大漆黏合破损器物的工艺，如果修缮得法，会让残破也变成一种美。

大漆就是生漆，网上有金缮的工具包出售，大漆被灌装在像牙膏的小管里，减少了接触的风险。

第一步，需要用糯米面加水像发馒头那样做成小面团，然后再加上生漆搅拌均匀。生漆开始是无色的，遇到空气就变成深红色，这就是天然无害的胶水了。把断掉的茶壶把还有碎片用大漆做成的胶水粘上，要等上两三周才能完全固化。

三周以后，取出来，大漆已经凝固了，要是不讲究的话就可以用了，但这样不太美观，如果要做到金缮，还有好几道工序。

第二步，用刀片砂纸去掉溢出来的大漆，再用黑色的大漆勾描一遍黏结接缝的地方，目的是把一些轻微凹陷的部分补平整。接下来再等二到三周，等黑漆凝固。

三周之后黑漆已经固化，接下来就是最后一步了。

第三步，用红色金地漆在接缝处勾描，用金地漆的目的是让金粉牢牢地附着在接缝处。趁金地漆似干非干的时候，把金粉抹在金地漆表面。这个火候真的很难掌握：如果金地漆还很湿，用刷子刷金粉就会粘得到处都是；如果漆面快要干了，金粉又粘不上去。大漆固化的时间都很长，通常要几周时间，吴工只有每天晚上下班才能试探一下漆面是否达到理想状态，这间隔就有十多小时的误差，很容易错过最佳的刷金粉时间。吴工反复了好几次，金地漆涂了又抹掉，最后才勉强成功刷上了金粉，接下来再等三周，金地漆就能完全固化。

三周以后漆面完全凝固，因为吴工火候掌握得不好，附着在上面的金粉略显暗淡，不过总比百得胶粘的要好，也算完成了人生第一个金缮的作品（见附录29）。花了两个多月的时间，希望没有辜负老同学的一片好意，能让吴工心里好受一些。

不过就在吴工等大漆凝固的时候，又收到了老蓝的包裹，打开一看又是一把紫砂壶……唉，看来吴工是还不清这身债了。

在家修文物可能需要的工具：

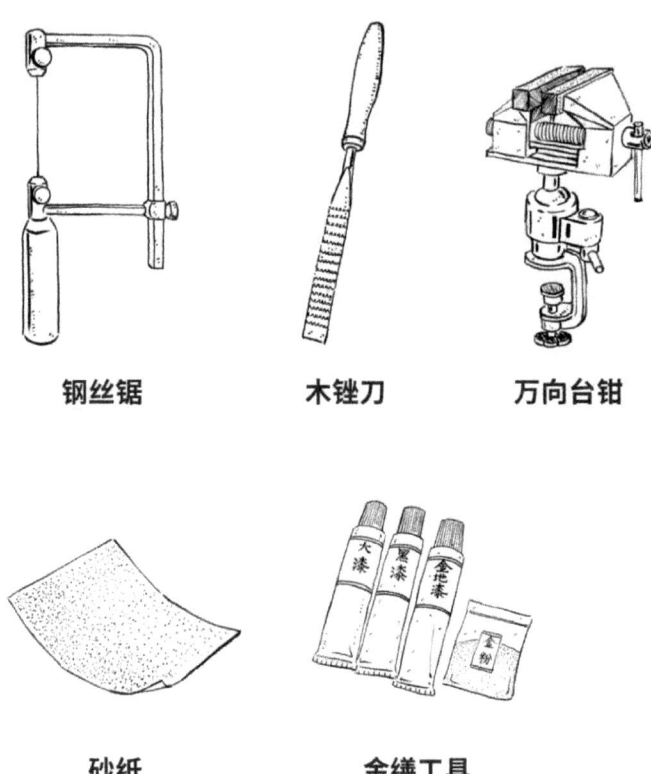

钢丝锯　　　木锉刀　　　万向台钳

砂纸　　　金缮工具

17 一叶一菩提，一瓦一浮生

小朋友的课外习题上，有这么一道阅读理解题：

狗熊学习跳舞，猴子说他跳得太糟糕了。狗熊又去问狐狸，狐狸说他跳得很棒。结果狗熊信以为真，去给大家表演，大家说他跳得糟糕极了。

问：谁是狗熊真正的朋友？为什么？

小朋友的回答是：狐狸。因为尽管狗熊不会跳舞，但是狐狸仍然鼓励他。

你觉得答案是什么呢？

标准答案是猴子，理由是因为他勇于指出狗熊的错误。看到这里，吴工忍不住把这道题贴在高中同学群里，并且吐槽了下。这样的题目应该是有个开放性的答案，小朋友用他单纯善良的眼光去看待这个世界，对每个人的行为都给予善意的理解，所以只要解释合理的都应该是"正确"答案，怎能用"标准答案"把孩子的思维给框死呢？吴工担心经过几次错题的教训之后，小朋友清澈如水的心灵就会被一勺勺"正确"的酱汤搅浑，也学会言不由衷地给出逢迎大人心思的"正确"答案了。

吴工有位同学是南大中文系古典文献博士，她也发了一篇自己孩子一年级得了零分的看图写话：

_____（什么时候），太阳_____，小鸟_____，小林_____。

她的小朋友写的是：

到底（什么时候），太阳会掉下来，小鸟为什么会飞，小林很好奇。

估计是小朋友没搞懂那个括号里面的"什么时候"的意思，她可能以为是个关键词。但是这段看图写话充满了孩子的天真和好奇，丝毫没有被作文辅导书污染的八股气息，怎么能给零分呢？大概经历几场看图写话以后，小林小朋友应该打死也不敢好奇了。

和大多数的窝囊家长一样，吴工也只是敢怒不敢言，只能私下吐吐槽，更不敢和小朋友说太多，怕他从此质疑老师和书本的权威。毕竟吴工还是缺少勇气和金钱把小朋友培养成一个老师、同学眼中的另类。吴工的这位中文系博士同学也是无奈地接受了孩子的这篇零分作文。

但是接下来她又说了一件事，颠覆了吴工对这位同学的印象。这位同学竟然和她小朋友的数学老师在班级群里公开吵了起来。

吵架起因是，数学老师在群里批评23号小朋友没有带数学小棒，说这位小朋友隐瞒了事实，不诚实，后来被其他同学检举揭发！吴工的同学对"检举揭发"一词非常反感，就和老师争执起来。

看了同学贴出来的聊天记录，吴工不禁由衷地钦佩她的这份勇气。在吴工印象中，她一直是个文弱的女生，眉目很像是古籍绣像里的仕女，说话也是轻声细语。真没有想到她也会有发火的一天，而更令人佩服的是老师口中的23号还不是她的孩子。

吴工很关心这场风波的结局是怎样的。

同学说，班主任私底下来劝她说，不要争了，你不怕数学老师为难你小孩？

随后数学老师用实际行动证实了班主任的猜想。老师在小朋友试卷上写了这样一句评语："什么玩意儿，再重写！"

同学苦笑着说，她的孩子拿着这份卷子回家不解地问妈妈："我是什么玩意呀？"同学不愿意在孩子面前说老师的不是，只得苦笑道："玩意这个词不好，你别学。"

吴工感动了，觉得文弱的她是在和一个社会问题对抗，虽遍体鳞伤却仍保持着自己的信念。同时吴工也感到可悲，这样的事情不是发生在乡村不发达的地区，而是发生在南京这个大城市。数学老师也是年轻人，吴工想这位老师或许小时候也曾经是好奇的小林或是忘记带小棒的23号，她接受的教育最后使得她变成了现在的模样，并且又不假思索地把这样的教育模式再复制粘贴给了下一代人。

吴工虽然很替这位同学不平，可是吴工就是个普通老百姓，做不了什么能够帮助她。吴工忽然想到了自己的特长，于是主动问同学，你小朋友学校有没有布置什么手工课，可以让吴工给分担一点。同学想了很久，说小朋友没有什么手工作业，但是家里倒是有块绿檀的木料，放了好几年了也不知道能做什么，能不能加工个纪念品。吴工当然一口答应。但当看到同学发来木料照片的时候，吴工傻眼了，足有一米多长一尺多宽！也不晓得同学是怎么扛回来的。这是要让吴工打五斗橱啊！吴工婉言谢绝了老同学来料加工的提议，贡献出了自己收藏的一块绿檀四六无事牌小料。

这里解释下四六无事牌。四六是指尺寸，长六厘米、宽四厘米。无事牌据说起源于明代末年的玉雕大师陆子冈，他设计了一种没有纹饰的玉牌，取谐音叫做无事（饰）牌。的确，平安无事就是最大的幸福了。这块绿檀的木料是很久前吴工沉迷于木料研究时买的，当年买了好多种不同木料的小牌子，现在想来真的是无事找事了。

吴工猜老同学可能是被绿檀这个名字唬住了，不远千里扛了块木头回家。很多进口的硬木都喜欢加个"檀"字抬高身价。绿檀是美洲进口的木料，锯开后呈淡绿色，木头本身带有油性，做成手把件会越摸越光亮。但很少有人拿来做家具，因为中国人谁会要一堂抹茶色的家具呢？既然没什么人用来做大件，所以价值也不高。

虽然无事牌有极好的口彩和象征意义，但是吴工还是得找点事，刻点花纹上去，不然实在觉得对不住人家。

正巧这几天读到李清照的一首词："风韵雍容未甚都，尊前甘橘可为奴。谁怜流落江湖上，玉骨冰肌未肯枯。"这首词说的是银杏虽然风姿气韵看起来普普通通，却不像柑橘那样自甘为奴；就算飘零江湖，仍然不会与浊世同流合污。吴工很想刻一片银杏的叶子，表达下对老同学的敬意。

吴工在这块木牌上设计了一个银杏叶的图案，然后用打磨笔开始雕刻。像这样在平面上的雕刻，一般有阴刻和阳刻。阴刻就是凹进去的，阳刻是凸起的。吴工觉得阴刻相对来说简单一些。用打磨笔挖出叶子的轮廓，然后再一条一条地刻画出叶子的脉络。

接下来是用砂纸轻轻打磨，也不能磨太多，否则叶子的脉络就没有了。

这块牌子很快就完成了（成品见附录30），但吴工还是觉得之前牛皮吹得大了一点，导致甲方一米多长的木料还在家里当呆料呢，还是再送点什么吧。

这位同学是南大中文系古典文献专业的博士，南大中文系在吴工这样的二流工科学校毕业生眼中就是铁掌帮遇到了少林武当的感觉，高山仰止，景行行止，虽不能至，然心向往之。带着这份羡慕，吴工想到了几年前做的一块汉瓦笔舔。

喜欢古代砖瓦的不止吴工一个人，往脸上贴金地说，鲁迅和他弟弟周作人也都是砖瓦的爱好者。在北京阜成门的鲁迅博物馆就陈列着一方鲁迅收藏的砖砚，也就是用古砖做的砚台。砖砚上下均镶有紫檀木板，上刻着"大同十一年"字样。

吴工很少收藏古砖，因为这些带文字的砖大多是墓砖，生怕晚上做噩梦。

吴工更爱古代的瓦当，因为这些瓦当大都带有精美的图案和古朴的文字，它们跨越千年，或在椽头或在土下，看沧海桑田、世事变迁，人的一生和它们比起来就如同寄蜉蝣于天地，渺沧海之一粟。它们的美并不在图案的精致，而是源于厚重的历史沉淀。

吴工要送出的这片瓦片是汉时期的卷云纹的残瓦，大家不要看到汉代就觉得价值连城，其实砖瓦作为民间日用器存世量非常大，而且也没有什么文物研究价值。卷云纹一般多是汉代特色，它有很多衍生变形的图案。

摄于南京博物院

这是瓦心的简图，完整的瓦当还包含了半片圆筒状的结构，瓦当是放在屋顶的椽头上的。这里再用简图示意下。椽木架在屋顶的大梁，椽木上面一般会再铺木板，木板的缝隙会补上泥灰，然后在上面加上瓦片。椽木一般会伸出来构成屋檐，伸出部分是没有木板和瓦片覆盖的，风吹雨淋很容易腐烂。所以俗话说"出头的椽子先烂"。瓦当就起到替椽头遮风挡雨的作用，一般都会绘制图案、文字以起到装饰的效果。

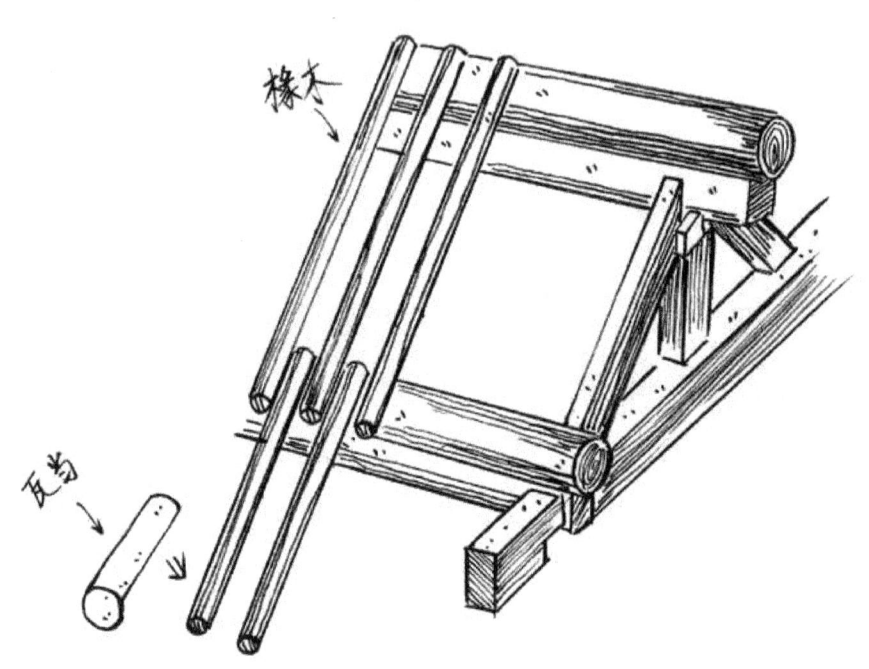

吴工联想到自己的这位同学不正是那个"出头的椽子"吗？送她一个用瓦当做的手工，应该再合适不过了吧。

这块瓦当刚买来的时候正背面是这样的：

背面为什么会凹凸不平呢？这是因为工匠要用手用力把泥土按在模具里面，按完之后也没有修平，所以留下了一千多年前古人手掌的印记。

吴工觉得这高低起伏的样子恰似一片荷叶，于是按照这个想法开始打磨。

打磨是用金刚砂的打磨头，工序和装修切割瓷砖类似。工作台设在阳台的拖把池里，吴工把水龙头微微拧开，就着涓涓细流进行打磨。这样做是为了减少飞扬的粉尘，也可以冷却打磨头。

修整好大致的形状，接下来还要用砂纸打磨。

这里打磨只是修整好大致的形状，接下来还要用砂纸打磨。再用雕刻刀刻画叶脉。最后把瓦当正面稍加修整，去掉一些因年代久远而黏结的土颗粒。

做到这一步看似已经完工了，但是并不能用来研墨盛水。瓦当是民用品，而且是放在户外的，不可能用瓷器那样细腻的瓷土来烧制，所以瓦当毛孔很多，用来做砚台只是满足文人墨客追古抚今的美好愿望，研墨的话会太吸水了！那鲁迅的大同十一年砖砚是怎么做的呢？吴工问了不少专家，才知道做砚台一般表面要涂一层蜡，一来可以解决渗水问题，二来可以保护砖瓦，还有做旧的效果。吴工试过蜡烛的蜡，时间长了会有白色化学结晶析出，实在不可用。将砖瓦加热用蜂蜡涂抹效果会比较好。吴工猜鲁迅先生那块砖砚应该也是涂了蜡的，但是博物馆不让摸，因此无法证实了……

这块残瓦，背后起伏不平，不能用来当作砚台研墨，只能做成小笔舔了。笔舔是古人写字画画蘸好墨后用来把笔尖捋顺的小文具。不过荷叶距离吴工心目中的完美还有很大差距，因为砖头有的地方质地硬有的地方软，雕刻的时候没法做得很流畅，叶脉有些阻塞的感觉。但是碍于水平有限也不知道该怎么改，在家放了好几年，送给这位勇敢的同学，希望老天能保护她这个出头的椽子吧，也希望有更多勇敢的父母能保护我们的孩子。

18 有志青年

吴工刻鸡蛋、雕木头以外的正式工作是在一家台湾企业设计电源产品。2015年的时候接到了一家美国公司的案子，要求设计一个700瓦的LED照明电源，用于体育场馆照明。这个电源的难点在于客户要求软件控制，以方便用户进行远程操作。

经过大半年的努力，吴工的团队交出了第一批样品送给客户测试。快递到达美国之后不久，前方就传来噩耗：一台也开不起来。美国业务员很着急，要吴工的团队马上飞去美国支援，客户已经接到体育馆订单了，耽搁了进度就要赔钱。可是吴工和同事办理机票的时候遇到了一个问题：软件工程师没有美国签证！对这个产品来说软件是灵魂，光派硬件工程师过去就是打酱油，该怎么办？

关键时刻老板决定派个台湾软件工程师过去。

但是写代码这个工作并不是简单到路边随便找个人就可以。如果要评选程序员最不喜欢的工作，第一位应该就是看懂别人的程序。这就好像语文考试最后还剩几分钟却要完成一篇阅读理解，还得写出作者的中心思想。果然这个任务在海峡的另外一头被像击鼓传花一样推来推去，最后落在一个刚入职一年不到的新人小林身上。

临行前和小林的几次电话，吴工能听出这是个非常老实拘谨的年轻人。他说这是他第一次坐飞机离开台湾，反反复复和吴工确认了三遍美国航班号以及司机的电话，最后还把自己的照片发了过来，请我们也转交给司机，以免把他错过。

按照计划我们会和小林在旧金山与美国的业务人员汇合，再搭乘飞机去美国东部城市雪城。在旧金山吴工第一次见到了立体的小林，他显得有些拘谨，很正式地穿了一套西装甚至还打了领带，但却不合时宜地在腰间系了一个大大的腰包，可能觉得钱和证件贴身会比较稳妥。他很像是一个家教很严的刚刚毕业的好学生，有着台湾人特有的礼貌，见人总是带着微笑，说话总是有几个"您"字，和别人一起走进房间时他总会站立住，让别人先行。

旧金山距离雪城路途遥远，需要先跨过几个时区飞到芝加哥，再换乘一架只能坐20~30人的小客机才能到达。早上6点从旧金山出发，到雪城的酒店已经是晚上8~9点了，吴工累得倒头就睡着了。第二天一早在酒店餐厅，吴工看见小林也在用餐，他眼睛通红没精打采。吴工猜想可能是时差的关系，没有睡好，于是关心地问了问他。小林客气地回答："没事！喝点咖啡就好了。"后来上海的工程师告诉吴工，小林一晚没有睡，在酒店和留守上海的同事一行一行核对代码，直到美国天亮上海下班。

小林通过一晚上迅速掌握了作者的中心思想，轻松地发现了客户的一个设置问题，很快所有样品都成功地开了起来。业务员很高兴，带着我们满街去找中餐馆要准备大吃一顿。但是很遗憾，这是个几近荒废的工业小城，最后只找到一个做三明治的小店。问小林爱吃什么，他说他饮食的优先级是从鱼到鸡肉到牛肉到猪肉。果然是程序员，吃东西都是用If…else…代码的。点了份苹果派，他小心翼翼地把边缘焦脆的部分切掉。发现吴工在惊讶地看着他，他不好意思地说，这些地方是高温烧烤的，不太健康。吴工觉得这个孩子老实得可爱，问他是台湾哪个大学毕业的。他说，是台湾大学计算机系。吴工当时更有些讶异了，台大计算机系算起来就是咱们的清华计算机系，为什么来我们这个做电源的夕阳产业型公司呢？吴工以为再往下追问，出来的会是一部各行各业内卷，毕业生就业难水深火热的辛酸史，谁知道小林很认真地说，自己是被公司的经营理念打动了。吴工开始以为他在说笑话，但是他满脸都写着"老实"两个字，让吴工不得不信他说的是真话。吴工所在公司的口号是：节能环保爱地球。公司的这个口号实在太低端了，竟然也能有人被PUA？可是吴工想笑又笑不出来，因为在这个年轻人身上，仿佛看到了有种叫作理想的东西。理想这个东西可能早就吴工被排泄出体外，所以格外钦佩这位来自宝岛的青年。

美国之行结束后,小林和吴工一起回到上海,和上海的工程师再做交接。他完成工作准备回台湾的时候,吴工想送他件小礼物,感谢他帮了大忙。

汉代的人认为蝉饮风吸露,脱胎于污泥却不沾浊秽,是高洁的象征,当时社会上都流行佩戴一块玉蝉。汉代的玉蝉工艺,现代人称作汉八刀,具体也不止八刀,但是取其造型极简的含义。

吴工想模仿汉代玉蝉,做个扇坠送他。公司理念是爱地球,不能用象牙,于是找了一条猛犸象牙的边角料,模仿汉八刀的样式,把这小块猛犸牙的小料,打磨成了一个小小的扇坠。

可是送了扇坠万一人家没有扇子怎么办呢?还是刻扇坠送扇子吧。吴工找到一把之前收藏的紫竹折扇,把这个小吊坠编好绳结穿在扇子钉上(见附录31)。

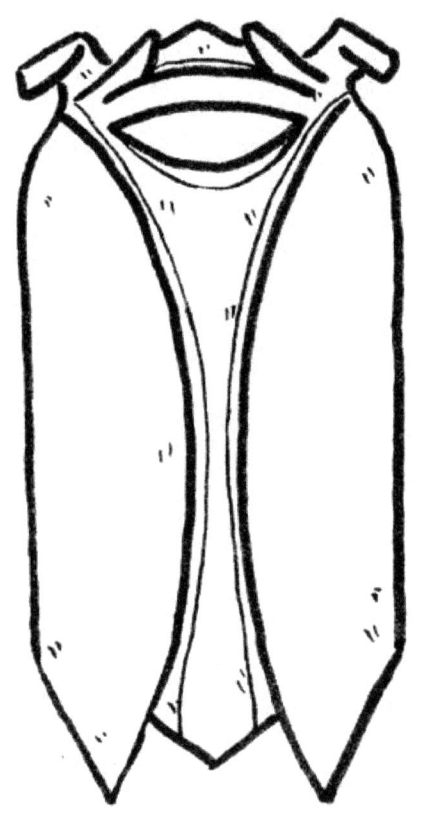

老实说这个手工有点低档,甚至有些砸吴工牌子的感觉。吴工一直想等一个机会重新做一件像样的东西送给这位有志青年,这一拖就是四年,机会没有等来却等到了他的一封离职信,信上说他准备离开台达去读书了。吴工立刻很鸡贼地揣测到,是不是这四年的社会生活终于让他变得圆滑成熟了呢?

于是八卦的吴工在网上问了问他。

吴工:听说你要离职啦?

小林：是的。是五年计划，我会从环境工程硕士开始念。

吴工：你还是有环保情结在啊！

小林：最近世界各地灾变频传，我有些担心，所以想加速循环经济的发展。

吴工看到最后一句话，第一时间就条件反射般地反刍出了恶意的讪笑……但是继而涌上心头的却是一丝惭愧，作为一个没有什么理想的油腻中年人，实在没有资格嘲笑一个充满理想奋力向前的年轻人。这应该就是燕雀焉知鸿鹄之志吧。

吴工带着敬仰翻看了他的博客，原来这绝不是他心血来潮的想法。

小林

9月9日 22：28

回首过去的四年，一天当两天用，时常工作到天亮，每天付出不亚于任何人的努力，第一个上班，最后一个走，下班后又披星戴月再到麦当劳进修一个小时才敢回家睡觉。三餐省吃俭用，从不出去玩只买书，逮到时间就读书。上班兢兢业业，老板交代的事情总是全力以赴，做到120分，像个海绵一样吸收所有新的知识，像黑洞一样接受不可思议的工作量。经过四年下来地狱般的淬炼，终于有了今天的进阶。认认真真扎扎实实地度过了每一天。

看完这些，其实吴工心里钦佩的是小林的父母，他们应该是家庭教养严格的父母，从他的举止、饮食可以看出，这样的自律应该是家庭长期严格教育的结果。但是这样严格的父母却没有左右孩子的理想，任由孩子去拼搏去实现心中的愿望，哪怕这明显是和大众世俗的标准不一样。吴工心里禁不住想：自己的理想是什么呢？

吴工好像从小就没有什么大的志向。在这本书的序言里面吴工交代过，随着吴工的长大，吴工的理想越来越不景气：小学时期吴工想当科学家，初中时期想当漫画家，等到了高中，吴工就彻底不知道自己能干吗了。

吴工那个时代是先填志愿再高考。直到高考前几周还不知道该报什么专业。搜肠刮肚把所有和理工沾点边的兴趣爱好都罗列了一下，想到小时候喂过的一条狗，吴工觉得喂动物吃饭好像是件特别有意思的事情。于是学兽医、做动物园的饲养员成为吴工的新目标。但是那个时候还没有宠物医院，家人第一反应就是动物园会多了个穿蓝布长大褂、拿个铲子一锹一锹给骆驼添草料的吴工，非常担心吴工做这样的工作连老婆也找不到。最后在语文老师的指点下，吴工学了电气工程，从此电源界多了个刻鸡蛋的工程师。

老实说吴工有些嫉妒这位青年，他的理想就和吴工小时候的志向一样清澈如水，吴工除了有点脂肪肝，也没有他的胆量去改变现状。可能每个人都有自己简简单单的理想，只是在成长过程中不断地被环境和大人们修正，最后大部分的清水被熬成了酱汤。

在中国，仿佛大家都生活在对于"平凡"的恐惧中，可能是因为快速发展的社会，使人们对未来充满不确定性而缺乏安全感。为了能让孩子从小准备好应付危机，最好的办法就是：好好读书，考上好大学，找到赚钱的好工作。

吴工的老家南京在市中心有个全市最大的新华书店，坐电梯可直达少儿图书部，电梯门一打开映入眼帘的黄金位置放着的书籍就是：

《奥数》

这似乎已经为中国所有的父母树立了目标。吴工仿佛看到了几年以后，拿着鞋底抽儿子学奥数的那个皈依了黑暗原力的自己。

一位过来人告诉吴工，现在一年级的数学已经不光是考10以内加减了，而是问小朋友：如果小明从左边数是第三个，从右边数是第四个，请问这排是几个人……

记得爱因斯坦说：**知识不是力量，探求知识的好奇才是力量。**但是你觉得小朋友搞清了小明那条队站了几个人以后还会有好奇心吗……

吴工不是反对好好学习，只是觉得学习似乎变成了社会进行中下阶层人口筛选的工具，如吴工这般无权无势的家长只能在这条路上一路黑到底。

吴工专注屯积不能吃不能用的东西几十年，以为可以用汉文字瓦当来和孩子讲讲汉字背后的故事。

以为可以用矿石标本和孩子一起认识地球的缤纷色彩。

以为可以用甲虫标本和孩子一起惊叹生命的多样。

以为可以自己做个月相仪告诉孩子月亮婆婆为什么会变成笑脸。

以为可以用化石的标本告诉孩子，我们只是地球的过客。

以为可以用陨铁碎片让小朋友摸摸真正的星星。

但是以上这一切应该都被"小明一排站着几个人"给毁掉了……

偶然的机会在网上看到这篇据说是五年级孩子写的作文，恰巧她也来自吴工的母校拉萨路小学。

可能很多人穷其一生才能领悟到这个十岁孩子写的作文。

她在《藏在角落里的我》中写道：

人人知道这宇宙超大，有许多星球

我住在地球，比地球大的有太阳，比地球小的有月亮。月亮即使比地球小也人人皆知，我却不是。（但又有几个人知道我呢？）[1]这也不能怪所有（别人），因为全世界有70亿人口，人人都不一样。我不是人人皆知的，可以说我比一颗星星还小（删掉）就像一粒尘埃。

我叫尤逸轩，长大想当木匠，如果你有糖我还是很想吃的。（你们看，我连梦想都这么平凡。）

到了三年级我渐渐发现这个社会是会削减人类的（有很多条条框框限制人类的。）简单来说就是中考和高考。人家还没有绽放出才华呢，就被选为"没用的人"。

………

也许，我并不需要考哈佛北大，只要快乐就好。并不是每个人都不能呆在角落里，因为每个人都可展示自己的才华（角落里的花朵一样芬芳）。我就是那个藏在角落里的人。

[1]括号内为老师修改。

19 六一儿童节特别试题

吴工刚刚当上电源工程师的时候，工作上一无是处，经常被老板批评。老板是位浙大毕业的高材生，技术水平很高，记得有一次吴工又犯了错，老板着急了，对吴工进行了一次灵魂拷问："如果你不热爱电源，怎么会学这个专业呢？"这句当头棒喝，吴工不由得想，如果时间能倒回高考填报志愿那天，老天再给一次选择的机会，那么吴工还会是今天的吴工吗？

虽然吴工不是那么热爱电源事业，但是几年之后所幸熟能生巧，吴工带领的同事们都很争气，大家一起做的几个项目还拿到了公司的奖，吴工琢磨着怎么才能巧立名目，用奖金给大家送点礼表示下鼓励和感谢。吴工知道大部分的同事和自己一样，并不是因为热爱才选择这份职业，那么他们小时候的梦想是什么呢？

正好时值六一儿童节，吴工就给组里每个同事发了一张卡片：

如果吴工的礼物能完全或者部分契合他们童年的心愿,那会是多有趣的事情啊!吴工花了几周时间分发卡片、收集答卷,终于把他们的心愿都凑齐了。

葆华的梦想:

葆华一毕业就跟着吴工做项目，他为人谦和，工作上任劳任怨。记得公司要搬进新大楼的那天，几乎所有人都把这一天当作了一个带薪假日，天经地义地围坐闲聊等待搬迁，办公室一片狼藉，到处都是垃圾杂物，只有他一个人仍在静静地调试着产品，仿佛这个纷乱的世界与他一点关系都没有。吴工本来想买份大礼好好谢谢这位认真勤勉的小王，但是他似乎猜到了吴工的心思，只是许愿要一个陀螺，并不想让吴工破费太多。吴工不免有些感动，当然不能随便买个玩具陀螺去敷衍人家。吴工选了一款未着色的实木陀螺，花了一晚时间在陀螺表面画上了几米绘本里的一幅插图。不知道这个陀螺能不能达到他小时候"漂亮"的标准呢？

冬冬的梦想：

冬冬是河北人，也是一毕业就来到吴工所在的部门。他生活非常简单朴素，一件卫衣穿了好多年，袖子都磨破了还在继续服役。他告诉吴工，自己从小生活在河北农村，父母都是乡村小学教师，家里不是很富裕。冬天的餐桌上往往就是一道大白菜，从冬至一直吃到开春。如果其间能有顿土豆调剂一下就是很开心的一件事了，所以他小时候的愿望就是能敞开肚皮吃土豆。吴工这种城里长大的人真的是无法体会到他们的生活。这个吃着白菜长大的农村小伙，后来考上了浙江大学，比吃着大鱼大肉长大的吴工有出息多了。

吴工当然不能送土豆满足他的愿望,想着授人以鱼不如授人以渔,应该从源头解决吃土豆最需要克服的难题——削皮。吴工买了一副土豆去皮手套,只要把土豆放在手里搓搓,土豆皮就没啦!不知道他现在吃够了没有?

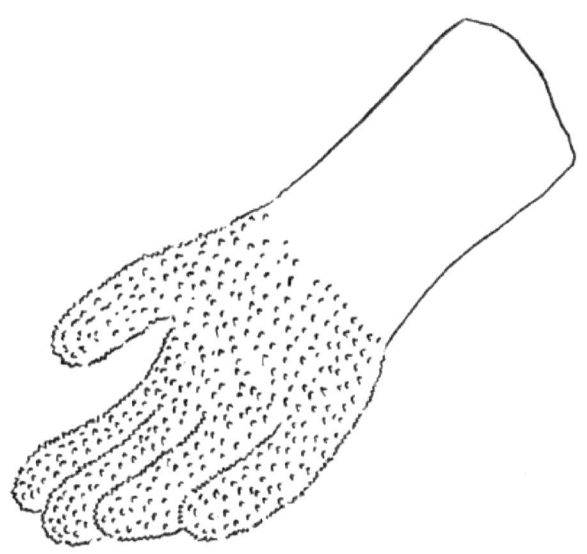

Johnson的梦想:

虽然这个心愿写得很详细,用了很多排比句,但是Johnson平时话非常少,是个老实腼腆的小伙子,共事那么多年也没有见他和谁争执过,不论谁给他下达任务他都全力以赴。别看他有点憨,但是智商很高,高中是保送上了华中科技大学,大学期间又去美国参加了电子竞赛,还拿了一等奖。吴工有了小孩之后就常常想,Johnson的父母是修了几辈子的福才有了这么听话又有出息的儿子啊。不过吴工没有想到他这个典型的工科男原来还有一个中医的梦想。和大多数人一样,梦想总归要屈服于现实,Johnson还是放下了六味地黄丸拿起了电烙铁,后者的就业前景毕竟更加被看好一些。吴工从他的愿望中归纳了两个重点:人体和药材。于是吴工买了两样东西:一件是塑料人体穴位模型，还有一件是《新编中草药彩色图谱》。人体穴位模型吴工买的是大号，有50厘米高。吴工这样做是出于精度的考虑，穴位就是一个小点，模型体积越大误差才能越小，才不会扎错啊。只是Johnson扛着硕大的一个人体模型坐上班车的时候，引来周围同事们的纷纷议论，让他不免有些尴尬，这是吴工未曾料到的。

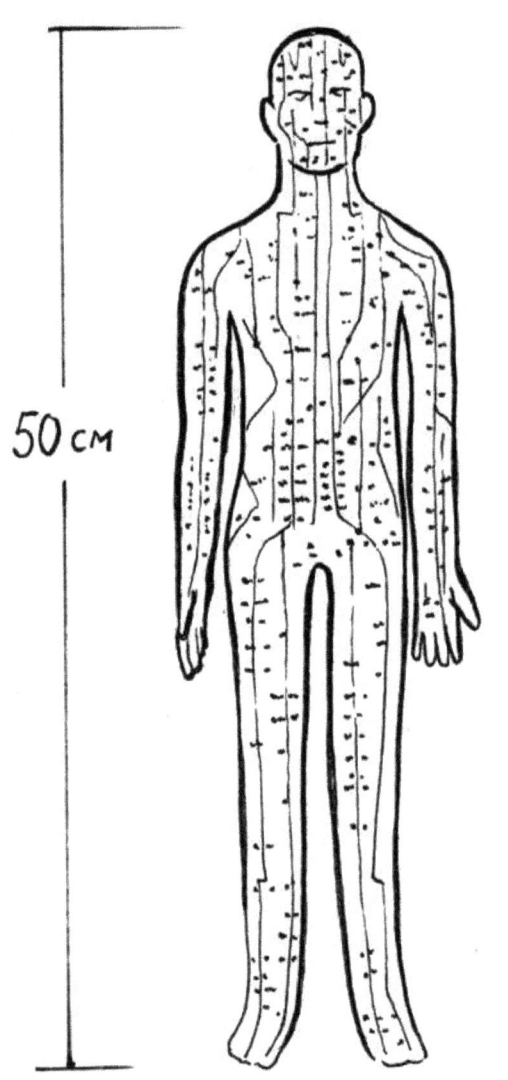

50cm

健健的梦想：

差头是上海话,意思是出租车。据说这来自洋泾浜英语charter(租车)。健健是上海本地人。一说起上海人,很多人都有偏见,仿佛评价他们不像上海人就是对他们最高的褒奖。但是吴工在上海生活工作了十七年,周围的上海同事和邻居都是很可爱的人,他们待人诚恳和善,做事认真负责。吴工觉得其实哪里都有形形色色的人,怎么能用地域给人贴上标签呢?健健就住在公司附近,所以节假日加班经常少不了他,但从未见他抱怨过。他为人老实忠厚,记得刚来公司面试,问他有什么爱好,他想了好一会儿说,打游戏。他小时候的梦想也很简单朴实。在吴工小时候,出租车司机是个很风光的职业,大街上一般有身份的人才坐得起出租车,而且司机的收入也是普通工人的好几倍。当差头司机成为健健童年的梦想是很容易理解的，但是吴工当然不能送他一辆出租车了。想到健健喜欢打游戏，吴工送了一个方向盘游戏手柄，让他磨练磨练技术，说不定还能开开网约车圆一下梦。

阿焦的梦想：

阿焦是工程师里面为数不多的女生,她是来自恩施的土家族。吴工和阿焦共事了十多年,经常听她说起小时候的故事,很能理解为什么她从小就想成为一个有钱人。阿焦有一个小她几岁的妹妹,在她的家乡,如果家里接连出生了两个女孩,是要被周围人看不起的,因为女孩在旁人眼里不但不能成为生产力,而且还要出嫁倒贴上嫁妆,怎么看都是亏本的。而她家境不富裕的父母又咬紧牙关坚持把这两个女孩送进了大学,这更成为村里人的笑话。阿焦姐妹就是在这样的环境中倔强地读书学习,希望有一天出人头地给父母争光。小孩子也不知道成功的标准是什么,可能对她来说做个有钱人就是一个实实在在可以看得见的目标吧。如今阿焦早已在上海成家立足,她的妹妹也在一所医院当上了主任医师,老两口轮流住在两个女儿家幸福地安度晚年,反而那些生了儿子的乡亲们大多还在田间地头讨生活,村里人看待他们的目光又变得羡慕中带着一点酸溜溜了。不过这个当有钱人的愿望让吴工发了愁,因为吴工现在还没有脱贫当上有钱人呢。吴工在预算允许的范围内满足了阿焦的愿望,送给她一套吴工小时候最喜欢的玩具——大富翁。阿焦或许可以

拿这套游戏和她的孩子练习练习,从娃娃抓起做个有钱人。

小屠的梦想:

小屠是我们的机械工程师,也是个挺憨厚的小伙子,不过他也常常会犯糊涂。有几次大伙赶到工厂准备上线试产,结果发现没有一台能工作,后来一检查原来是小屠弄错了。因为他姓屠,被他摆了几次乌龙之后,很受伤的吴工无奈地给他起了个外号:屠龙刀。小屠虽然有时候不够拎得清,但是人很敬业。一次,他一大早包车赶去苏州工厂上线,大概是司机疲劳驾驶在高速上出了车祸,一头撞上了路边的工程车,汽车前轴都断了。小屠也是鼻青脸肿,被同事开车送去了医院。但是工厂等着工程师开线,小屠中午从医院出来,连家都没回又义无反顾地踏上了征程。听说来接他去工厂的司机还是早上那位。大概司机师傅看出小屠有点惊魂甫定的样子,安慰他道:"没事的，这次我开慢点。"在小屠的愿望描述里，"科学家"前面还有个定语"机器人"，这为吴工选礼物的范围缩小了不少。吴工最后选了一个钢铁侠的头盔，满足了他的心愿，也希望他以后出差的路上能一路平安。

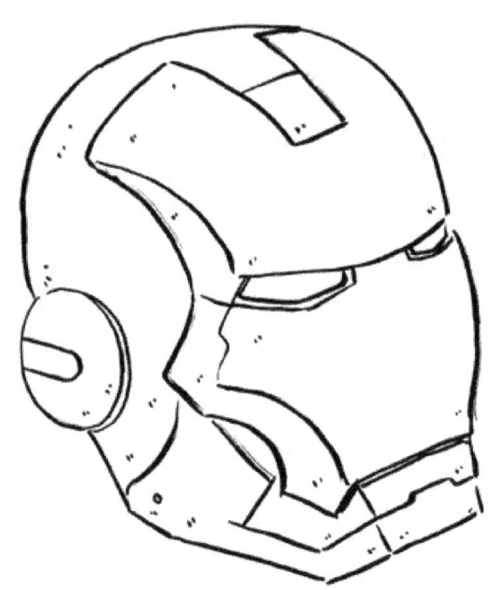

小徐的梦想：

　　小徐也是为数不多的女工程师之一，更是极为稀缺的上海籍女工程师。在十里洋场长大的上海姑娘总是比别人要多一份情调。虽然她是位机械工程师，日常工作都是与硬邦邦的塑料和金属打交道，但是她的爱好是做蛋糕和点心，柔软而有温度。她经常把自己做好的糕点带来与大家分享，祝福大家凡事能多用"点心"。不过这些点心过于美轮美奂，让大家不忍心下嘴。吴工找了一套咖啡屋的拼装模型，和她描绘的蓝图竟有八成相似！她的愿望一时难以实现，只能到三次元去圆梦了。

小陈的梦想：

小陈是部门的大管家，负责大家的勤杂事务。这项工作非常繁琐，小到车票报销，大到年会筹备预算拟定，样样事情都离不开她。在吴工看来，这个工作的复杂程度不亚于导演春晚了。更难能可贵的是，这么多年来处理这么多繁杂琐碎的工作从未见她出过错，即便是她请假也是事无巨细交代得有条不紊，丝毫不影响大家的工作。不过她的愿望有点难住吴工了，吴工不是个浪漫的人，一想到要是去全世界旅游，脑海里面第一个冒出来的想法就是这要多少钱啊？基于这个出发点，吴工买了一个地球仪储蓄罐，让她筹划路线积攒路费两不误，不知道现在她攒够钱没有……

老宋的梦想：

老宋看起来老，其实年纪比吴工还小两岁。他平时寡言少语，加上头发还夹着稍许少年白，越发显得老成持重。他也是一位机械工程师，一个产品的规格有上百个尺寸要计算标注，和小屠正好相反，老宋工作了十年竟然零失误，很有老师傅的风范。但是人不可貌相，在老宋这副稳重的外表下，却有一颗充满对未知世界好奇的内心。他是个铁杆科幻迷，古今中外的科幻小说几乎都读过。不过话说回来，老宋在卡片上写下两个愿望是违规行为，他又没有凑齐七个龙珠，凭啥多写一个愿望呢？看在他常年工作无失误的份上，吴工没有太多计较，还是想努力完成这两个梦想。但是这两个心愿随便哪一个都能要了吴工的命。吴工研究了一下，化学周期元素表中有些元素极不稳定，只能存在几秒钟，有的甚至还有放射性，不但有生命危险而且快递也不让送。不过你有洋枪洋炮咱有神功护体，机智的吴工还是想出了办法。中国传统文化中构成世界的所有元素就只有五个：金木水火土。只要凑齐这五样不就可以了吗？要凑齐这五样在同一件礼物里面，吴工还是动了一番脑筋，最后买了一个金属机芯（金）实木外壳（木）、内部含煤油（水）和火石（土）的打火机（火）。第二个愿望也很费脑细胞，《星际迷航》从1960年一直播到2000年总共有28季，要买齐一套太不容易了，吴工想来想去最后买

了一个迅雷1个月的VIP账号送给老宋，让他自力更生吧。

六一儿童节的活动就这样圆满结束了，吴工送出的礼物大多没什么用处，只希望能博大家一笑。童年梦想对吴工来说也仿佛是很遥远的事情了，随着年龄的增长，吴工的梦想变得越来越小，越来越实际：上中学的时候就是希望能考上一所像样的大学；上大学的时候就是希望能找到份年薪十万的工作……；要问吴工现在的梦想是什么，可能就是希望家人平安健康；如果还能加上一条，就是希望和这些可爱的同事一起工作到退休。

20 葫芦里卖的是什么药

吴工小时候,电视台里播放的少年儿童节目少得可怜,为数不多的几部适合小朋友观赏的电视剧,一到了寒暑假就进入循环模式,反反复复地播放。大部分内容吴工现在还能回忆出:1984年香港亚视版《八仙》,1985年的《济公》,1986年的《西游记》和动画片《葫芦娃》。

这些电视节目对吴工童年的影响是巨大的,如果对这些电视剧抽丝剥茧般层层分析,你就会发现它们都有一个必不可少的道具,那就是——葫芦!每收看一遍就会在吴工幼小的心田种下一颗葫芦的种子。在反复刷片的作用下,吴工心里早就长出了一片茂密的葫芦林。小时候父母还曾替吴工在花卉市场买过葫芦秧,可惜在花盆里面长大的葫芦不论是浇牛奶还是童子尿,始终也只有巴掌大,和电视里面的葫芦相去甚远。

　　这个遗憾深深地埋在吴工的心里，直到吴工快大学毕业的时候，有一天偶然在菜市场发现了一个新鲜的大葫芦，幼年被潜移默化扎根在心田的葫芦苗一下子就像异形幼虫一样破胸而出。吴工无比兴奋地用生活费把葫芦买回家，花了两个月时间晒干，然后战战兢兢地临摹了一幅范增画的钟馗。就这样，吴工的葫芦创作道路由此展开了。

　　在这二十年里面，吴工大概创作了几十个葫芦送给了师长、同事、朋友，每个葫芦创作技法上各有不同，背后又各有故事。如果简单罗列，大家可能也搞不清吴工的葫芦里卖的是什么药，这里就挑几个典型的案例和大家分享。

彩绘葫芦

用颜料在葫芦上画画是最简单的，但是吴工的做法有点不一样。因为是电子工程师的缘故，用铅笔打完底稿以后，吴工喜欢用电烙铁勾边，然后再着色。这样的好处是勾边会很黑很细，也不用担心和其他颜色混在一起，如果有颜色溢出边界，可以轻松地擦去，不用担心破坏了勾线。

吴工在葫芦上画得最复杂的一幅画应该是一幅临摹刘继卣先生的《大闹天宫》了，画了整整两天。吴工把这幅葫芦画送给了前任老板。前老板姓林，杭州人氏，浙大毕业的高材生，生得白白胖胖人高马大，领导着吴工所在的三四十人的研发部门。按照台资企业的习惯，应该称呼领导为林先生，但是对大陆同胞来说有些别扭，叫不出口，而且林先生本人应该也觉得不太受用；如果弃"先生"而称"林总"，又有些谄媚之嫌；若是直呼其名，总让大家感觉缺乏对领导的尊重。想来想去最后大家一起找到了一个合适的称呼：老大。亲切中带着尊敬，严肃中带着戏谑。

林老大可能是吴工见过的最聪明的人了，在他身上完美地融合了工程师的严谨和江浙人的精明。他常说他下班回家的乐趣就是看科研文献，遇到经典的地方都会做上笔记，年末会利用假期再整理一次。你如果因此而以为他是个书呆子那又错了，有次他去美国出差，同事请他带化妆品。为了最大化地节约成本，他调研了两国机场免税店、机上免税品贩售，还有美国商场四地价格之后，选了价格最低的一家下了订单。吴工觉得这已经超过了普通代购的工作范畴，只有以精打细算为乐趣的人才能达到这个境界。

虽然林老大离开公司自己创业已经快10年了，但他的几句口头禅仍然深深地刻在吴工的心里，有时候甚至出现在梦魇中。每一次和他汇报设计上的问题以及对策，他常常会眉头一皱略加思索，用一种名侦探柯南的眼神看着你，然后问道："你到底算过没有？"这是一句感情很复杂的反问句，其中有责问的口吻，就好像是小时候偷拿了零花钱，被爸妈责问；也有少许讪笑的成分，就像学霸同学瞄到你考试成绩发出的讪笑。一般来说这句话一出口，功力弱一点的工程师就仿佛中了吸星大法，所有的自信由丹田外泄，浑身直冒冷汗，赶紧在脑海里反复演算自己还有哪些疏忽的地方。刚干工程师不久的吴工，被林老大好几次诘问之后，越来越觉得自己可能不适合做工程师，甚至萌生退意。但是又想想，自己连老大一半的本事都没有学到，凭什么走呢？就这样，吴工咬咬牙坚持了下来，结果吴工还没来得及学会他的一半本事，林老大却离职去开创自己的公司了。

虽然林老大不能算吴工的朋友，但是吴工还是很感激他，是他教会了吴工怎么去做一个工程师，不轻易放过每个问题的蛛丝马迹，做每个决策前都需要仔细推敲反复验算。他让吴工变成了一个真正的工程师，而不是街边修电器的师傅。在老大离职的前几天，吴工赶了几天工完成了这个画着齐天大圣的葫芦（见附录32），也祝福林老大能打出一片自己的天地。

烫画葫芦

如果问公司里吴工最崇拜的人是谁，可能就是汤老师了。汤老师生得浓眉大眼仪表堂堂，在公司一直是一个传奇人物。汤老师其实没有做过老师，他20世纪80年代从清华大学毕业去美国拿到了博士学位，之后留美工作了几十年，十多年前回到国内，在吴工公司主持科研工作。撇开他晃眼的理工科背景不谈，他还是个著名的英文小说翻译家，他以"小二"为笔名翻译过雷蒙德·卡佛、海明威等作家的作品，几乎译作及腰，在豆瓣的粉丝无数；撇开他是个翻译家不谈，他还是个歌唱家：在美国达拉斯组建了当地的华人合唱团，曾经和关牧村同台演出；撇开他是歌唱家不谈，他还是个运动健将，五六十岁了还在全国各地跑马拉松越野赛，轻松得仿佛去朋友家串门一样；撇开他是个运动健将不谈，他还是个桥牌高手，在美国拿到了桥牌大师证书。总之，汤老师的确在各个方面都足以为人师。

不过汤老师并不是人家想象中那样温润如玉的师长，如果要给汤老师立传的话，吴工觉得应该被归类在游侠列传里。

和电影里的大侠一样，汤老师尤爱饮酒，花生米一碟、豆腐干一盘都可以下酒。出差去北京，在火车上他还带着"剑南春"就餐车盒饭。当然光是爱喝酒还算不上游侠，汤老师爱打抱不平，翻开他的朋友圈，里面没什么养生鸡汤、人生静好类的文章，有的都是他对社会不公扔去的匕首和投枪。记得几年前的一个夏日，和汤老师去马路对面的食堂用餐，人行道绿灯刚亮，突然从身后马路斜蹿出一辆小汽车，踩着信号灯变色的刹那向人群冲了过来，大家一时乱了手脚纷纷躲闪避让。但见汤老师脸一沉，还不等众人细想，忽见得白光一闪，汤老师手中的矿泉水瓶如离弦的箭一般飞了出去，"咣"的一声正落在小汽车后备箱上。小汽车已经驶出一丈开外，司机一个急刹，一脸怒气打开车门，冲着吴工一行同事张嘴便要骂。此时汤老师不但没有回避司机目光中的咄咄杀气，反而怒目圆瞪地回敬了过去。他的腰杆挺得笔直，像杆标枪，司机一下气势短了一截，自知理亏地低声嘟囔了两句，钻回车内悻悻而去。

从这件事之后，吴工觉得汤老师虽然年逾花甲，但心里仍像住着一个少年。少年的定义是什么？常言道年少气盛，吴工觉得少年应该是有一股气，积极向上的生气，不屈服权威的傲气，敢爱敢恨的豪气。吴工年轻的时候也曾有这股气，但是踏入社会以后遇到了很多事情，每碰到一次就叹口气，叹着叹着这股气就没有了，吴工也就变成了油腻的中年人了。

汤老师过生日的时候，吴工为汤老师做了一个酒葫芦。不管是济公还是林教头，都喜欢用葫芦来装酒。但是其实葫芦不能直接装酒：第一，葫芦瓤是苦涩的，泡了酒就变成中药了；第二，葫芦质地比木头还稀松，时间长了会渗透漏水。前人的做法是，先把葫芦瓤掏干净，然后用熬好的浓稠的糯米汤灌进葫芦里，等上几个时辰后将糯米汤倒掉晾干。如此重复上述灌汤、晾干的过程四五次后，葫芦里面就会有一层厚厚的糯米外壳，可以起到防水的作用。如今还有一种更便捷的做法：把可食用的蜂蜡烧融成蜡水灌入葫芦中，趁蜡水还没有凝固再倒出，这样就可以用蜂蜡在葫芦内腔形成一层薄薄的防水层。吴工用的是第二种方法。

预备送汤老师的酒葫芦的肚子上有个圆圆的凸起，显得不是那么光滑平整。怎么样遮掩这个瑕疵呢？这难不倒吴工，把这个圆圆的凸起画成了一个带着火焰的明珠，两边用烙铁烫了两条龙，画一幅二龙戏珠的图案（见附录32）送给了汤老师。

汤老师快到了退休的年龄，也要回到美国去了。想到这里吴工不免有些伤感，希望他能保重身体，不要贪杯哦。

压花葫芦

吴工从小就觉得大自然有一种妙不可言的神奇：为什么蚊子的一对翅膀是平衡棒？为什么青蛙的卵要先变成蝌蚪？蚂蚁是怎样分工协作的？大自然仿佛就是一个充满问号的宝库，每揭开一个谜团只会对她增加一份敬畏和赞叹。

吴工经常带着小朋友参加一些户外兴趣活动，遗憾的是这些培训老师的水平良莠不齐，有点让人失望。曾经参加过一场动物园和机构联办的课外兴趣课，一个年纪很轻的女老师带着小朋友走到关着犀牛的笼子前说，犀牛浑身是宝，犀角是珍贵的药材……听到这里吴工忍不住了，把小朋友拉了出来。

几年前的一个夏日，吴工在朋友圈里看到一位叫作"天哥"的老师正在组织浦东本土物种保育区的夜观活动。这个本土物种保护区很小，大概1000平米不到，距离吴工的家也很近，吴工带上小朋友一起报了名。活动是在傍晚开始的，吴工惊讶地发现原来"天哥"是个身材精瘦、皮肤黝黑的四十岁左右的大姐。有过之前动物园女老师的教训，吴工心里对女老师总是心存一丝疑虑，毕竟在野外摸爬滚打更像是男老师的工作。

这个保育区是在小区和道路夹角的一块荒地，周围用铁丝网围绕。和植物园、动物园不同，这里的动植物完全是野生状态随机分布，走在里面看到什么样的植物、动物也是随机的，老师不能事先备课，全靠临场发挥。天哥老师如同一个活动的百科全书，几乎所有的动植物她都能叫出名字并能对其生活习性侃侃而谈。小朋友踩坏了一株野花，天哥会痛心地念叨半天；水坑的一只蚂蟥，让天哥好像看到老朋友一样开心；路边的一只蛤蟆也被天哥轻轻捧起，告诉小朋友哪里是分泌蟾酥的地方。接下来的一件事更让吴工大吃一惊。天哥忽然发现草丛里面躺着一粒无花果，她捡起来，看见无花果已经被啃咬了一半。天哥研究了一下，兴奋地告诉大家，从作案痕迹来看这一定是小鸟干的，说罢她用袖口擦了擦无花果完好的另一面，在众人惊讶的目光中竟然咬了一口，咂咂嘴说：“嗯，真甜。”和天哥相比，吴工简直就是个伪自然爱好者。吴工开始还认为和天哥的差距主要是记忆力，但现在吴工明白了这个差距是来自对大自然的好奇心。

这次活动之后，天哥就成为吴工的好友。每次外出遇到什么奇诡的虫子或植物，吴工都会发给天哥，比查App还要管用。2019年吴工准备离开上海，想给天哥一件礼物作为纪念。对于一个热爱自然的人来说，一个天然的葫芦应该最合适不过了。在这件葫芦上，吴工用上了一项新学习的技能——压花。

压花工艺就是用坚硬光滑的钝刀在葫芦上压出类似浮雕的图案来（见附录32）。步骤看似简单，但是把葫芦刮平整却很费工夫。吴工压坏了好几个葫芦，才勉强掌握了一点门道，也没有时间继续精进了，送给天哥留个纪念，希望她有一天能来南京紫金山，带着吴工和小朋友找找小虫，认认野花野草。

雕刻葫芦

葫芦属于草本植物，它的外壳远不如木头坚硬，如果用葫芦来作为雕刻材料，稍稍用力就切到松软的部分，像是下刀在海绵上，很难修整成型，所以葫芦并不是雕刻的好材料。葫芦的雕刻吴工只试过一次，可能也是最后一次。这是一个刻了一百个"寿"字的葫芦，另外一面画上了海棠寿带鸟的图案。吴工把这个葫芦送给了外公，作为九十大寿的礼物（见附录32）。

吴工一直到小学五年级之前都和外公外婆住在一起。记忆中那时候外公清瘦矍铄，他的头发总是很整齐地向脑后梳理得一丝不乱，就连睡觉的时候也会戴一顶绒布帽子，以免头发蓬乱。外公平时的话很少，几乎所有时间都是在书房里埋头看书、写文章，大概想努力弥补被那段荒谬的运动所夺走的时光吧。

母亲和舅舅成长于"文革"时期，念到中学被迫进工厂工作，家里没有人弄得清楚外公每天在看什么书写些什么，不过大家对外公一天到晚不从事家务劳动，却到点就来吃饭倒是颇有微词。外公退休以后，虽然还是一直在家看书写字做剪报，但也没有少给家人添麻烦。他一直负责几本医学期刊的审稿，母亲担心外公路上出意外，只好打电话给杂志社编辑，让他们别再寄稿件来了。外公知道了有些生气，但只是将怨气挂在脸上，仍旧什么话也不说。后来母亲又发现外公有时候会悄悄从家里溜出去，也不知道去做什么。随后家里就陆续不断地出现很多比《辞海》还厚的书，什么《中华杰出人物名言》《中华家训选集》《医学家名人名言》等，堆起来快有一人高。这些书里无一例外的都会找到外公写的一小段文字。开始家人还觉得有些奇怪，之后从一封母亲截获的约稿信才知道，这些书都是非法出版物，不但没稿费而且还得自己掏很多钱，家人立刻火眼金睛地觉察出，这又是一种蒙骗老人的伎俩罢了。外公于是被全家人数落了一顿，经济大权也被监管了，不管大家怎么说他，外公还是沉默不语。

从这些剪报本上吴工第一次走进了他的精神世界，吴工忽然有些理解了外公的种种行为。作为一个读了一辈子书、教了一辈子书的老知识分子来说，在人生的最后一段时间，他最想留下的应该是他积累了一生的思想和学问吧。立功立德立言，这不单单是圣人，也是每个读书人都想追求的不朽吧。

吴工究竟"糟蹋"了多少葫芦，吴工也记不清了。在葫芦创作的道路上，吴工还是会不忘初心继续砥砺前行。（其中一个重要原因是因为家里的葫芦实在太多了……）

21 三班英雄传

可能吴工这一辈子最值得夸耀的经历，就是在南京师范大学附属中学学习了六年。附中的历史可以追溯到一百多年前的三江师范学堂附属中学堂，她也是巴金、袁隆平、汪道涵的母校。吴工在这里结识了很多良师益友，他们的故事精彩、性格鲜明，犹如小说中的人物，吴工很想写写他们的故事。吴工没读过什么世界名著，这里就借金庸小说里的几位人物形象，为吴工所在的高中（3）班的老师、同学列个小传。

谢老师

《射雕英雄传》里面黄药师一出场，金庸曾经用了二十个字："形相清癯，身材高瘦，风姿隽爽，萧疏轩举，湛然若神"。吴工觉得这和谢老师有几分相像。谢老师是吴工的语文老师，也是吴工高中三年的班主任。他是真正的名门之后，嫡自东晋著名的谢氏一族。不过与黄药师更神似的，还是谢老师清高自洁的脾气。

谢老师的作文课题目往往紧扣实事。记得南京当时有位市长,以拓宽道路亮化城市为由,下令将南京人引以为豪的法国梧桐砍去过半。这些法国梧桐树大多是种植于民国初年,已有近百年历史。南京的夏日素以"火炉"著名，这些大树茂密成荫、高耸入天，仿佛是撑开的一双双大手帮行人遮住烈日骄阳，行走在树荫下有说不尽的惬意。南京人对这些大树就像是家门口的老邻居一样，感情不可谓不深厚。

砍树令在媒体一登出，谢老师就在当天的作文课上布置了一篇议论文，主题是讨论城市发展是否需要以砍树作为代价。作文收上来以后，大家的意见分成了截然对立的两派。谢老师选了几篇文章，在课堂上宣读。具体的内容吴工记不清了，只是记得谢老师在宣读完作文后，给大家讲了20世纪50年代初梁思成为了北京老城墙免遭拆毁之灾，几次上书恸哭的故事。说完谢老师脸色一变，严厉地说，如果这些大树要为城市发展让道，那么哪一天大街上行人太多造成交通拥堵，是不是应该砍腿呢？这一句"砍腿"给吴工留下了深刻的印象，因为那时候的吴工有些不以为然，觉得这个比喻太夸张不恰当。

很多年过去了，吴工经历了很多事，慢慢咀嚼出这句话里包含的一个知识分子的无奈和愤懑。如今那位市长因为贪污受贿而锒铛入狱；被拆掉的北京永定门又开始重建。"绿水青山就是金山银山"的观念也深入人心，时间终于证明了谢老师当年的"妄议市政"是正确的。

谢老师现在已经退休了，脾气还是没有变。在他的朋友圈里面经常可见他对一些社会不良风气的斥责，依旧是以他犀利的文字针砭时弊。有次同学聚会邀请了谢老师出席，吴工想为老师做个小礼物作为纪念。不知怎的，一想到谢老师，脑海里面总是冒出画家明子老师的两句诗："怒目观世事，怀揣菩萨心。"吴工想刻一幅持剑的钟馗小像给谢老师。

钟馗是刻在一块猛犸象牙的小料上，使用了浅浮雕的技法。先打上人物的线稿，然后根据空间上前后层次的关系，一层层向纵深推进。刻完了这枚钟馗，吴工觉得还是不太过瘾，也怕谢老师不明白吴工送钟馗的用意。用烙铁模仿仿宋体的字形，在小木盒的里面烫上了那两句小诗（见附录33）。

赵老师

江南七怪是郭靖在大漠的启蒙老师。越女剑韩小莹是对郭靖最关爱的。郭靖愚笨,往往教十余招,只能学会一招,每每这时,众师父多会叹气责怪,唯独韩小莹如慈母般耐心教导郭靖。吴工觉得赵老师对自己也如韩小莹对郭靖一样。

赵老师是吴工高中三年的英语老师,她大学一毕业就来到(3)班,那时候她刚22岁。赵老师个子不高,戴着一副厚厚的眼镜,脸上总是带着微笑,说话也很温柔和气,常常让人忘记她老师的身份。

赵老师是一个善良的人。有人说善良比聪明更加可贵。因为聪明是天赋,而善良是一种选择。在很多事情上,赵老师的选择在旁人看来往往是不够聪明的。

那时候老师们上课都是书写在黑板上，也没有扩音的设备，老师们粉笔灰吸多了，话说多了，多多少少都会染上咽喉炎这种职业病。记得到了高三的时候，赵老师的嗓子已经好几次嘶哑得几乎无法说出话来了。为了不耽误大家的课程进度，即便是失声最严重的时候，赵老师也没有请过一次假。她担心大家听不清她讲课的内容，于是会早早赶到班上，把要讲述的内容在黑板上密密麻麻地写好，然后用仅存的一丝微弱音量，给大家上课讲题。其实她大可不必这样，去休息几天，自然会有其他老师来代课。很多年以后，吴工再见到赵老师，她的声音虽然依旧温柔如故，但是再没有往日的清脆了。

吴工在附中的高中三年是既幸福又痛苦的三年。中考的时候吴工并没有达到附中的分数线，父母花费了几年的积蓄，让吴工成为一名附中借读生。每当有同学问吴工，为什么你学号在班级的最后面，吴工就红着脸顾左右而言他。

临近高考的前一个星期，学校放假。各科的老师会点名要求一些成绩不佳的同学，再来学校让老师耳提面命一下。虽然吴工有几门课成绩很糟糕，却不在名单中。但是当赵老师宣布补课名单的时候，吴工意外地发现自己竟榜上有名。其实她大可不必这样做，牺牲自己的业余时间，去帮助一个成绩不会计入班级的学生。

临近毕业，吴工很感激赵老师的善良，想给赵老师留下一个礼物作为纪念。脑海里面总是浮现出她面带微笑的样子，于是在高考前的一周，吴工每天晚上抽半小时，用铅笔临摹了一幅蒙娜丽莎送给赵老师。

不知不觉二十六年过去了，最近一次同学聚会吴工得知赵老师也会出席，想再为赵老师做一件礼物。吴工还想画一个蒙娜丽莎。不过不再是在纸上，而是在鸸鹋蛋壳上。鸸鹋是澳洲一种和鸵鸟差不多大小的禽类。它的蛋很大，和鸵鸟蛋大小相当，但是通体是墨绿色，表面不如鸡蛋光滑，摸上去凹凸不平，所以用雕刻笔很难通过手法的轻重来表现画面的明暗层次。吴工用了类似剪纸的表现手法，也就是只留下黑白两色的方式，在鸸鹋蛋壳上雕刻了一幅蒙娜丽莎的画像（见附录34）。

在和赵老师聚会的那天，吴工送出了那枚鸸鹋蛋。赵老师告诉吴工，她还一直保存着吴工毕业时送给她的那幅画。整整二十六年了，画已经泛黄，但是那份感情却历久弥新。吴工不知道说什么，千言万语只能化作两个字：谢谢。

朱超

《射雕英雄传》里面智商最高的应该就是黄蓉了，她像个最佳辩手，凭口才说服了赵王府的五大高手，顺利冲出重围；她又像个科学家，利用潮汐的力量救了欧阳克；她甚至还像名侦探柯南，用逻辑推理破解了欧阳锋和杨康的阴谋。吴工也有这么一位同学，智商、口才、学识堪比黄蓉。

这位同学叫朱超，吴工和他做了快30年的朋友，不客气地说，吴工是看着他长大的，他的履历吴工再清楚不过了。朱超本科是生物制药专业，但他的爱好一是搜集古钱币，二是研究股票。高中那会儿电脑还没有普及，有次去他家做客，只见朱超已经开始在方格纸上，用红蓝铅笔描绘着股市的阴线阳线图，令人惊叹不已，那年朱超还不满18岁。

朱超和他太太学的都是生物制药，如果他们按照这条线走到底，也无非江湖上多了一对像药王谷胡青牛、王难姑般的伉俪，难以成为亮眼的主线人物。本科毕业以后，朱超决定把爱好发展为事业，于是报考了南京大学金融系研究生，竟然以第一名的身份被录取。硕士毕业后，他随夫人来上海工作，又是以第一名的成绩考取了上海浦东外经贸委公务员。数年后朱超夫妇旅美深造，他再次以2360的GRE高分，考上了以出产智库闻名的大学——约翰·霍普金斯大学。从美国学成归国以后，朱超成为某证券公司的首席经济学家，他的一些演讲、采访屡屡见诸各类媒体。

朱超有两个公子，二公子万里挑一地考上了上海的一个"神童"学校：上海实验学校。这所学校每年都要让学生和家长设计校运动会的标志，连续三年的重担都落在了他的好基友——吴工的肩上。吴工的设计风格其实显而易见，就是爱耍点小聪明，把SES和数字隐藏在图案中。第一年的标志就光荣入选了，简直是打中了新股一样幸运。不过遗憾的是接下来两年均铩羽而归，看来评委已经对吴工的作品审美疲劳了。

SES 第14届运动会：要求含有科技成分

SES 第15届运动会：要求有国风

SES 第16届运动会：要求有航天元素

张乐

每次看到天龙八部最后出场的那个连名字都没有自报过，却轻松制服了慕容复和萧远山的扫地老僧，吴工就想到了老同学张乐。他和扫地老僧有两个共同的特点：一是功力超群；二是行事低调。

张乐平时沉默寡言，常常低着头，一副腼腆害羞的样子，高中三年从来没有见到他上课主动举手发言过。但是通常一个难题，如果老师问了一圈都得不到正确答案的话，往往会点名让张乐出来回答，以便结束冷场的局面。张乐擅长编程，计算机老师挂在嘴上的一句就是：张乐是我心中的明星。他也的确是大家心目中的明星，高中毕业他直接被保送进了南京大学，之后又一路被保送，在南京大学一直念到了博士后出站。张乐的太太是张乐博士同学的妹妹，也是一位博士。这样算起来，张乐这一家子的平均学历实在让寻常家庭难以企及。

毕业以后，张乐在上海一家全球500强外资公司做研发，几年以后升为主管，同时管理着中国和荷兰的研发团队。有次吴工到张乐家做客，发现他开的还是那辆已经十来年的别克赛欧。吴工直言此车和张乐这种成功人士的身份一点都不符，张乐满不在乎地说，这个已经够用了呀。

张乐的回答验证了一个朴素的真理：包子有肉不在褶上。

吴工曾经打磨了一块琥珀原石给张乐做礼物（见附录35）。大概是天意，这块琥珀原石未打磨前看似平淡无奇，结果打磨出来，里面竟然闪着金色光芒，美丽极了，这也像极了张乐的为人。

杜车

杜车在前文《两面三刀》中提过，他从小就是位武术爱好者，也是吴工的好友。

虽然杜车武艺超群，能以一敌多，却是个心地纯良的好人。这么多年吴工总是一有困难就想到他，不断地给杜车添麻烦。

杜车在上海念研究生的时候，暑假吴工去上海旅游，投宿在他的学校。杜车热情地带着吴工逛遍了外滩、南京路等上海著名景点，待回宿舍时候已是深夜，大门已经紧锁。吴工不免有些慌乱，杜车说不打紧，翻过围墙便是。但见那两米多高的围墙，杜车提了一口真气，右脚踩左脚背，左脚踩右脚背，竟然使出了江湖失传已久的"蹑云十八纵"的功夫，手不沾墙轻轻松松地"走"了上去。等到吴工也手忙脚乱地爬上围墙，蹲在墙头上的杜车忽然一摆手，示意吴工不要作声。吴工顺着他的目光往下望去，发现墙角处还站着两个保安在抽烟。吴工吓出一身冷汗，心想本来是旅游访友现在却成了敌后武工队，还拖累上朋友。吴工和杜车在墙头埋伏了五分钟，感觉仿佛是一个世纪那么久，等保安掐了烟头离去，吴工早已吓出一身冷汗。杜车安慰吴工道，没事的，这两个保安我很熟……

多年以后，杜车从上海辗转到了重庆而后又去了澳洲，经历了很多变故后回到行程的起点——南京。而不久吴工从上海搬回到南京，和杜车又团聚了。不巧的是吴工回来以后的第二年就把脚摔断了，住进了医院，吴工又是第一时间想到了杜车，像是老天安排他提前回宁做接应一样，于是吴工又开始厚着脸皮麻烦他接吴工出院，送吴工复诊……

杜车后来笃信佛教，天天都会打坐诵经，自然也是不食荤腥。他曾认真地劝大家勿要食用鱼籽，言此乃亿万生命也。深谙生物知识的朱超辩驳道，鱼类乃体外受精，严格来说从肚子里面取出的鱼籽和鸡蛋无异也。吴工不禁感慨，知识越多越反动。可能只有生性纯净、心无旁骛的人才能更加接近佛的真谛吧。

吴工曾经在上海浦江郊野公园无患子林下，捡了一大袋无患子。无患子是一种像桂圆的果实，把黏糊糊的果肉搓揉掉，再把果核洗净晾干，就会得到黝黑发亮的无患子。佛经中曾记载无患子被用来作为佛珠，吴工觉得对修行者来说色即是空，紫檀象牙的佛珠哪里有这浑然天真、朴实无华的无患子来得可爱呢？吴工把它们一一抛光钻孔，做了一串念珠给杜车师傅（见附录36）。说来惭愧，吴工总是找些借口，拿这些一文不值的东西回赠朋友的一片玉壶冰心。

如果要说杜车像金庸小说的哪个人物，吴工想可能就是一灯大师了吧，看尽人间繁华沧桑，最后皈依三宝寻求内心的平静与快乐。

高龙

高龙高中三年都坐在吴工的前排，算起来也是一背之缘。高龙剑眉长脸、颧骨略凸，和《变形金刚》里面的威震天有几分神似。

高龙阅读广泛、博闻强记，天文地理、人文历史无一不晓。一次吴工、高龙和朱超一家聚会，问及朱超两个公子的名字，得知大公子名字里有个"思"字，二公子名字里有个"行"字，高龙听罢便不假思索地说，原来取"三思而后行"之意啊！听得朱超太太惊愕不已，说这个典故也只有高龙和朱超能心有灵犀想到一起去。

虽然高龙是个高人，但是有些婆婆妈妈，这也不能怪他，只能怨他出生的日期恰在处女座。有次和高总相约一起去张乐家聚会，一早出发却碰上堵车，眼看到张乐家就要12点了。高总发来简讯问吴工，要不要先解决了中饭再去。吴工说，这个辰光到人家家里，焉有不管饭的道理？高龙接着又问，万一张乐先吃了中饭怎么办？吴工说，不会，张乐同学这点觉悟还是有的！高龙不语，片刻后又补了一句，你确定吗？

　　高龙是同济大学计算机系的高材生，毕业以后进了外企，工作无忧。但是几年以后他竟然辞职去创业，做起了个体户。高龙和吴工解释过他的项目，这是一个集合了投影、摄像、人工智能的钢琴辅助教学机器。高总为了这个项目呕心沥血，人胖了，发际线也更高了，不可谓不辛苦。但是吴工还是很佩服他，能为自己的梦想勇敢地走出这一步。

　　高龙虽然小处磨叽，但在大方向上一点不含糊，这点和张无忌教主有几分相像。无忌教主处理四段感情的时候，黏黏糊糊不知道娶哪个姑娘才好，可是遇到民族大义，还是果敢决绝地辞去了明教教主的位置。

　　高龙曾经请吴工替他做个平安符。吴工想：高总虽然才智过人，但是心里还是个老实巴交的人。在社会上闯荡还是多一些保护吧。于是吴工模仿汉代盾牌的形式，用猛犸象牙给高龙做了一个护身符（见附录37）。高龙毫不手软地收下后，处女座痼疾又发作了，他给吴工发了一篇文章，然后问道，你知不知道为了挖猛犸象牙，对西伯利亚的自然环境造成了多少破坏啊！

　　从毕业踏入社会到如今已经快20年了，这20年里吴工目睹了很多事，结识了很多人，看到了社会的阴暗，也了解了人性的恶，有时候真的让人沮丧气馁。每当这个时候，吴工总会想起附中那些老师和同学，这些美丽而有趣的灵魂都会让吴工振作起来，觉得这个世界并没有那么糟糕，善良、正义、希望，这些美好的东西仍然有人坚信着、笃行着。

　　古龙说，真正的大人物，往往看起来都很平凡。

后记

一年多以前,行距文化的毛晓秋老师在吴工的公众号下留言,询问写作出版事宜。吴工第一时间的反应是兴奋,兴奋得都差点忘记核实一下是不是网络诈骗。算起来吴工也是半个读书人,大概是受到封建文化的"毒害",内心深处觉得读书人的终极目标应该是三不朽:立德,立功,立言。吴工虽然不是个缺德的人,但是距立德还是相去甚远;而吴工资质稀松平常,在和平年代立功也遥不可及;唯有最后一条好像还看似有些许希望。毛老师递来的橄榄枝,让吴工觉得即便不能留下鸿篇巨制,但还是可以写点流水账,在波澜不惊的人生中留下鸿爪雪泥。

但是吴工真正开始着手写作这本书的时候,发现工作量还是蛮大的。公众号的文章大多都是看图写话的模式,刨去图片之后文字所剩无几,而且言之无物。毕竟读者买的是书不是手机,过多的照片会令人眼花缭乱,在阅读中只会不断打扰读者的注意力,必须酌情删减。这样看起来,几乎每篇文章都要重写了。吴工曾乐观地安慰自己,大概只要充实下文字内容,再删减下图片就可以了。但是写着写着,吴工工程师的老毛病又犯了——总是担心客户不能理解自己的设计意图,必须要辅以图片说明。增加图片会不会又影响阅读体验呢?思来想去吴工做了一个重大的决定——手绘插图。黑白的线描稿,可以让人一下抓住重点,也不会喧宾夺主,除了太麻烦,基本没有什么毛病。虽然出版合同里面并没要求吴工画插图,付的也不是双份稿费,但是吴工想,或许这一生留给这个世界的就是这一本书了,怎么也不能让花了钱的读者合上书戳吴工的脊梁骨吧。就这样,二十几篇文章,吴工大约画了两百多张插图。

不知道是不是作家在完成著作之前,都要苦心志劳筋骨,在这一年中吴工也历经了几次身体的伤残痛苦:右脚粉碎性骨折,左肩肌腱撕裂。但还好都是小伤,不用受司马迁的罪。更幸运的是受损的零部件并不直接参与写作工作,吴工还是能按时在截稿日之前完成这本书的初稿。回顾两次负伤的起因，都是为了在儿子面前逞一下能，做了点高难度动作。吴工的内心好像还停留在年幼时从屋檐纵身一跃而毫发无损的年代，但是浑然不觉身体各部件已经过了保质期。也许这种幼稚不成熟的心理也正是吴工经年累月做些小玩具、小手工的动因吧。

这本书写得如此艰难，也不知道吴工还有没有心力能为读者朋友奉上第二部作品集。如果有掩卷之后还念念不忘吴工的读者朋友，不妨移步去吴工的公众号看看，微信上直接搜索"徒劳吴工"便可直达。在这个公众号里，吴工偶尔会随机无征兆更新。

按照行规，后记总是要致谢的。

感谢夫人对天天不务正业的吴工的纵容。

感谢所有给了吴工创作理由和动力的朋友。

感谢行距文化和中信出版·大方圆了吴工立言的梦。

最后——

感谢不离不弃读到这里的读者朋友。

谢谢你们！

吴工

2022年5月8日于南京家中

附录

01 纸箱城堡

02 汽车人

03 幼儿园作业"长城"

04 小朋友与黑武士合影

05 自制手绘尤克里里

06 乐高弩

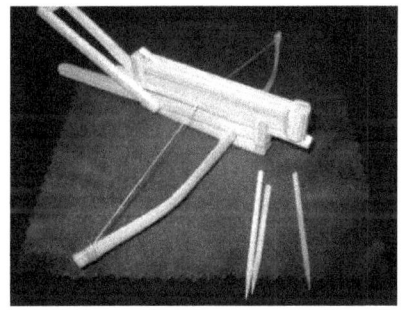

07 诸葛连弩

08 青龙偃月刀

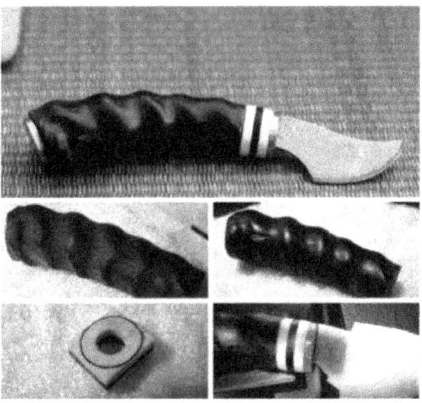

09 羊角茶刀

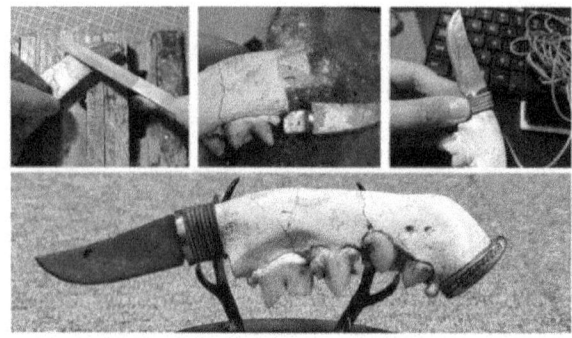
10 陨铁小刀

11 行车记录仪

12 用报废的适配器搭出的独角兽

13 瓶中船

14 Lia肖像

15 吴工的第一个核桃作品

16 吴工在石头上雕的老虎

17 瓦当砚台

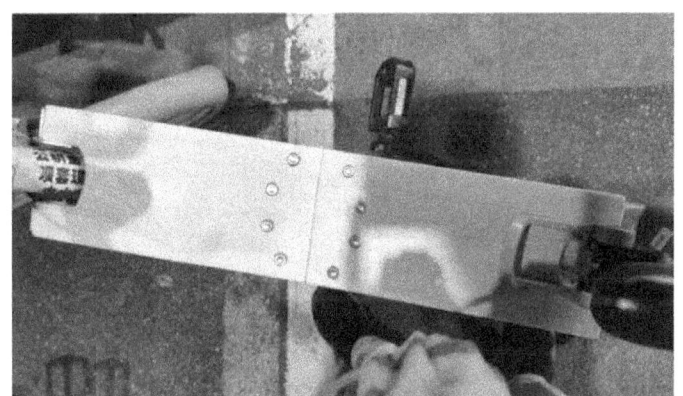

18 共享单车儿童座椅

 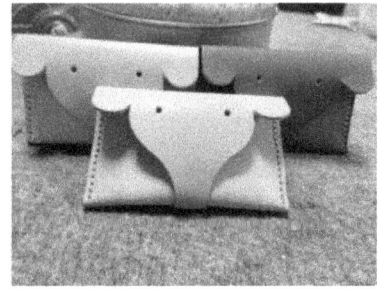

19 吴工为老同学刻的印章　　20 吴工陪儿子做的手工钱包

21 琥珀原石做的小海螺

22 吴工儿子画的贺卡

23 超级口算机器人

24 螺钿莲花梳

25 老吴做的海盗船

26 老吴做的"尼娜号"帆船

27 老吴做的衣架

28 修复好的红木花架

29 修复好的紫砂壶

30 银杏无事牌成品

31 吴工雕刻的扇坠

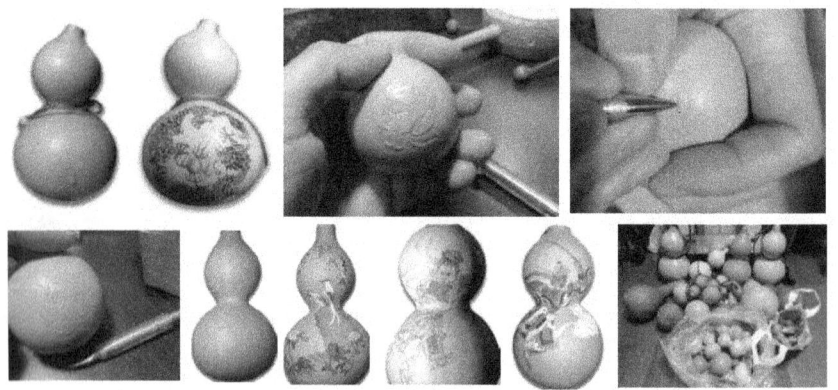
32 齐天大圣葫芦、压花工艺葫芦、二龙戏珠葫芦等成品图

33 给谢老师刻的钟馗小像

34 给赵老师刻的蒙娜丽莎像

35 给张乐的琥珀原石

36 给杜车的念珠

37 给高龙的护身符

Printed in the USA
CPSIA information can be obtained
at www.ICGtesting.com
LVHW060053230823
755795LV00006B/18